KB033914

나를 넘어 자존감 찾기 연습

난청과 이명으로 살아가는 이야기

나를 넘어 자존감 찾기 연습

초판 1쇄 발행 | 2018년 6월 22일

지은이 | 이경희
펴낸이 | 공상숙
펴낸곳 | 마음세상

주 소 | 경기도 파주시 한빛로 70 507-204

출판등록 | 2011년 3월 7일 제406-2011-000024호.

ISBN | 979-11-5636-257-9 (03810)

원고 투고 | maumsesang@nate.com

* 값 13,200원

* 마음세상은 삶의 감동을 이끌어내는 진솔한 책을 발간하고 있습니다. 참신한 원고가 준비되셨다면 망설이지 마시고 연락주세요.

이 도서의 국립중앙도서관 출판예정도서목록(CIP)은 서지정보유통지원시스템 홈페이지(http://seoji.nl.go.kr)와 국가자료공동목록시스템(http://www.nl.go.kr/kolisnet)에서 이용하실 수 있습니다. (CIP제어번호 : CIP2018017020)

나를 넘어 자존감 찾기 연습

이경희 지음

마음세상

들어가는 글

약간의 난청으로 살아오면서 그다지 장애라고는 인식하지 못했다. 내가 성장을 하며 인생의 고개를 넘을 때마다 그것은 내 삶에 악착같이 붙어 몸피를 불려 나갔다. 아이를 낳고 돌보아야 할 시기에 내 귀에 갑자기 불어 닥친 돌발성 난청과 이명, 진작 돌보아야 할 사람은 바로 나 자신이었다는 걸 뒤늦게 깨달았다. 부랴부랴 몸을 추스르고 몸에 좋다는 약을 먹어도 떨어진 청력은 다시 되돌아오지 않았다. 마치, 있을 때 잘하라는 노랫말처럼 떠나보내고 나서야 귀의 소중함을 깨우쳤다.

귀 하나가 인생을 좌지우지할 줄을 몰랐다. 단순히 소리를 듣고 소통하는 일차적인 문제뿐만 아니라 몸과 정신세계를 지배하며 오롯이 내 삶을 태풍처럼 흔들어 놓았다. 듣지 못해 소외되고 외로웠던 나날, 매일 북소리와 천둥 같은 소리로 하루하루 두려움에 떨었던 날들, 우울증과 함께 병은 다시 병을 부르게 되고, 삶의 질이 바닥으로 곤두박질치는 고통스러운 시기를 오랫동안 겪었다. 진작 들어야 할 소리는 듣지 못하고 듣기 싫은 소리를 끊임없이 들어야 하는 모순이 내 몸에서 일어나고 있었다. 아무것도 보이지 않은 막막한 터널을 손으로 휘저으며 출구를 더듬던 그 시절은 내 인생 최대의 고비였다. 어떤 사람도 대신 해 줄 수 없는 외로운 싸움을 견디다 지쳐 생을 포기하고 싶기도 했다.

수해 복구를 하듯 지나간 시간을 주워 하나하나 손으로 먼지를 털어냈다. 그러자 끝나지 않을 것 같은 날들에 서서히 희망을 보기 시작했다. 비록 더디지만 헤쳐 나갈 수 있는 용기와 자신을 얻었다. 무릇, 시간이 지나면 세상사 변하지 않는 게 없다지만 시련과 고비 길로 포장된 많은 시간을 거쳐 오면서 예전보다 좀 더 단단한 마음과 가슴을 얻었다. 신이 주신 그 길은 결코 무의미하지 않았고 고통을 주신 대가로 마음의 눈을 열어주었다.

오늘도 화면엔 이명으로 고통받고 난청으로 상처받는 사람들이 아우성이다. 얼굴 한 번 본적 없는 사람들이 하소연하며 누군가의 손을 그리워한다. 내가 받았던 만큼 나도 누군가에게 든든한 어깨가 되어야겠다고 생각했다. 쇠심줄 같은 손으로 나와 같은 시련을 겪는 사람들의 손을 잡아주고 싶었다.

그동안 겪어 왔던 나의 이야기를 읽으며 공감할 사람이 분명 있을 거라 믿는다. 누군가가 걸었던 길에 내가 서 있고 내 뒤로 다시 누군가가 힘들게 걸어올 것이다. 그 길을 걷는 이상 우리는 끈끈한 무언가를 느끼며 삶의 의미를 찾아갈 것이다.

힘들고 어려웠던 삶이었지만 지금은 누구보다 행복한 삶이라 말하고 싶다. 지금도 이명과 난청에 마음이 다칠 때가 있지만 세상은 끝도 없이 어둠과 환희가 공존하는 거라 믿는다. 마치 낮과 밤이 주기적으로 우리를 찾아오듯이 어둠이 대비되었기에 더욱 밝은 삶을 볼 수 있는 것이다.

세상은 다 그런 것이라고 웃으며 말할 수 있는 여유를 찾았다. 삶의 곳곳에 행복이 스며있다는 것을 알았다. 비록 나의 귀한 시간이 희생되었지만 아깝지 않다. 그로 인해 내 마음에 저장된 무언가가 셀 수 없이 그득 하다.

이제, 지친 어깨를 토닥이며 나의 이야기를 들려주려 한다. 예쁘지 않는 손이지만 있는 힘껏 잡아 주고 싶다.

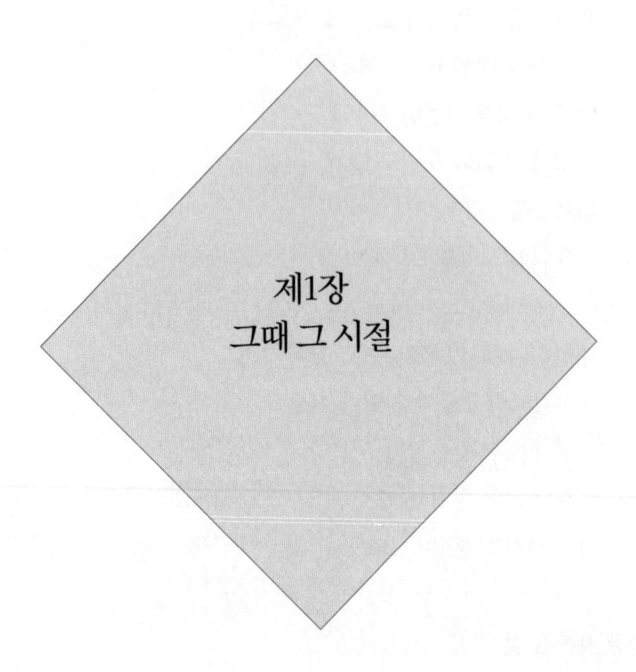

제1장
그때 그 시절

대답 없는 너

파도가 넘실대는 바닷가에서 유년을 보냈다. 고래의 생태를 찾아 관광객을 불러 모으는 장생포가 내 어린 시절을 간직한다. 좀 더 정확히 말하면 장생포를 마주하고 있는 내해라는 곳에서 나는 태어났다. 마을 전체가 철거되어 멀지 않은 곳에 터를 잡은 곳이 장생포다. 바다에 생계를 두었던 사람들은 이 기회에 바다를 떠나 도시에서 새로운 삶을 찾기도 했지만, 대부분은 장생포로 건너와 살았다. 아버지도 바다를 떠나서는 살 용기가 나지 않던지 우리는 바다에서 오랜 세월을 함께 했다.

내해는 삼면이 바다로 둘러싸인 섬 같은 곳이었다. 내륙으로 통하는 유일한 길은 빼곡한 공장 지대를 지나야 했다. 차로 다닌다 해도 먼 거리를 둘러 다니는 게 여간 번거로운 일이 아니었다. 더구나 산업용 탱크나 시설물이 세워져 있어 위험한 곳이었다. 그쪽으로는 아예 발길조차 두지 않았다. 마을 사람들은 모두 배를 타고 바닷길로만 다녔다. 나룻배가 유일한 교통수단이 되었다. 어찌면 그곳은 아무도 급할 것이 없는 시간이 멈춘 그런 마을이었다.

내해를 건너 장생포로 나와야 학교가 있었다. 우리는 버스 대신으로 나룻배를 타며 통학했다. 태풍이 오거나 기상이 좋지 않은 날은 학교를 쉬거나 일찍 마치는 특혜가 있었다. 장생포에 사는 아이들이 내해에 사는 아이들을 부러워하는 때가 바로 그때였다. 그리 멀지 않은 건너편 바다라도 배를 띄우는 일은 기상 상황에 민감했다. 특히 바람이 많이 부는 날이면 엄마는 세 남매를 걱정하느라 일손이 잡히지 않았다.

저녁 먹거리를 찾아 갈매기가 끼룩거리는 소리를 들으며 자랐고, 여름이면 자릿세 없는 넓은 수영장에서 해가 지도록 멱을 감으며 놀았다. 해풍을 맞고 자란 과수원의 사과를 아무런 제재 없이 따 먹었고, 산으로 밭으로 발 닿는 모든 것이 내 놀이터고 장난감이었다.

부족한 것 없는 막내딸에게 유일한 결핍은 엄마가 새벽부터 일터에 나가는 것이었다. 세 남매의 등교는 바쁜 엄마 대신 할머니가 지켜주었다. 채워주어야 할 자리가 휑하니 비어서일까. 엄마와 같이 있는 날은 꽁무니에서 떨어질 줄을 몰랐다.

숨이 막힐 듯 더운 날씨가 되면 나는 마음속에 간직한 고향바다를 생각한다. 한 잔의 차를 마주하고서 끌어낼 수 있는 최소한의 어린 기억을 더듬어 본다. 짠 내 나는 바다 위에서 불어오는 세찬 바람이 머리카락을 사정없이 흔들었던 모습, 궂은 날씨에도 방파제를 뛰어오르며 놀았던 일, 집어삼킬 듯한 파도도 느껴보고, 햇살이 바다를 달구는 진주 알 같은 물결도 생각해본다. 오빠들과 줄낚시를 하거나 돌 틈의 고둥을 잡으며 보냈던 시간이 내 지친 삶에 위안이 될 줄 그때는 몰랐다. 따뜻한 추억을 많이 저장해둔 그곳. 바닷가 마을은 언제

나 그리움의 대상이다.

불혹을 넘기고 바라본 지금 그곳은 마을 전체가 공장으로 장악해있다. 인적뿐 아니라 뱃길조차 뜸한 곳이 되었다. 추억의 교통수단인 나룻배가 사라진 지는 오래되었고, 가끔 목적 있는 사람들이 연락선을 이용하기도 한다. 관광객이 북적이고 인파가 몰려드는 장생포와는 달리 건너 편 내해는 공장 굴뚝의 연기만 분주하다. 먼 바다에서 들어오는 거대한 유조선이 지나갈 때면 장생포와 내해를 반으로 뚝 갈라놓는 기분이다. 마치 저장된 기억이 반으로 잘려나가는 느낌이라고나 할까. 옛 기억을 떠올리며 추억을 되새기기에는 너무 많이 낯설어져 있다. 이제 장생포에서 그곳을 바라볼 때면 마음 한편이 아련해진다.

그때의 등굣길은 멀었다. 집에서 한참을 걸어 나와 나룻배를 타고, 또다시 길을 걸어 학교로 갔다. 요즘은 학군 위주로 집을 구하니 학교가 바로 집 앞인 경우가 많다. 지금 생각하면 그 먼 거리를 어떻게 다녔던지. 차로 금방 도착하는 그런 앙상한 추억보다 느리고 멀기 때문에 건져 올린 따뜻한 기억들이 더 많은지도 모르겠다. 온몸으로 노를 젓는 사공 아저씨 뒤로 허리를 굽혀 가만히 물살을 느껴보기도 했던 시간이 지금의 나에게 충만한 감성을 채워주고 있다. 느린 시간조차 추억의 일부가 되어 있었다.

나룻배는 드나드는 시간이 정해져 있지 않았다. 촌각을 다투며 사는 사람들은 그 막무가내 시간표를 이해할 수 없을 것이다. 그저 건너갈 사람이 적당히 모였다 싶으면 배를 띄웠다. 노를 젓는 사람이 주인이니 엿장수 마음이라고나 할까. 무작정 기다리는 게 대부분이고 어쩌다 급한 일이 생기면 빨리 가자고 선장을 재촉하는 사람도 있었다. 단 한 사람만을 태워 움직일 때도 있었고, 사람을 너무 많이 태워 배 밑이 쑥 들어간 채로 이동할 때도 있었다. 잔잔한 물결을 가로지르는 노 젓는 소리는 언제 들어도 편안하다. 내해에서 장생포로 가는 길은 참 더뎠지만, 보물 같은 추억을 많이 안겨주었다.

그러나 '먼 거리'라는 것이 때로는 추억이 되기도 하지만 문명과의 접촉을 더디게 할 때도 있다. 큰 병이라고 생각하지 않는 이상 대부분 사람들은 병원을 찾는 일이 드물었다. 바다 일에 생계를 두신 부모님도 대수롭지 않은 일로 나룻배를 타는 일이 없었다. 아이들은 스스로 강해진다는 신념으로 병원을 멀리하며 살았다. 오십 원을 들고 가게를 가다 자전거에 부딪혀 머리에서 피가 날 때도, 발목을 다쳐 멍 자국이 시꺼멓게 들어도 병원신세를 지지 않았다. 그 마을 안에서 스스로 해결하거나 민간요법으로 위기를 모면했다. 다들 어지간한 일로 바쁜 일상에 번거로운 걸음을 하지 않았던 것이다.

나에게 감기 증세가 찾아왔다. 오빠들과 다름없는 가벼운 감기라며 며칠 누워있으면 괜찮아질 거라고 했다. 열이 나는 이틀 동안 조용히 누워 있었다. 엄마는 아픈 아이에게만 주는 특별한 간식을 사 주었다. 달콤한 카스텔라가 노란 속살을 보이며 내 손에 쥐어졌다. 평소에는 웬 떡이냐며 허겁지겁 먹었을 테지만 그때는 입맛을 잃었던 터라 먹기는커녕 가만히 쥐고만 있었다.

감기는 알게 모르게 지나갔다. 문제는 그다음이었다. 귀가 조금씩 아파지기 시작했다. 병원이 멀리 있으니 엄마는 민간요법을 동원해 귀앓이를 잠재워 줄 요량이었다. 노란 주전자에 물을 팔팔 끓인 후, 귀에다 대고 김을 쐬게 했다. 통증은 빨리 잦아들었고 그 후로 나는 아무 일 없었다는 듯이 그렇게 시간을 보냈다.

몇 년이 지난 어느 날이었다. 엄마는 뒤돌아 앉아 있는 나를 불렀다. 묻는 말에 곧잘 대답을 하는 아이였다. 그러나 부르는 말에 대꾸하지 않아 의아했지만 한두 번은 그냥 대수롭지 않게 여겼다. 며칠 동안 지켜보다 작은 소리에 돌아보지 않는 나를 그냥 둘 수는 없었다. 더는 안 되겠다 싶었는지 손에 든 일감을 제쳐놓고 얼른 병원으로 갔다.

의사가 진찰했지만 속 시원하게 말하지 못했다. 귀에서 진물이 나거나 다친 흔적이 있다면 모를까. 겉으로 봐서 단순히 소리가 들리지 않는 것에 대한 정확한 병명을 말해줄 수가 없다고 했다. 우리는 어떠한 확답도 듣지 못한 채 집으로 돌아왔다. 며칠 동안 나를 지켜본 엄마는 가만히 있을 수 없었다. 다른 병원을 수소문해 다시 나를 데리고 갔다. 그러나 두 번째도 마찬가지였다. 입에서 웅얼거리는 소리 뿐, 별다른 말이 없었다. 확답을 얻을 만한 의료기구가 없었던 걸까? 의사들은 모두 무성의한 대답밖에 없었다. 의사보다 답답한 건 엄마였다. 먼 길을, 바쁜 걸음을 또다시 헛걸음질했다.

이번에는 끝장을 볼 작정이었다. 엄마는 좀 더 큰 병원으로 나를 데리고 갔다. 여기서 꼭 원인을 알아야겠다는 마음뿐이었다. 의사의 질문에 엄마는 그간 있었던 일을 낱낱이 얘기했다. 전조 증상이 될 만한 이야기들을 모조리 꺼내며 오랫동안 상담을 했다. 의사는 생각 끝에 말을 이었다.

"배 속에 아이가 있는 줄 모르고 먹은 감기약 때문은 아닌 것 같습니다."

엄마는 혹시나 하는 생각에 과거의 일을 꺼내보기도 했다. 결국은 감기가 몰고 온 중이염 때문에 난청이 왔다는 결론을 내렸다. 의사는 나를 안쓰럽게 바라보았다. 약으로 도움이 될 것 같지 않다며 어떠한 약도 쥐여주지 않았다.

노인성 난청이 대부분이었던 그 시절, 아이의 난청에 엄마는 슬픔이 채워지기 시작했다. 그때가 초등학교 2학년쯤이었다. 나는 듣는 데 약간의 지장을 줄 뿐, 그리 슬프다는 생각은 하지 않았다. 그러나 뒤돌아선 엄마의 어깨는 무거워 보였다. 앞으로 살아가는 데 닥치는 어려움을 미리 아셨던 것일까. 그때부터 나는 남들과 조금 다른 길을 걸어가게 되었다.

그리 다르다는 생각을 하진 않았지만 살면서 타인과의 각도는 자꾸만 벌어지게 되었다.

야매의사 순례길

병원에서는 이미 손을 놓았다. 귀가 좋아지는 약도 없고 치료할 방도도 없다며 지금으로서는 그 정도의 귀로 살아야 한다며 냉정히 말하기만 했다. 병원은 이제 더 갈 이유가 없어졌다. 점차 나빠지질 않기만 바랄 뿐, 의사도 나도 할 수 있는 게 아무것도 없었다. 병원에서 돌아오는 길에 엄마는 나의 머리를 연신 쓰다듬어 주셨다. 엄마의 속마음은 엉킨 실타래처럼 복잡했을지도 모르겠다. 앞으로 겪어 나가야 할 일들이 긴 한숨이 되어 나왔다.

평생 난청으로 살아가야 하는 일은 두려운 일이다. 차라리 내 몸이라면 모를까. 내 아이가 그렇다면 더 조바심 나는 일이 아닐 수 없다. 사는 게 바빴던 엄마에게 많은 생각을 안겨 주었을 것이다. '조금만 더 일찍 왔더라면, 병원이 멀지만 않았어도, 조금 더 아이에게 관심을 가졌더라면'하고 자책하지나 않을지. 다 이해했다. 어부의 아내로 눈코 뜰 새 없이 바쁜 생활을 무슨 수로 빠져나왔으며 새벽같이 바다로 나가는 엄마에게 무슨 여유가 있었을까.

엄마는 용하다는 야매 의사를 수소문하기 시작했다. 어차피 병원에서 고칠 수 없다면 무슨 방도라도 찾아야지 손 놓고만 있을 수 없었다. '그러다 더 나빠지기라도 한다면.'엄마는 지금보다 나중을 먼저 생각하는 듯했다. 그렇게 이웃집으로 출입하는 날이 많아졌다. 길에서라도 사람들을 마주하면'용한 곳'을 먼저 물어보기 시작했다.

마침 우리 동네에서 백혈병인 아이가 기적적으로 살아났다는 이야기가 떠돌았다. 청주의 어느 절에서 떠오는 물을 마시고 병원에서 포기한 병을 고쳤다는 이야기가 신화처럼 돌고 있었다. 엄마는 한 가닥 기대를 걸었다. 그러고는 벌써 구름이 걷힌 양 밝은 표정으로 나에게 권했다. 나뿐만이 아니었다. 신통방통한 물을 마시고자 청주로 가기 위한 사람들이 의외로 많았다. 번거로운 교통을 해결하기 위해 마음 맞춘 사람들이 단체로 관광버스를 탔다. 그 차는 일주일에 한 번씩 장거리를 가기 위해 아침 일찍 마을 앞에 대기했고, 나는 엄마의 성화에 못 이겨 슬그머니 궁둥이를 붙이고 자리 하나를 차지했다.

"꼭 낫는다 생각하고 먹어야 한다."

엄마는 동네 사람들 사이로 나를 밀어 넣으며 신신당부를 하곤 했다.

차는 네다섯 시간을 달려 청주로 향했다. 버스에는 직업상 관절염, 허리 병을 달고 사시는 어르신들이 대부분이었다. 오고 가는 지루한 시간을 달래려 스피커에서는 신나는 뽕짝 음악을 틀어놓았다. 흥에 취해 달리는 버스에서 종종 춤판이 벌어지기도 했다. 아프다던 허리 병은 다 어디로 가신 것인지. 신나는 음악을 즐기던 어르신들은 음악이 사라지면 다시 허리를 부여잡는다. 나는 슬쩍 웃음이 나기도 했다. 흥을 부르는 음악은 고통도 잊게 하는 건지, 생계에 치여 꼼작 달싹 하지 못하는 사람들이 간만의 나들이에 물이 올랐던 것이리라.

이른 아침에 출발했던 차는 청주의 어느 절에 우리를 내려놓았다. 사방이 산으로 둘러싸인 그곳은 한적했다. 먼저 헌금을 하고 기도를 했다. 어르신들을 졸졸 따라다니며 눈치껏 시키는 대로 따랐다. 신통하다는 그 물 앞에서 또다시 기도를 하고 한 바가지를 마셨다. 그리고 물통에 한 말 가득 담아와 집에서도 기도하며 매일 마셨다. 그야말로 정성이었다. 겉으로 봐선 그냥 물이다. 고친다는 믿음과 신성한 의식을 넣어서일까'좀 다른 물'로 보이기도 했다.

아침 일찍 먼 길을 나오면 허기가 진다. 멀리서 오는 손님에게 국수 공양을 했다. 동네 어르신을 따라 다니면서 먹던 그곳의 국수 맛은 내 혀에 화석처럼 남았다. 육수도 없이 멀건 국물에 단지 삶은 국수와 고추장, 그리고 김치만 얹었을 뿐인데, 내 미각 속에 각인 된 그 맛은 아직도 간간이 요동친다. 내가 국수를 좋아한 계기가 그때부터가 아닌지 모르겠다. 혼자 먹는 점심으로 가끔 고추장과 김치를 얹어 그 맛을 흉내 내보지만 그때의 배고픔과 시간을 버무리지 않아서인지 그 맛은 나지 않는다.

열심히 기도하고 그 물을 먹었지만 나에게 기적은 피해갔다. 절실함이 부족했는지도 모르겠다. 다른 어떤 약도 없이 이 물 하나만 내 생명을 지켜줄 것이라 여겼던 백혈병 친구와 등 떠밀려 간 곳에서 시키는 대로 하고만 왔던 나와의 차이는 "이제는 그것밖에 없다"라는 절실한 마음의 차이가 아니었을까. 아니면 이 물은 곧 너의 약이라고 철저히 각인 된 플라시보 효과가 아닐는지. 그러나 그 아이 만큼의 절실함이 있다 한들 내 귀가 밝아졌을지는 사실 미지수다. 나는 거기서 그냥 국수를 참 맛있게 먹었던 아이였을 뿐이다.

몇 년이 흘렀다. 또 다른 절에서 아픈 사람을 치료해주는 스님이 있다는 소문이 떠돌았다. 황 여사가 어디 가만히 있겠는가. 입에서 입으로 물어 용하다는 스님을 찾아갔다. 큰 법당 안은 전국에서 소문 듣고 온 사람들이 가득 차 있었다. 나이 지극하신 할머니들이 대부분이었다. 아픈 부위를 두드리며 손으로 치료를 해온다던 스님이라는 건 이미 알고 갔다. 붉은 도포를 두르며 서 계신 모습이 제법 불가의 도를 닦으신 분 같았다.

"어디가 아파서 오셨습니까?"

"저…, 귀가 잘 안 들려서요."

"딱!"

"……."

어디가 아프냐고 묻기에 귀가 안 들린다고 대답했다. 스님은 말이 끝나기가 무섭게 냅다 귀싸대기를 후려치는 것이 아닌가. 얼마나 아프던지 어안이 벙벙했다. 눈을 뜰 새도 없이 다시 두 번째 싸대기가 올라왔다. 눈물이 핑 도는 것을 억지로 참았다. 이런 치료법도 있나. 기분 나쁜 건 둘째 치고 어찌나 아프던지. 그렇게 용하다는 의술이 몇 차례 계속되었다. 음 소거를 하고 들으면 일방적으로 맞기만 하는 억울한 싸움판이다. 한 참이 지나도 나는 고개를 들 수가 없었다. 많은 사람들이 나를 주시하고 있다는 생각에 부끄러움이 몰려왔다. 할머니들이 안쓰럽다며 혀를 끌끌 차기도 했다. 벌게진 얼굴을 두 손으로 푹 가리며 고개를 떨궜다.

그러고 보니 다른 사람들은 눕혀 놓고 허리를 때리거나 무릎을 발로 밟기도 했다. 기(氣)치료라는 방법이었다. 도를 닦으신 몸에서 나오는 기로 아픈 사람을 치료한다는 의술. 한 번이라도 더 맞기 위해 아픈 부위를 더 가까이 대기도 했고, 연신 절을 하며 고마움을 표시하기도 했다. 맞으면 맞을수록 환자들은 머리 숙여 인사를 했다. 한 대라도 더 맞기 위해 스님이 돌아서는 발걸음에도

"한 번 더"를 외쳤다. 나는 한 번 더도 싫었고 나한테 오는 것도 두려웠다. 귀싸대기를 맞고 절을 하기는 했지만 느낌은 별로 좋지 않았다. 한 번의 치료로는 어려우니 여러 번을 다녀야 한다고 했다. 몇 번 동안 그 절을 다시 찾아 스님에게 귀를 맞으며 치료를 받았다.

치료법이라는 걸 떠나서 누군가에게 맞는다는 것은 기분이 나쁘다. 나는 잘 들을 수 없어 불편하기는 했지만, 완전히 귀가 먹은 상태는 아니었다. 어쩌다 두어 번 못 알아들을 정도였지 그다지 불편하다고도 생각지 않았다. 그런데 왜 하필 아픈 부위가, 약한 부위가 귀였을까 라며 느끼는 순간이었다. 눈이 나쁘면 눈을 때리지 않았겠냐며 애써 위안하기도 했지만, 귀싸대기를 맞아가며 치료를 해야 한다는 생각에 눈물이 나지 않을 수 없었다.

어이없는 순간들이었다. 그러나 병원에서 손을 쓸 수 없으니 지푸라기라도 잡는 심정으로 물불을 가리지 않았다. 그렇게 많은 병원에 다니고도 어르신들이 낫지 않는다며 야매 의사들을 찾아 순례하는 길이 이해가 되기도 했다. 하물며 점을 보고, 무당집을 찾고, 굿을 하는 이유도 현대의학으로 손을 쓸 수 없는 답답한 심정을 풀어보고자 그런 것이 아니겠는가.

어떤 곳은 죽비로 때리기도 했다. 다행히 귀가 아니라 몸 전체를 두들겨주니 그나마 시원하기라도 했다. 어르신들을 유혹하던 대형 의료기기가 있는 건강방도 다녔다. 건강 기구만 있으면 무슨 병이 든 고친다고 유혹했던 사람들. 그분들의 말이면 세상에 병자가 왜 있고, 아픈 사람과 장애인이 왜 있겠는가. 당장의 괴로움에 혹 하고 넘어가는 사람이 한 둘이 아니다. 약 좋다고 광고하는 감언이설을 뿌리치기가 사기꾼 잡기보다 힘들다던 어르신들이다.

민간요법, 야매 의사를 찾아 방황하던 나날이 누구보다 많았다. 대부분 허리나 무릎이 좋지 않은 어르신들과 동행 길을 함께했다. 할머니들은 측은하다며 혀를 끌끌 차실 때도 있었지만 손녀처럼 이것저것 챙겨주며 나를 감싸주었다.

요즘은 현대의학이 많이 발전해있다. 땅만 보고 다니던 어르신들의 허리를 꼿꼿이 세워놓는가 하면 마지못해 달린 것처럼 질질 끌던 다리도 날개 달린 듯 걷게 만든다. 우리나라의 의술을 배우러 멀리서 유학 오기도 하고, 아무도 이루지 못한 업적을 세계에 소개할 때면 정말 뿌듯하다. 곧 죽은 사람도 살려낸다는 말이 오갈지도 모를 일. 현대의술이 좀 더 많은 병을 고칠 수 있다면 야매 의사가 보따리 사야 할 일도 많아지지 않겠는가.

앞자리가 내 자리

점차 작고 가는 소리를 놓치는 경우가 많았다. 학교생활 중 선생님의 말소리는 대부분 가늘고 약한 소리였다. 아이들이 작은 소리에 집중하도록 의식적으로 개미 같은 목소리로 수업하는 선생님도 있었다. 교실과 교실이 연결되어 있으니 목소리가 너무 크다면 다른 반 수업에도 피해를 준다. 약한 소리로 말하는 건 이해가 간다. 하지만 조금 특별한 내 처지에서는 괴로운 일이 아닐 수 없었다. 침 튀기며 설명을 해도 내 귀가 온전히 담아내질 못하는 경우는 참 난감했다.

키가 작지도 않고 크지도 않으니 순서대로 줄을 세우면 딱 중간쯤 됐다. 보통, 책상 서너 번째 줄에 배정이 되어 눈에 띄지 않게 조용히 앉아 있었다. 성격 또한 내향적이라 그리 관심의 대상은 아니었다. 아마 특별한 상황이 아니라면 선생님의 기억 속에 나라는 아이는 없을 것이다.

학기 초가 되면 엄마는 연례행사처럼 학교를 방문하신다. 잘 들리지 않아 마음고생을 할지도 모른다며 열 일 제쳐 두고 걸음을 하신다. 잔손 없이 혼자서 척척 알아서 하는 오빠들에 비해 막내는 늘 엄마의 보이지 않는 시선을 자아낸다. 게다가 잘 들리지 않는 귀로 혼자 전전긍긍할지도 모른다며 마음 언저리엔 항상 나를 담고 계셨다.

엄마는 고기잡이를 생계로 둔 아버지와 함께 꼭두새벽부터 고깃배에 몸을 싣는다. 무거운 눈꺼풀을 제치고 새벽 바다로 전전하는 몸은 언제나 꿀 같은 단잠을 그리워했다. 힘겨운 바다 일이 반나절까지 계속되면 뒤편의 과수원 일이 또 기다리고 있었다. 피곤함에 지친 엄마가 버스라도 타는 날이면 수면제를 먹은 듯 졸 때가 많았다. 버스가 흔들릴 때마다 무거운 고갯방아를 찍어 대는 건 예삿일이다. 유별나게 엄한 시어머니 밑에서도 부지런하게 삶을 일궈왔다. 내 유년의 엄마는 늘 바쁜 사람으로 기억됐고, 엄마의 손을 타지 않은 우리 삼남매는 각자 알아서 자랐다.

엄마의 마음 한구석에는 늘 내가 있었다. 막내라는 순위가 마음을 아리게도 했지만, 치맛자락에서 빨리 손을 뗀 나를 애처롭게 여겼다. 작업복과 한 몸이 되어 고기를 손질하며, 비린내가 향수가 되어도 세 남매의 반듯한 성장이 행복이었던 억척 엄마다. 어부의 아내로, 호랑이 시어머니를 둔 며느리로, 세 아이 골고루 뒷바라지하는 그야말로 만능 우먼, 슈퍼 파워 워킹맘이었다. 눈코 뜰 새 없이 바쁜 일정을 뒤로하고 새 학기가 되면 번거로운 걸음을 하신 거다. 그때만큼은 아이의 선생님을 뵈어야하기에 작업복을 걸친 옷을 벗어 두고 꽃단장을 하셨다.

내 기억에는 오빠들의 일로 학교를 다녀가셨던 기억은 별로 없다. 공부도 잘

하고 장남의 역할을 톡톡히 하던 큰 오빠는 아예 신경 쓸 일조차 없었다. 별난 성격이 아니라 선생님의 부름을 받을 일이 없던 작은 오빠도 마찬가지다. 운동회가 유일한 학교 방문이었지만 그것마저 생계에 밀려날 때도 있었다. 바쁜 일상을 희생하지 않아도 두 아들은 엄마의 기대에 맞게 잘 자라주었다.

한참 사춘기 시절이던 고등학생인 어느 날, 그날도 엄마는 어김없이 생활전선을 벗어나 학교에 상담 차 오셨다.

"선생님을 한번 만나 뵈러 가야 될 텐데."

며칠 전부터 그 말을 꺼내곤 하셨다. 어떻게 시간을 내 볼까 고민했을 것이다. 일정을 빨리 마무리해놓고 아이의 선생님을 만나야 마음이 편해질 거라 생각되었는지도 모른다.

교무실에서 만나본 엄마는 그다지 세련되지 않은 차림새였다. 더군다나 담임 선생님은 잘생긴 총각 선생님이었다. 나는 곧 실망했다. 엄마의 눈을 마주치지 않으려고 땅을 보며 걸었다. 거뭇한 피부에 허름한 옷차림, 더군다나 일감을 제치고 급하게 나오셨는지 책상 위에 고스란히 놓인 거무튀튀한 손이 눈에 거슬렸다. 귀가 나쁘지만 않았다면, 별문제 없는 아이였다면 굳이 학교에 나오실 일도 없었을 거라며 원망의 화살을 쏘아댔다. 내 일은 내가 알아서 한다며 없던 자립심이 불시에 생겨나기도 했다. 예쁜 옷이라도 사 입지 그랬냐며 없던 측은지심도 생겼다. 엄마로서가 아니라 여자로서 보기 시작하니 한없이 초라해 보였다. 실뭉치처럼 복잡한 마음을 가진 나와는 다르게 엄마는 여유 있는 모습으로 선생님과 이야기했다. 당연히 앞에 앉게 해 달라는 말을 먼저 꺼냈다. 조금은 부족한 아이를 잘 봐달라는 부탁도 잊지 않았다. 한참이나 어린 선생님에게 연신 몸을 숙였다. 그제야 여자가 아닌 엄마로 보이기 시작했다.

막내딸이 학교에서 어려움을 겪고 있지나 않을까 싶어 바쁜 걸음으로 오셨던 엄마다. 그때 그런 시꺼먼 속마음을 아셨다면 얼마나 가슴이 아렸을까. 그렇게 선생님과 상담을 하고 가시는 날엔 선생님과 마주한 맨 앞줄이 내 자리가 되었다. 교탁 바로 밑의 명당자리는 항상 내 자리였다.

선생님의 배려로 앞자리가 내 자리가 되니 칠판과 가까워 져서 좋고 목소리가 더 잘 들려 좋았다. 아주 가늘고 약한 소리만 놓치니 그런대로 수업은 잘 따라갈 수 있었다. 선생님의 농담, 의식적으로 내는 작은 소리를 어쩔 수 없이 놓치게 될 때는 인심 좋은 짝꿍이 재방송해주기도 했다. 그러고 보면 내 짝꿍들은 다들 선의의 봉사자였다.

선생님과 가장 밀착되게 가까운 사이가 되었다. 까마득하게만 보이던 선생님의 얼굴을 돋보기 비추듯 볼 수 있었다. 앉아서 우러러보는 나와 위에서 내려다보는 선생님과의 시선. 잘 생긴 선생님의 모공과 코털까지도 현미경처럼 보게 되었다. 열변을 토할 때면 폭탄처럼 쏟아지는 물침도 맞아보고, 이마로 전해지는 우렁찬 입김까지 느껴보는 사이가 되었다. 앞자리에 앉은 특혜(?)라고나 할까. 선생님과 나는 가장 가깝고 친밀한 사이였다.

학창 시절부터 버릇처럼 앞에 앉아서일까. 내 자리는 항상 앞줄이라는 생각이 박혔다. 장소 불문하고 맨 처음의 자리에 몸이 반사적으로 다가간다. 연사와 가까워야 한 마디라도 더 챙겨 들을 수 있다. 그러나 사람들은 지레 앞자리를 꺼린다. 강의실 안이 인파로 넘쳐나도 앞자리는 비어 있을 때가 많다. 연사가 앞자리로 유도하지 않는 이상 텅 빈 의자로 강의를 마치는 경우도 더러 있다. 그 자리는 배우려는 의지가 강한 사람, 학구열에 불타는 사람으로 비친다. 가까이에 앉는다는 것은 다소 부담이다. 질문을 받을 때도 앞줄에 앉는 사람이 희생할 때가 많고, 뚫어질듯한 눈빛이 부담스러울 때가 많기 때문이다. 나도. 맨 뒷줄에 앉아 친구들과 속닥거리고도 싶고, 선생님의 시선을 시소 타듯 피해 몰래 딴짓도 하고 싶었다. 짝꿍이 주는 쪽지를 보며 키득거리고 싶었고, 수업 중 노트가 아닌 연습장에다 빼곡히 낙서도 하고 싶었다. 몰래 과자도 하나 오물거리고 싶었고, 얌체 친구의 험담을 늘어놓으며 짝꿍과 속닥거리고 싶었다. 이 모든 것이 선생님과 가장 먼 뒷자리에서 이루어진다. 앞자리에서는 꿈도 꿀 수 없는 일이다. 왜 그러고 싶지 않았을까. 단지, 잘 들리지 않으니 말소리가 나는 쪽으로 바싹 당겨 앉을 수밖에.

대학교 때였다. 큰 강의실에서 수업하는 날이었다. 교탁을 향해 둥그렇게 놓인 의자들이 빼곡했다. 강의를 들으려는 학생 수도 많았다. 그런데 다들 앞자리는 회피했다. 그날도 나는 맨 앞자리에 반사적으로 앉았다. 마이크로 강의해도 교탁 바로 앞이 가장 잘 들릴 거로 생각했다. 서로 약속이나 한 듯 뒤 자석부터 차곡차곡 채워졌다. 교수님 가까이에 앉는 사람이 드물었다. 맨 뒷자리는 빈 의자 없이 빼곡했다. 뒤에서 잠을 자도 앞에서 다 보일 텐데 뭐 하러 뒤 자석만 고집하나 괜한 심술이 나기도 했다. '잘 들려서 좋겠네!' 어쨌거나 나는 잘 들어야겠기에 앞자리에 앉았다. 친한 친구들도 뒤 자석에 앉는다며 가버렸다. 얼핏 보기엔 왕따 당한 느낌도 들었다. 교수님이 나를 주시하더니 무슨 학과냐고 물으며 관심을 보이셨다. 앞자리를 지키고 있는 내가 기특해 보인 것인지, 안쓰러워 보인 것인지 흐뭇한 웃음을 날려주기도 했다. 때로는 잔심부름을 시키며 호의를 베풀었다. 한 학기가 끝날 때까지 나는 늘 그 자리에 앉았고 수업 시간에 집중했다. 교수님은 그런 내게 당연히 좋은 학점을 주셨다.

말하는 사람과 듣는 사람의 거리를 좁힐수록 친밀감을 형성한다는 사실이다. 모두 자의로 자리를 선택하는 데 비해 나는 선택의 여지가 없다고 생각되었다. 한번은 늘 그 자리에 앉아 있는 내가 싫어 뒷자리에서 딴짓을 자청했다. 역시 내 자리는 앞이라는 생각에 이내 다시 돌아오곤 했다. 조금 더 가까이에서 눈을 맞추며 소리를 주워 담으려고 노력했다. 원래의 내 자리가 편안하다는 것을 느꼈다. 내 뒤통수에 있는 사람들을 의식하지 않으며 내 눈앞에 있는 사람에 더 집중하고자 했다.

가만. '나는 완전히 소리를 듣지 못하는 사람이 아니잖아'나의 위치에 너무 예민하게 굴 필요가 없다. 조금만 집중하면 강의를 놓치지 않고 들을 때가 더 많다. 안 들리는 소리에 너무 날을 세울 필요는 없다. 그래도 반복적으로 놓치는 경우는 짜증이 나기 일쑤다. 긍정과 부정이 하루에도 몇 번씩 오르락내리락한다. 감정의 시소가 평평해지면 좋으련만.

이 뭐야, 노인 되는 느낌

중요한 시기인 고등학생 때다. 선생님의 소리 하나하나 놓치지 말아야 할 시기였다. "공부는 수업 때만 잘해도 1등이다."라는 말은 나에게 해당하지 않았다. 앞자리에 앉아도 말소리를 놓치는 경우가 늘어났다. 어느 사회 선생님은 집에서 아예 공부하지 말라며 공부의 부담감을 줄여주셨다. 그러면서 수업시간은 귀를 쫑긋 세워야 한다며 집중하라고 했다. 얼마나 모기 같은 목소리로 집중을 시키는지 나는 왕짜증이 나곤 했다. 그 시간은 파리 한 마리 지나가는 것도 소음이었다. 호랑이 같은 불어 선생님도 마찬가지였다. 수업시간에 가르친 내용으로 불시에 쪽지 시험을 치르곤 했다. 당연히 점수가 잘 나올 리가 없다. 불편함에 미리 각 과목 선생님을 찾아 큰 소리로 말해달라고 양해를 구했지만 여러 반을 돌다 금세 잊어버리는 듯했다.

학교생활의 불편함이 계속되자 무슨 방도가 있어야 했다. 조금씩 불평스러운 말투가 일상으로 파고들었다. 엄마에게 짜증을 내는 일이 잦았다. 듣지 못해 괴로운 사람보다 옆에서 보는 부모 마음이 더 힘들었는지도 모르겠다. 부모님은 보청기가 답이라고 생각했던지 나를 데리고 보조기를 파는 곳으로 데려갔다.

문을 빼꼼히 열자 머리 희끗희끗한 어르신들이 가득 앉아 계셨다. 누가 보청기를 하러 왔을까 싶어 일행을 바라보는 눈들은 호기심으로 가득 찼다. 유리 진열장에는 다양한 모양의 보청기들이 전시되어 있었다. 내 눈은 벌써 그 진열장에 꽂혀버렸다. 크고 작은 보청기들을 보고 있자니 마음 한편이 씁쓸했다. 기계에 의존해 소리를 들어야 한다는 생각에 놀림감이 되지나 않을지 걱정이었다.

'잘 들리기만 한다면 그쯤이야. 뭐.'

보청기의 대상이 어린 학생이라 놀란 눈치였다. 어르신들이 주 고객 대상이라 주인장은 안쓰러운 듯 나를 바라보았다. 선천적으로 나쁜 게 아니라 그나마 다행이라며 웃으며 위로해 주었다. 어릴 적부터 안 들리거나 태어날 때부터 청각장애가 있으면 발음이 어눌해지고, 말을 못 하는 경우가 많다며 부모님을 위안해 주었다. 맞다. 그 정도가 아니어서 참 다행이라 생각했다.

앞으로 의술이 좋아지면 수술이라는 방법도 있을 거라 기대했다. 아니면 난청을 고치는 약이 나오던가, 물리치료처럼 기계에 귀를 갖다 대면 몇 번의 시술로 귀가 뻥 뚫리지는 않을까 하는 상상도 해보았다. 미래는 어떡하든지 나의 귀를 고쳐줄 거라 믿었다. 가까운 미래에 마이크로미터 한 세계가 무딘 귀를 살려줄 거라 믿고 싶었다. 더는 나빠질 줄 꿈에도 모른 채, 벌써 상상만으로 귀를 정상으로 돌려놓곤 했다.

어르신의 대명사가 된 보청기를 해야 한다는 생각에 우울한 감정이 살짝 스치기는 했다. 보청기를 끼면서도 "뭐라고?" 목청 높이는 어르신을 흉내 내는 건 아닌가 싶었다. 하지만 그런 자존심은 버린 지 오래다. 사람들이 알아채지 못하게 머리로 가리고서 잘 듣기만 한다면 이제 아무런 문제가 없을 것이라는 긍정적인 생각이 들었다.

다양한 종류의 보청기가 기다리고 있었다. 귓바퀴 위에 걸 수 있는 고리 모양, 카세트처럼 생겨 이어폰처럼 긴 줄로 연결된 모양, 큰 헤드셋처럼 생긴 모양까지 아주 다양했다. 나는 귀 바퀴 위로 거는 귀고리형을 권해주었다. 귀에 살짝 걸치고 머리카락으로 가리면 아무도 눈치채지 못할 것 같았다. 이제는 남들과 똑같이 들을 수 있을 거라며 호기롭게 보청기를 착용하는 순간이었다.

그런데.

'이게 아니잖아, 뭐 이래?'

막상 끼워 보니 생각했던 거보다 소리는 이상했다. 삐삐거리는 소리에 쏴쏴 하는 소리가 잡음처럼 들리고 누구의 목소리인지 내 귀로는 전혀 분간하지 못했다. 나는 부모님의 눈치를 살폈다. 잘 들리냐고 묻는 말에 일단 들린다고만 얘기했다. 이렇게 혼란스럽게 들리는지는 알 리가 없었다. 주인은 여러 가지 말을 늘어놓으며 부모님에게 설명했다. 모두들 주인장의 말에 귀를 기울였지만 난 혼란스럽기만 했다.

'이런 소리에 적응하라고?'

나는 이 기계에 당장은 적응할 수가 없었다.

내 속을 아실 리 없는 부모님은 안심하는 것 같았다. 거금이 드는 일이지만 일단 들리기만 한다면 한시름 놓을 수 있을 거라 생각하셨다. 이제 불편한 일이 없이 살아갈 거라며 다행이라 여겼다.

나는 계속 적응을 시키려 노력했다. 그러나 라디오 방송을 듣는 것처럼 일상이 기계 소리로 들렸다. 그때의 보청기는 생각만큼 만족스러운 결과를 주지 못하고 나도 받을 수 없었다. 소리를 단지 크게만 들리게 해주었지 알아들을 수 있을 만큼 정확하게 전달해주지는 못했다. 역시 기계는 기계라는 생각을 했다. 기계가 사람의 귀만큼 정교하지 않다는 것도 알았다. 많은 기대감이 한순간 무너졌다.

그 당시 90년대는 보청기의 기술력이 그다지 좋지 않았다. 가릴 수 없게 덩치도 컸지만, 성능 또한 별로였다. 보청기만 하면 무슨 말이든 다 알아들을 수 있을 것 같아 엄청나게 기대를 했지만, 생각과는 아주 딴판이었다. 처음이라 그럴 수도 있다며 천천히 적응하자며 마음먹었다. 그러나 이 기계 소리에 내 귀가 적응하는데 쉽지 않을 거라는 생각은 놓을 수 없었다. 누가 하는 말소리인지 알아들을 수가 있나, 고유의 소리는 고사하고 삐삐거리며 잡음처럼 들리는 소리는 괴로움의 연속이었다. 더구나 보청기가 내 귀에 맞춰지는 것이 아니라 보청기의 굵기에 내 귀를 맞춰야 하는 불편함이 있었다. 작은 귀에 매일 쑤셔 박으려고 하니 아프고 괴롭기만 했다. 점차, 들리는 소리에 집착하기보다 귀의 통증에 예민해지기 시작했다.

실망이 컸다. 그래도 거금을 들인 보청기라 당장 뺄 수는 없었다. 학교 규칙상 짧은 단발머리 속에 숨기려 해도 약간의 꼬리를 보이는 그것이 슬슬 미워지기 시작했다. 고액의 보청기를 당장 빼버린다면 아버지에게도 미안할 일이었다. 그러나 인연이 아니었던지 내 귀에 오래 머물지 못했다. 소음까지 완벽하게 받아내는 그 보청기는 한마디로 들어야 할 말소리도 가려버리는 것이었다. 거금 들여 마련한 이 보청기는 하나 마나 한 물건이 되었다. 아프고 괴롭다는 투정이 계속되자 더는 아버지도 나를 나무라지 않았다.

보청기의 성능을 알아버린 나는 더 이상 기계에 의존하지 않았다. 표시나지 않게 피부색으로 만들어진 보청기라도 보기 싫었다. 눈이 나빠 쓰는 안경은 당연한 것으로 여기고 귀가 불편해 쓰는 보청기는 장애로 받아지는 것도 싫었다. 눈까지 나빠져 안경을 착용해야 할 시기도 그쯤이었다. 눈과 귀가 편치 않다는 사실에 점차 자존감이 낮아졌다.

버스를 탔다. 중절모를 쓰고 지팡이를 양손으로 잡고 앉은 할아버지의 귀에 가느다란 선이 걸려있다. 보청기라는 것을 단번에 알았다. 귀가 들리지 않으니 무언가에 의존한다는 것. 우울하지만 받아들여야 할 현실이다. 버스 기사가 어디에 내리시냐고 큰 소리로 말했다. 할아버지는 빨리 알아듣지 못해 기사의 언성을 높이게 했다. 버스 안의 눈들은 모두 할아버지의 뒷모습에 꽂히고 한 사람의 말소리에 다들 귀를 쫑긋 세웠다. 할아버지가 늦게라도 알아들으시고 머뭇머뭇 대답하신다. 내 마음이 잠깐 일렁였다.

살아간다는 것은 조금 부족한 삶이 나를 괴롭혀도 꿋꿋이 이겨 나가야 한다. 때론 사람들의 조롱과 비웃음을 받아도 인생의 주인공이라는 듯, 관객의 야유를 아무렇지 않게 받아들여야 할 때도 있다. 자존심은 살짝 내려놓아야 내가 편안해진다. 나이가 들면 세상에 내어주어야 할 것이 많아진다. 빈 가슴에 차오르는 것은 허기보다 허무함이다.

낭랑 18세에 나는 일찍 노인의 대열에 들어섰다. 어르신의 착잡한 마음에 내가 들어 있는 듯했다. 병으로 난청을 얻은 것이나 노화로 인해 듣지 못하는 것이나 똑같은 마음이다. 과정이 어떻든 결과는 같다. 들어야 할 소리를 흘려버려야 한다는 것. 때때로 그것은 비웃음을 몰고 와 사람의 이목을 끌기도 한다. 한없이 위축되고 서러운 마음이 몸에 조금씩 쌓여간다. 나도, 할아버지한테도.

제2장
청각장애의 비애

참 조용하시네요

살다 보면 모임이 많이 생긴다. 모임을 꺼리는 나도 어쩌다 보니 모임이라는 것이 몇 개 있다. 또래들만 모인 단체가 있는가 하면 성별과 연령대가 다양한 모임도 있게 마련이다. 내가 즐겁고 기대되는 모임이라면 마음이 콩닥콩닥 설레기까지 한다. 하루쯤은 가정주부로서의 굴레를 벗어던지고 잃어버렸던 낭랑 18세의 앳된 모습을 찾기도 한다. 옷장에서 빛을 보지 못한 옷을 꺼내 입고, 나무껍질 같은 피부에 급 관심을 보이는 활력을 주기도 한다. 사람들을 만난다는 것은 때때로 기쁨과 에너지와 살아가는 힘을 받는다.

모임은 모임대로 다양한 분위기가 있다. 나이 비슷한 모임은 살아가면서 힘들고 어려운 점을 공감하기도 하고, 수다 속에 감정을 털어내며 마음을 가볍게 만들어주기도 한다. 인생 선배이거나 산전수전 공중전까지 겪으신 어르신들과 모임도 배울 점이 많다. 살아왔던 날들을 되짚으며 필요한 정보뿐만 아니라 인생 대안까지도 대가 없이 쌓아준다. 게다가 나이 어린 모임이면 어떤가. 생을 논할 수 있는 선배가 되어보기도 하고 이런저런 친분 속에 사람들과 어울림의 기쁨을 누린다.

나는 다수의 모임이 되면 많이 예민해진다. 1대 1은 그나마 무난한 대화가 가능하다. 청각 5급 난청에 보청기 착용. 상대가 나만 보고 나를 위한 배려를 해주니 난청이 있다는 것조차 모를 때가 많다. 주고받는 대화에서 생기를 얻을 때도 있고, 더러 내가 행복한 사람이라는 인식을 받을 때도 있다. 문제는 모임이 두 명 이상만 되어도 소통의 장애가 온다는 것이다. 어음 분별력이 떨어지는 나는 상대의 말소리를 따라 부지런히 눈을 돌려야 한다. 입술 모양을 보아야 말소리가 더욱 분명해지기 때문이다. 다수의 모임에 나간다면 내 눈은 사람들의 입을 따라 정처 없이 떠돌게 된다. 말 하나라도 놓치지 않으려 부지런히 고개를 움직이고 나면 목이 뻐근해져 올 때도 있다.

말소리를 놓칠세라 예민하게 반응하는 나를 보고 이야기에 잘 집중해주는 사람이라며 호감을 보이곤 한다. 단지 하나라도 더 듣기 위해 그 사람의 얼굴에 집중했을 뿐인데, 관심을 보이는 내가 참 고마웠다고 말한 적도 있다.

우리말은 사람의 마음을 따뜻하게 해주는 표현이 많다. 타 언어와는 달리 사물을 표현하는 모양과 색감이 풍부하며 마음을 움직이는 다양한 감정표현들이 많다. 그런 우리말은 단순한 조사 하나도 제대로 써야 할 때가 있다. 말을 끝까지 들어야 비로소 바르게 이해할 때다. 단 하나의 글자로 인해 사람의 마음에 생채기를 낼 수도 있고 기쁨을 줄 수도 있다. 오해를 불러와 언짢아지는 일도 있기 마련이다. 예를 들어"너는 얼굴도 예뻐"가 "너는 얼굴만 예뻐"라고 했을 때의 기분은 하늘과 땅 차이이다. 사람들은 가끔 실수로 말을 잘못 이해하기도 하지만 나는 부실한 귀로 잘못 알아들을 때가 많다.

끝까지 제대로 들었다 해도 이해력이 떨어지고 말을 이해하지 못할 때도 더러 있다. 그래서 나는 말귀를 못 알아듣는다는 말을 종종 듣곤 한다. 똑같이 얘기해도 듬성듬성 빼먹는 말소리에 졸지에 화성인이 된다. 어설프게 남아있는 자존심 때문에 다시 해주는 말조차 귀담아듣지 않을 때도 있다.

어느 모임에서 바쁘게 고개를 움직이다 지친 나는 모든 걸 체념하고 눈을 감아보았다.

"…… 다 안… 지요, 참 …아시다 …배울…하……해요."

하나하나 내 머릿속에서 퍼즐 맞추기를 했다. 한참 말을 조합해 봐도 무슨 소리인지 알 길이 없었다.

'지금 다 안 온 거 맞지요, 참…….'

속사포처럼 사방에서 쏟아지는 말에 속도를 맞추기란 여간 힘든 게 아니었다. 내 머리로는 더하기를 하는데 말소리는 곱하기를 한다. 눈을 떠도 알아먹지 못하는 판에 눈을 감고 듣는 것이란. 애초에 마음을 탁 비워야 마음이 탁해지질 않는다.

어지간한 모임은 피하자고 생각했다. 그러나 사람들과 더불어 살아간다면 어쩔 수 없이 참석해야 하는 자리가 많다. 두 아이의 학부모 모임이 특히 그렇다. 초등학교 6년, 중학교 3년. 학년이 올라갈수록 엄마들의 입김이 약해지기는 하지만 '관심'이라는 명분으로 엄마들이 자주 모이려 든다. 괜한 치맛바람이라며 의식적으로 피해 다녔다. 아이가 반장이라도 맡게 되면 그런 엄마들을 피할 수만은 없었다. 아이의 학교생활을 공유하자며 먼저 연락이 오곤 했다. 이핑계 저 핑계 들이대지만 어쩔 수 없이 나가게 될 때가 왕왕 있다.

자초지종을 말해도 일단은 자리에 나와 있으라고 했다. '그래. 얼굴만 비치면 되고 밥만 먹고 오면 되지.' 역시나 돌아오는 길은 괜히 나간 자리라며 후회에 후회가 밀려오곤 했다. 터덜터덜 걷다 눈가에 맺히는 눈물은 그동안의 누적된 감정들이 꾸역꾸역 박혀있었다. 울적한 내 마음을 아무도 알아줄 리 없다는 것이 어쩌면 더 속상한 것인지도 모르겠다.

귀로 들어오는 것이 있어야 입으로 나가는 것이 있게 된다. 내 귀를 잘 통과한 말들은 기분 좋게 분위기를 제공해 준다. 들리지 않는 말소리에는 자동으로 내 입이 조용해질 수밖에 없다. 언제 끼어들어야 내가 이질감을 느끼지 않을지 불편한 궁리만 하다 올 때도 있다. 어쩌다 내 귀에 쏙 들어온 말은 반가움에 요란한 추임새를 넣기도 하고 맞장구치는 일로 임무를 다한다. 눈치껏 고개를 끄덕끄덕 흔들어 주는 것도 내가 할 수 있는 유일한 일이다.

외계어가 난무하는 사이, 심심하고 따분하면 나는 차라리 밥 먹는 데 마음을 쏟아버린다. 먹으러 나왔으니 소음 같은 말에 마음 다치지 말자며 스스로 위안하고 부지런히 젓가락질 해댄다. 그런 마음을 알 리가 없는 사람들은 밥을 참 잘 먹는 사람으로 여긴다.

"입에 잘 맞나보네요, 그렇게 먹고도 살이 안 찌는 체질이라니 부럽네요. 안 불렀으면 어쩔 뻔했을까. 하하하"내 속을 알 리가 없다. 졸지에 몸매 이야기까지 오가다니.

늘 조용하고 얌전한 여자로 통한다. 조선 시대에 태어났으면 존경받을 인물이라나. 할 말이 없으니 그럴 수밖에 더 있을까.

'나 말이에요. 귀 하나 잃고 나머지 한 귀에 보청기 끼고 들어요. 댁들이 아무렇지 않게 말하는 거 나는 듣기가 조금 힘드네요. 딴엔 배려해 주는 척하지만 제가 볼 땐 똑같네요. 그러니 나는 여러 명 만나는 거 안 좋아한답니다.'마음만

달변가다.

자기주장을 거침없이 말하는 시대다. 묻는 말에 똑 부러진 대답, 자신감에 찬 당당한 여성이 인정받는 시대다. 잘 들을 수 없으니 당당한 자신감은 애초에 나와 함께 성장하지도 않았다. 말을 줄이고 아끼다 보니 말주변도 없고 자신감도 떨어졌다. 그저 사람들의 언저리를 돌며 모임을 피하고 다수를 피해 다녔다. 사람들이 반갑지 않은 고양이 같은 생활이 계속되었다. 남 앞에 나서는 것도 두렵고, 논리 정연한 말도 할 줄 모른다. 다수를 리더 하는 당찬 여성이 제일 부러웠다. 시간이 갈수록 장애에 대한 감정이 풍선처럼 부풀어지자 이내 세상의 바닥으로 수직 하강하는 느낌이 들었다.

왁자지껄한 삶을 받아들이며 평범한 생활을 한다는 게 축복일 줄 몰랐다. 아무런 장애가 없는 삶이 이토록 소중한 것이었는지. 조금 더 나은 삶이 아닌 지금의 삶이 가장 큰 행복을 안고 있다는 것을. 신이 우리를 조금 더 아래로 내려놓는 것은 지금의 삶이 최고의 가치가 있다는 것을 알게 함이다.

난청이 있다고 해서 보청기가 완벽한 역할을 한다고는 말할 수 없다. 부족한 귀의 적절한 대안은 될 수 있지만 내 귀로 듣는 소리와는 많이 다르다. 보청기가 소리를 확대해주지만 내 귀만큼 자연스러운 소리는 아니다. 한꺼번에 몰아치는 말소리는 적절하게 분류해주지 못한다. 게다가 나는 모든 소리를 하나의 귀로 들어야 하니 더욱 듣는데 애러가 난다. 그릇 부딪히는 소리에 젓가락질 소리, 말소리가 한 번에 들려온다면 나로서는 구분이 안 되는 소음 공해다. 귀가 소리를 제대로 분간하지 못할 때 각자의 고유한 영역은 더 이상 아름답지 않다.

잘 들리지 않으니 잘 말하지 않는다. 인풋이 제대로 안 되니 아웃풋이 안 된다. 뭔가를 제대로 넣어야 제대로 된 말이 나오지 않으랴. 어쨌거나 나는 모임에서 그리 달갑지 않은 조용한 여자, 얌전한 여자, 말수가 적은 여자로 통한다.

그런데.

내가 착각하고 있는 게 아닐까.

"원래 말주변이 없고 말을 잘 하지 못하는 것은 너의 능력이지 장애 때문이 아니야. 남들처럼 실력을 갈고닦으며 부딪혀 이겨내지 않고 네 단점으로 방패 삼았던 건 아니니? 물론 남들보다 잘 들리지 않아 말수가 적다해도 표현할 수 있는 능력은 너의 의지라고 봐. 자꾸 너의 장애를 걸림돌로 만들지 말고 노력을 해. 노력을."

내면에서 나에게 소리친다. 자꾸만 세상을 등지며 숨는 나에게 질책하는 소리다. 나의 능력을 내 단점에 얼렁뚱땅 유폐시키려 들었다. 소심해서, 부끄러워서, 무대 공포증이 있어서, 떨려서, 안 들려서…. 내 몸은 그런 단어로 감싸려고만 했다.

한 인기 강사가 매스컴을 장악할 때였다. 아줌마들이 텔레비전 앞에 모여들 시간이면 그녀는 날개 돋친 듯 강의를 했다. 마주하고 앉으면 TV 속으로 빨려 들어갈 것 같았다. 어쩌면 그렇게 말에 감칠맛이 도는지. 머리에 쏙쏙 들어오는 강의 내용에 순간 내가 뭘 하다 왔는지조차 잊어버렸다. 한참 강의를 듣고 나면 내 머릿속은 부럽다는 생각뿐이었다. 모임에서 얌전히 제자리만 지키는 내가 오버랩 됐다. 분위기를 장악하고 행동과 말에 사람들의 시선을 끌어모으는 내 모습을 상상해 보았다. 생각만으로도 가슴이 뛰기 시작했지만 이내 현실로 돌아왔다.

'들려야 말을 하든지 하지. 휴~'

한숨만 나왔다. 차곡차곡 개던 빨래에 화풀이했다. 금세 다시 나를 가두려 들었다. 잠깐 휘돌아 나간 마음만이라도 기분은 좋았다. 그녀만큼은 아니더라도 나도 자신감 있는 말을 할 수 있을 거라는 생각이 얼핏 들었다. '나' 하면 생각나는 게 우물쭈물하는 모습이다. 말에 힘이 실려 있고, 당당한 그녀의 제스처에 놀라웠다. 말로 먹고사는 사람이라 더 부러웠다. 말 한마디에 만 냥 빚도 갚을 사람으로 보였다. 말이면 다다. 요즘은 면접도 말로 뽑지 않는가. 말은 많이 해야 느는 법이다. 그 강사는 사람을 좋아하고 사회성이 좋은 사람임이 틀림없다. 말은 사회성과도 뗄 수 없는 관계다. 나의 경우엔 조금 비껴가기도 하겠다.

'다수의 모임이 힘들면 소수의 모임에서 말을 많이 하면 되잖아.'

이제껏 나는 다수에서 위축된 마음이 소수의 모임에서도 그대로 나왔다. 단체에 나를 끼워 맞추며 우울해하지 말고 단 한사람을 만나더라도 즐겁고 밝게 말하는 사람이 되어야겠다고 생각했다. 자꾸 못한다고 나를 가두려 들지 말자. 이제껏 나는 얼마나 많은 사람의 말을 들어왔던가. 게다가 귀를 쫑긋 세우고 고개를 끄덕거리며 잘 들어주고 호응해 주었으니 말이다.

흐지부지 말꼬리를 내리며 하는 말도 자신감이 없어 보였다. 아이에게는 말을 끝까지 자신 있게 하라고 가르치면서 진작 나는 그러질 못했다. 나부터 말에 자신감을 불어넣자. 더는 안 들린다는 핑계로 내 입을 닫고 살지 말자.

왕따가 따로 있나

장애가 있다고 의식하지 못할 때도 있다. 손과 다리가 튼실하고 눈에 보이는 모든 것이 정상이니 불편함을 모르고 사는 게 어쩌면 당연하다. '안 보이는 장애'의 혜택(?)이라고나 할까. 혼자 살아간다면 어떠한 불편도 없는 최고의 장애다. 따가운 시선을 의식하며 살아야 하는 '보이는 장애'보다 행복한 것인지도 모른다.

단 한 사람만 만날 때는 내가 난청이 있다는 사실조차 모를 때가 많다. 선천적으로 장애가 아니었으니 발음이 어눌하지도 않다. 내가 먼저 듣는 어려움이 있다고 말하지 않는 이상 대부분은 정상으로 본다. 게다가 상대의 말에 좀 더 귀를 기울이니 이야기를 잘 들어주는 사람이라며 좋은 사람으로 기억해 줄 때도 있다.

그런데 문제는 다수의 모임이다. 두 명 이상만 되어도 내 귀와 눈은 방향을 잃는다. 지금의 나는 보청기를 낀 채 한쪽으로만 모든 소리를 받아내고 있다.

한 귀는 이제 소리를 인지하지 못한다. 말소리를 잡기 위해 한쪽 귀로 신경을 곤두세우다 보면 머리가 지끈거릴 때도 있다. 두 개의 역할을 하나가 해야 할 때는 많은 에너지가 소모된다.

어울림의 자리에서 필요치 않은 유령 같은 존재가 되었다고 느낄 때가 있다. 미처 비우지 못한 엉성한 감정이 서서히 차오르기 시작하면 시간은 한없이 길게 느껴진다. 게다가 감당하기 어려운 우울감이 덤으로 찾아온다.

나를 잘 아는 몇몇 사람들은 다수의 모임에서 통역사를 자청한다. 시간이 무르익으면 그것도 잠시다. 재방송은 서서히 끊기게 마련이고, 통역했던 사람은 이내 전체 분위기에 합류한다. 나는 다시 엄마를 잃은 아이처럼 분위기를 쫓아 헤맨다. 세상의 중심에 내가 맞춰야지 내 위주로 세상이 돌아가는 게 아니다.

살면서 가장 많이 한 말이 뭘까? "네? 뭐라고요? 첫 마디에 어김없이 내 뱉는 소리가 되었다. 어쩌면 침묵을 가장 많이 했는지도 모르겠다. 아무 어려움 없이 한 번에 알아듣고 상황에 맞는 말을 한다면 얼마나 좋을까? 그렇다면 나는 아무 불편 없는 정상인이겠다. 평범하다는 것이 이토록 부러움이 될 줄이야. 그렇다면 이런 글도 쓸 필요 없는 사람이겠다. 상황에 따라 잘 들릴 때가 있는가 하면 안 들릴 때도 있으니 그때그때 내 기분도 오락가락한다.

모임이 긴 시간 유지되면 지루하기 짝이 없다. 앞에 놓인 밥도 때가 되면 다 먹게 되고, 한잔의 차도 다 마시고 나면 곧 심심해진다. 입에서 입으로 오르내리는 홍수 같은 말 속에 내 존재는 없다. 그래서 손이라도 움직이는 일에 시선이 간다. 커피라도 나르거나 과일이라도 깎는 잡다한 일거리에 눈이 먼저 반응한다. 뜻하지 않게 부지런하다는 소릴 들을 때다. 반면에 사람들은 시간 가는 게 아까워 어쩔 줄 모른다. 지금까지 받았던 스트레스를 그 자리에서 다 날리고 간다. 즐거운 모임은 또 다음을 기약하며 함박웃음을 머금고 아쉽게 헤어진다. 돌아서는 내겐 웃음이 아니라 한숨이 나올 수밖에 없다.

강단 있게 박차고 나오는 성격이 못되어 먼저 일어난다는 말이 참 난처할 때가 많았다. 남에게는 소중하고 행복한 시간이 나에겐 '아까운 시간'이 되기도 했다. 듣지 못 하는 일이 곧 나에게 쓸모없는 시간이 되고 만다. 웬만한 모임 약속은 나가지 않지만 피할 수 없는 모임이 꼭 있게 마련이라 자리를 지키는 역할이 벅찰 때가 있다. 웃음이 격해 눈물을 찔끔거리며 깔깔대는 이유를 놓치게 되면 가식 웃음을 지으며 위기를 모면한다. 배꼽 잡고 웃는 순간에 나만 무표정으로 있어야 하는 순간들. 너른 벌판의 허수아비처럼 휑한 고독감이 든다. 때로는 이루 말할 수 없는 부끄러움이 몰려와 나의 자존감은 바닥으로 치닫는다.

우울함. 귀가 어두워지면서 많은 단어 중에서 제일 가까워진 단어다. 으레, 사람을 만나고 오는 길은 즐거움이 먼저다. 친한 친구든 새로운 만남이든, 가슴 속에 뿌듯한 인연을 느끼며 사람의 정을 느끼곤 한다. 듣는 어려움이 있는 사람이라면 주워 담은 말보다 놓친 말에 더 예민해진다. 가슴에 희뿌옇게 차오르는 슬픔은 허공으로 떨어지는 소리를 제대로 주워 담지 못하는 능력 때문이다. 그런 감정은 그 자리를 벗어나면 바로 잊기도 하지만 꽤 오래 갈 때도 있다. 꾸역꾸역 차오른 슬픔은 떨어진 낙엽만 봐도 왈칵 눈물이 쏟아질 때도 있다. 나무에서 떨어져 말라비틀어지고 볼품없는 모양새가 내 모습처럼 느껴져 감정이입을 할 때다.

어쩌면 '별 것 아닌 일'일 수도 있다. 소심해서 그런 거 아니냐며 사람들은 사소한 일에 예민하게 군다며 나를 나무랄 때도 있다. 위로겠다. 그러나 나는 위안이 되질 않았다. 다 가진 자의 여유로움밖에 생각되지 않았다.

눈에 보이지 않을 만큼 작은 감정들이 내 마음에 차곡차곡 쌓여갔다. 나이가 들고 세월이 흐르는 동안 자연적으로 소멸하는 양보다 딱딱하게 굳어지는 감정들이 더 많아졌다. 점차 돌멩이처럼 단단해져 목에 걸린 이물질처럼 불편한 상태로 머물러있다. 그냥 무덤덤하게 받아들이기엔 마음이 철들지 않았던 걸까.

"바윗돌 깨뜨려 돌덩이, 돌덩이 깨뜨려 돌멩이, 돌멩이 깨뜨려 자갈돌, 자갈돌 깨뜨려 모래알" 동요처럼 응어리진 내 마음도 차츰차츰 부서지면 좋겠다. 무게 없는 가루가 되어 다 날아간다면 얼마나 좋을까.

'언제까지 외로워야 하나, 언제까지 외톨이가 되어야 할까. 휴~ '일정하지 않게 찾아오는 한숨이다.

신문과 뉴스에 왕따 소식이 전해진다. 주로 중고등학생들이 가해자며 피해자다. 어떠한 이유인지는 알 수 없다. 사리 판단력이 애매한 아이들은 '그냥'이라는 이유를 대기도 한다. 손해를 보는 피해자는 억울하지 않을 수 없다. 답답한 심정은 죽음으로 마무리되고 뒤늦게 심각성을 알아챈 사람들은 후회와 자책, 원망으로 대중의 시선을 받는다. 학교나 국가에서 많은 노력이 이어지지만, 학생들 간의 보이지 않는 따돌림은 심각하지 않을 수 없다. 한동안 잠잠하다고 안심했지만 또다시 신문이며 TV 속에 교복 입은 아이들이 '왕따'라는 큰 글씨 앞에 섰다.

내 아이에게 황급히 시선이 갔다. 또래보다 키가 작고 왜소한 아이라 늘 걱정의 대상이다. 괴롭힘을 당하거나 따돌리는 친구는 없냐며 몰래 슬쩍 물어보곤 한다. 아이가 피식 웃으며 절대로 그런 일이 없다며 안심시킨다. 마냥 태연해할 수만은 없는 일이다. 언제 어디서 내 아이가 마음의 상처를 받을지 모를 일이다.

말에도 폭력이 있다. 주고받는 말투 속에 마음이 상하기도 하고 화를 돋우기도 한다. 말이 흉기가 될 수도 있고 따뜻한 위로의 손이 될 수도 있다. 적절하게 사용해 사람의 마음을 다치는 일이 없어야 한다. 따돌림을 당하는 아이들에게는 언어폭력이 기본이다. 신체보다 마음을 해치는 경우가 더 많고 욕설을 일상용어로 착각한다. 말에 마음을 다치는 일은 아이들뿐만 아니라 어른도 마찬가지다. 말로 더는 고통받는 일이 없어야 한다.

나는 때에 따라서 말을 잘 알아듣지 못할 때도 있지만 잘 들을 때도 있다. 그러니까 많지 않은 사람들 속에서는 잘 듣는가 하면, 다수의 모임에서는 잘 알아듣지 못한다. 대형 강의실처럼 공간이 크거나, 웅성거리는 배경의 사람이 많을 때가 힘들다. 장소에 따라 인지하는 능력이 달라진다는 말이다. 어쨌거나 나는 소외감을 피할 수는 없다. 이명이 찾아오고, 한쪽 귀의 돌발성 난청이 겹치면서 청력은 장애 5급의 상태에 머물러 있다. 한쪽 귀로만 소리를 받아내기 때문에 방향감각도 더디다. 소리를 구분하기가 쉽지 않다.

말을 잘 들을 수 없어 왕따가 된다는 느낌은 피할 수가 없다. 모두 나를 위해, 나에게만, 나를 인지하고 말을 하는 건 아니다. 내가 다른 사람의 말을 찾아가야 하고 더듬고 살펴야 한다. 같은 배를 탄 일행이라도 나만 짐칸에 실린 기분이다. 왕따를 시킨 사람은 아무도 없지만 혼자 왕따를 자청하는 꼴이다.

오늘도 모임에 참석했다. 일한다, 바쁘다는 온갖 핑계를 대었더니 별안간 저녁 모임을 주선했다. 피할 수가 없었다. 아이의 학교 일 때문에 불시에 모인 것이다. 늘 그렇듯, 점차 가는 귀를 세우다 슬며시 밀려난다. 말소리가 차츰 멀어지자 내 시선은 정처 없이 허공을 떠돈다. 오늘따라 카페 음악은 왜 그리도 시끄러운지 모르겠다.

군중 속의 고독이요, 대중 속의 외로움이다. 철저히 소외되어 무인도에 갇힌 느낌이다. 갈매기 소리만 끼룩대는 외딴 섬에 놓인 기분이랄까. 일 있어서 먼저 일어난다며 문을 박차고 나오고 싶은 순간이다. 시간이 지날수록 그 단체에서 빠져나와야만 기분이 좋아질 것 같다.

'에게게. 너 그럴 용기 있나?' 마음이 말을 건다.

맞다. 지금은 그럴 용기조차 없다. 가만히 시간만 가길 기다린다. 분위기 깨며 나오고 싶지가 않다. 애초에 나오지 말든가 하는 날카로운 시선을 모른 채 빠져나가기는 싫다.

나는 바쁘지 않지만 늘 바쁜 사람처럼 굴었다. 내 마음이 편해지는 이유다. 손에 잡히는 무언가를 끄적거리며 집에서 외롭게 시간을 보내는 나란 여자는 왕따 아닌 왕따가 되어 산다.

'살아가면서 조금의 희생쯤이야 다들 하고 사는 거지!' 가끔은 왕따가 좋을 때도 있다. 순간은 외롭지만 더 많은 내 시간이 생길 수 있다는 것. 귀를 핑계로 하고 싶은 일을 더 많이 할 수 있어 좋을 때도 있다. 의도치 않은 비만 인맥으로 시간 뺏기지 않아서 좋다. 그렇게 긍정으로 빈 곳을 채우려 노력했다.

손과 다리에 보조기를 한 장애인들을 보는 시선은 예전보다 많이 호전되었다. 말하지 않아도 도움의 손길이 끊이지 않고, 배려하는 모습들이 선진국의 단면이다. 버스나 지하철, 대중교통들도 장애인을 위한 시설이 눈에 띄게 좋아졌다. 그러나 보이지 않는 장애는 오해의 여지가 많다. 그래서 안으로 흐르는 눈물이 더 많은지도.

세상으로 나가는 길에서 위축되고 억압되는 과정을 겪으며 더딘 성장을 했다. 눈물이란 웅덩이가 팬 그 길은 삶의 나락에서 역류하여 가슴을 적시기도 했다. 듣기도 싫고 보기도 싫은 단어, 신문에서도 오르내리지 말아야 할 단어, 왕따.

부디 더불어 살아가는 세상에 따돌리는 괴로움을 주지 말기를. 난청이 아니라면.

전화 공포증과 마스크 공포증

전화벨이 울렸다. 휴대폰에 아버지의 전화번호가 뜬다. 무슨 일이신가 싶어 화들짝 놀랐다. 나지막한 남자들의 목소리는 대부분 들을 수 없기에 평소 아버지의 통화도 꺼린다. 내 귀는 남자 목소리에 거부반응을 보인다. 저음으로 깔리는 소리는 이유 불문하고 보청기로도 받아내기 힘들다. 모르실 리 없을 텐데 어쩐 일이신지 전화를 거셨다. 문자도 손에 익숙지 않아 잘 하시지 않는 분이다.

"희야~"하며 반가운 목소리가 수화기 너머에서 들렸다.

"내가 지금 대구에 올라왔는데……."

내 귀는 매정하게도 딱 거기까지만 들렸다. 아버지가 무슨 일로 여기까지 오셨는지, 지금 어디쯤 계시는지, 내 귀는 더 받아내지 못하고 꽉 막혀버렸다. 웅얼거리는 소리에 가슴이 답답해져 왔다. 중간중간 들리는 소리는 앞뒤로 연결 짓기 어려웠다. 가만히 듣기만 할 수 없어 적절한 타이밍을 기다리다 일방통행 속사포로 아무 말이나 내뱉었다. 중간 중간 맞장구도 치지 못하고, 앞뒤 맞지 않는 말만 쏟아내는 나를 아버지가 눈치 채신 모양이었다. 어영부영 작별 인사를 하며 서둘러 전화를 끊으셨다. 그때의 내 기분이란. 하나 있는 딸이 아버지와의 통화를 이렇게밖에 할 수 없다는 사실에 가슴이 아파져 왔다.

오랜만에 딸이 사는 지역으로 먼 걸음을 하셨던 게다. 그래도 근처에 갔으니 전화라도 해봐야 하지 않을까 싶어 혹시나 걸어 보신 거였다. 일 때문이라 해도 근처에 계시면 밥이라도 한 끼 사드렸을 텐데. 무슨 일 때문인지 지금 어딘지도 들리지 않아 허무하게 전화기를 내려놓는 그때의 심정은 말할 수 없이 슬펐다. 딸이라는 존재가 부끄러웠다. 아무것도 손에 잡히지 않고, 불 꺼진 휴대폰만 바라봤다. 나는 꽤 오래 멍하니 앉아 있었다. 시간이 흐르자 눈물이 방울방울 되어 전화기 위로 또르르 떨어졌다. 오만 감정이 나를 불편하게 흔들어놓았다. 잊었던 장애를 또다시 인식하는 순간이었다. 내 평생 잊을 수 없는 아버지에 대한 기억 한 편이다. 그 날은 아무것도 하지 못하고 멍하니 하루를 보낸 날이다.

벨 소리만 울려도 가슴이 두근두근할 때가 있다. 익숙한 번호는 목소리에 적응되어 괜찮다. 낯선 전화번호는 왠지 긴장을 부른다. 받을까 말까 갈팡질팡하다 안 받는 경우가 대부분이다. 사람들은 문자를 하다가도 손이 귀찮으면 바로 통화버튼을 누른다. 문자로 잘 이야기하다 갑자기 전화벨이 울리면 난감해진다. 요즘은 발신자 표시가 찍히는 게 얼마나 다행인지 모른다. 기계처럼 들리는 ARS 안내 전화도 대부분 공포의 대상이다. 낭창낭창하게 듣기 좋은 목소리라도 내 귀엔 철저하게 단절되어 버린다. 청각 5급 장애인데도 이렇게 불편하다. 등급이 더 낮은 장애는 살아가는 데 얼마나 많은 불편이 따를까.

TV에 자막 방송이 나오듯 전화기도 자막이 뜬다면 얼마나 좋을까 생각했다. 국가적으로도 그런 발명과 시스템을 한 번 쯤 생각해 보았을 것이다. 만들지 못할 것이 없는 현대 사회에서 불편함을 해소하는 아이디어가 왜 전문가들의 머리를 스치지 않았겠는가. 현실에 드는 어마어마한 비용과 여러 가지 상황에 진척을 내지 못했을 것이다. 아무튼, 나는 자막 전화가 그립다. 이도저도 아닌 난청 5급인에게는 글이 편하니 말이다.

신용카드를 만들거나 해지할 때도 귀가 부실하다면 정말 난감하다. 긴 시간 동안 소리를 다 받아내지 못해 아예 해지도 못 하고 써야 할 때가 있었다. 귀보다는 눈과 손이 낫다. 목소리보다는 문자가 최고다. 사람들에게 연락할 일이 있나면 무조건 문자로 해달라고 한다. 스마트폰이 나온 이후로 통화보다는 문자를 많이 사용한다. 얼마나 다행인가. 시대를 제대로 만난 듯하다. 말보다는 글이 편하지만 가끔 문자는 오해의 여지가 생길 때도 있다. 감정을 직접적으로 전달할 수 있는 통화가 최고 편하지만 어쩌랴. 난청이 있다면 문자라도 제대로 할 수밖에.

"선생님, 난청이 있어서 그러는데 마스크를 좀 내리고 말씀해주시면 안 될까요?"

위가 좋지 않아 동네 병원에 찾아갔을 때다. 의사의 눈빛은 처음부터 냉랭했다. 환자를 한번 쓱 훑어보더니 컴퓨터만 뚫어져라 쳐다보았다. 병원에 내원하게 된 상태를 얘기했다. 나는 위가 찌르듯이 아프고 소화가 안 되는 증세를 자세히 말했다. 그런데 의사는 환자의 몸에 청진기 한번 대지 않고 무성의하게 대했다.

이윽고 종이 마스크가 출렁출렁하며 말을 꺼냈다. 무슨 말인지 도통 못 알아

먹었다. 일정하지 않게 움직이는 마스크를 보니 환자의 상태를 얘기하는 것 같았다.

'내가 부탁 한 말을 듣기나 했나? 목소리가 너무 작았나?'

나는 다시 내려 달라고 슬며시 부탁했다. 입이 보여야 무슨 대화라도 할 것이 아닌가. 의사는 들은 채 만 채로 말을 내뱉기 시작했다.

마스크를 내리는 시늉조차 없었다. 무의식적으로 말을 하는 의사가 너무 냉정하게 보였다. 환자를 진찰하는 행위도 없다. 긴 목소리를 내뱉더니 진료를 다 했다는 듯이 나가라는 신호를 보냈다. 순간 울컥했다. 나의 말을 무시하면서 컴퓨터만 뚫어지게 쳐다보는 의사가 야속했다.

한 번쯤 마스크에 손이라도 댔다면 마음이 이렇게 모나지 않을 텐데. 그 의사는 나를 진찰하는 것이 아니라 컴퓨터를 환자로 착각한 건 아닐까. 병원 문턱을 나오면서 화가 났다. 속 시원하게 마음을 말해보고 싶지만, 생각만 그랬다. 제대로 듣지도 못하면서 큰소리칠 입장은 아니다. 감정 표현도 제대로 못하고 살아야 한다는 것이 조금 억울했다. 병원비를 계산하는 것조차 아깝게 느껴졌다. 제대로 된 진찰과 환자와의 상호 대화 없이 병원비를 내야 한다는 것이 억울했다. 참을성이 많고 어지간한 일로 감정싸움을 하지 않는 내게 그 의사의 행동은 이글거리는 화염을 만들었다. 그러나 곧 열패감이 뒤따라 왔다. 속절없이 눈물이 흘러나왔다. 한없이 초라하게 느껴졌다. 달랑 마스크 하나로 내가 이렇게 언짢아하다니.

'분명히 내려 달라고 말했는데.'

처방전을 내고 약을 기다리는 동안 많은 생각이 오갔다. 환자에 대한 무시가 경멸과 조롱으로 이어진 건 아닌지. 그러다 자꾸 부풀어 오르는 생각을 이성적으로 눌렀다.

씩씩거리던 마음이 가라앉았다. 이렇게 화가 올라오는 이유가 무엇인지 곰곰이 생각해보았다. 대부분은 나의 부탁에 의사들은 잘 호응해주는 편이었다. 독감이 걸린 아이를 데리고 간 병원에서도 나의 부탁에 정중히 마스크를 내려주었다. 마스크를 필수로 착용하는 치과의사도 나를 배려해 기꺼이 내려주었다. 대부분은 환자가 왕인 양 친절을 베푸는 곳이 많았다. 그러나 오늘처럼 내가 정중히 부탁했지만 내려 주지 않는 의사도 있다. 위생상 어쩔 수 없는 의무일 수도 있겠다. 그렇지만 이번만큼은 너무 도도한 태도였고, 차디찬 시선으로 말을 무시한 의사의 행동에 예민해져 있었다.

'갱년기인가, 왜 이렇게 짜증이 나지?'

약국을 빠져나오면서 화가 가라앉았다. 다시는 안 다닐 병원이라도 약은 먹어야 하지 않나. 비닐봉지를 움켜쥐고 터덜터덜 걸어 나갔다.

의사 입장에서는 그럴 것이다. 환자의 부탁이라도 때에 따라 다르다고. 위생과 직접적인 연관이 있는 병원에서 마스크를 내리고 환자를 대할 수는 없다고 생각했을 것이다. 어음 분별력이 떨어지는 난청인이라 생각하지 못했을 수도 있다. 바이러스의 감염 예방이 더 우선이었을 수도 있겠다.

한때, 신종플루와 메르스가 유행했었다. 전 국민이 마스크를 의무적으로 착용할 때였다. 버스며 영화관, 공공장소에서 마스크를 끼지 않은 사람이 없었다. 나는 그때만큼 답답한 해도 없었다. 나뿐만 아니라 어음 분별력이 떨어지는 청각 장애인이라면 다들 공감했을 것이다. 무슨 말을 들어야 할 때마다 마스크는 걸림돌이었다. 사회 분위기상 마스크를 내려 달라 하기도 힘들었을 때였다. 입에서 입으로 유행 바이러스가 전염이 될 수도 있기 때문이다. 못 들어서 안절부절 못할 때가 참 많았다. 나가면 실수 연발이다. 될 수 있는 대로 외출을 삼갔다. 마스크를 낀 사람이 공포의 대상이 될 줄 누가 알았으랴.

다시 쌀쌀한 겨울이 되면 마스크가 유행된다. 올해는 연예인처럼 색깔 마스크가 패션의 일부가 되었다. 위생과 건강의 소재가 되는 마스크가 난청 장애엔 괴로운 존재라는 사실에 새삼 놀랄 수도 있겠다. 마스크로 인해 우울한 감정이 저축된 나는 마스크를 꺼린다. 전화와 마스크는 죄가 없다. 남들에게는 아무렇지도 않은 일이지만 어음 분별력이 떨어지는 사람에겐 방해물건이 아닐 수 없다. 말을 내뱉는 상대의 입이 보이지 않는다는 것은 상당한 긴장감을 불러들인다. 밤하늘 아래 달콤한 속삭임도, 뒤에서 부르는 로맨틱한 말도 소용없다. 얼굴과 입이 가려진다면 짜증 그 자체다.

과부 마음은 과부가 안다고

나이가 들면 모든 신체 기능이 떨어진다. 눈이 흐릿해지고 귀가 잘 들리지 않으며 허리와 무릎에 세월의 신호가 온다. 아픈 허리를 잡으며 비가 오는 날을 점쳤던 어르신들의 경험은 나이의 대가인가 싶어 신기하기도 했다. 사는 일에 치여 몸을 막 대하던 이유가 결국은 자식을 위한 일이었다는 걸 그때는 알지 못했다. 그냥 나이 들면 다 아픈 거구나 하며 무심히 흘려보냈던 시간. "많이 아파?"라며 가장 가까운 사람에게 한마디 관심 가져 주지 않았던 게 후회되는 날이다.

내가 아프지 않으면 아무도 그 고통을 모른다. 내가 겪어보지 않고서는 아무도 그 심정을 이해해주지 않는다. 아파봐야 그 사람이 어떤 고통을 지녔는지 알게 된다. 더구나 같은 곳이 아프다면 서로 공감하고 마음으로 위로를 해준다. 남의 상처보다 내 손톱 밑의 가시가 더 아픈 법이다. 내가 직접 겪어보지 않으면 아무리 열을 내며 속마음을 알아봐 달래도 귀에 들어오지 않는다.

팔순의 연세에 올라오신 어머님은 예전처럼 잘 듣지 못하게 되었다. 평소엔 나도 귀가 부실하니 전화통화는 될 수 있는 대로 꺼렸다. 그래도 며느리로서 도리가 아니다 싶어 불편함을 무릅쓰고 전화기를 든다. 수화기에 온 신경을 담아 말의 가닥을 놓치지 않으려 했다. 한쪽 귀에다 모든 세포를 곧추세워도 안 들려서 당황스러울 때가 많았지만 그럭저럭 잘 마무리하곤 했다. 그런데 그날은 전화기의 소리가 잘 들리지 않는다고 하시며 어머님이 먼저 끊으셨다.

그리고 며칠 뒤 시댁에 내려갔다. 햇빛이 나른한 마당에 나와 어머님은 푸성귀를 손질했다. 어깨가 무거워 보였지만 별말이 없으셨다. 그때 갑자기 어머님이 눈물을 보이셨다. 순간 너무 당황했다. 주체할 수 없는 눈물이 감당되지 않았든지 손질하던 것을 멈추고 소매를 손수건 삼아 눈물을 닦으셨다. 급기야 어깨가 들썩이며 대성통곡을 하시는 게 아닌가. 놀란 내가 어머님을 유심히 바라보았다.

"옆집 할마시가 와서 뭐라 얘기하던데 하나도 안 들리더라. 와 이리 답답하냐며 혀를 끌끌 차고 가더라. 내가 어찌나 속상하던지……."

며칠 귀가 들리지 않는다며 답답해하신 건 알았지만 벌써 마음의 응어리가 되어 새까맣게 타들었을 줄 몰랐다.

어머님은 쏟아져 나오는 눈물을 감당하지 못하셨다. 봇물 터지듯 하소연은 계속되었다.

"너거 시아버지는 또 어떻고? 나도 이래 답답한데 보는 사람도 안 그렇겠나 마는 나 만치 답답할라고. 너는 그동안 그런 설움 받고 어찌 살았노. 젊은 것이."

어머님의 눈물은 끝이 날줄 몰랐다. 주책스럽다고 생각되었는지 얼른 눈물을 훔치고 나물을 다듬었지만, 또다시 흐르는 눈물에 일손을 놓지 않을 수가 없었다. 서러움에 흐르는 눈물은 마치 마지막 남은 엄마 사진을 잃어버리고 돌아서는 아이의 뒷모습 같았다.

옆에서 나물을 다듬던 나도 반사적으로 눈물이 흘렀다. 너는 어찌 살았냐는 말이 귀에서 떠날 줄 몰랐다. 그동안 내가 받아왔던 감정들을 누군가가 알아줄 때의 기분은 이루 말할 수 없었다. 아무한테도 들어보지 않은 말이라 메아리가 되어 마음 깊숙이 들어왔다. 세상에 내 편이 있구나 싶어 반갑기도 했지만 처음 겪었을 그 황당하고 서운함에 마음이 아려왔다. 듣는 사람도 말하는 사람도 답답해 아예 서로 말수를 줄이며 지냈는지도 모르겠다. 그래서 아버님의 술잔이 더 많이 비워지는지도.

갑자기 들리지 않을 때의 황당함도 그렇지만, 이제 나이가 들었구나싶어 세월의 무게에 마음이 더 괴로운지도 모르겠다. 늙으면 빨리 죽어야지 하는 말투에는 오래 건강하게 살고 싶은 마음이 역설적으로 들린다. 모든 신체 기능들이 퇴화하지 않고 있는 그대로 유지하다 편안히 가신다면 참 좋으련만. 좋았던 제 기능들이 하나하나 부실해져 올 때마다 우울감만 듬뿍 안겨주고 생의 허무함만 차곡차곡 쌓인다.

선천적인 장애가 아니라 살면서 갑자기 생긴 장애는 부정하고 싶은 감정이 오래간다. 그래서 적응하게 되기까지, 상한 마음이 아물기까지는 많은 시간이 걸린다. 꽉 닫힌 마음은 어떤 위로도 마음을 펴주기 어렵다. 그저 자신을 인정할 때까지 천천히 기다려 볼 수밖에 없다.

어머님은 병원에 다니시며 귀 치료를 받으셨다. 물이 찼다고 하시면서 물을 빼는 날도 있었고, 간간이 귀 통증으로 병원 출입을 하는 날도 있었다. 좋아졌다 나빠지기를 반복하시며 귀 치료를 했지만, 지금은 예전보다 청력이 많이 떨어지셨다. 큰 소리로 말해야 예전처럼 알아들을 수 있게 되었다. 어음 분별력은 괜찮으신지 굳이 얼굴을 마주하지 않아도 된다. 그저 귀에다 대고 조금 더 큰 소리로 말해야 편하게 알아들으신다.

어머님은 이제 나의 마음을 조금 이해해 주신다. 귀에 대한 장애를 애틋하게 바라보시며 측은한 마음을 내비친다. 한 사람이라도 내 편이 있다는 것은 가득 채운 돈주머니처럼 든든하다. 시월드의 싸늘하고 적막한 기운을 두려워하며 사는 사람이 많다지만 뜻하지 않게 시어머님은 내 편이 되어주셨다. 예전부터 막내아들에 대한 애틋한 감정을 이제 나에게로 돌리신 듯하다. 시골에서 기르신 음식들을 하나라도 더 챙겨주려 하며 며느리에서 딸로 마음을 활짝 여셨다. 안쓰럽고 측은한 눈빛과 함께였다.

이렇게 예고 없이 찾아오는 장애를 무슨 수로 막을 수 있을까. 그저 나쁜 운명은 비켜 가면 좋겠지만 그게 아니라면 적응하고 살아야 한다. 세월 이기는 장사 없다고 이제는 나이 때문이라며 체념하고 사시는 듯하다. 가끔은 '또르르' 하고 물방울 떨어지는 소리도 난다고 하셨다. 이제는 귀를 고치기 위해 아등바등 병원에 나가시질 않는다. 병원에서도 연세가 많으셔서 그렇다며 따가운 말이 오갔던 모양이다.

병원에서 최선책으로 보청기를 권했다. 귀의 모양에 맞춘 보청기가 아니라 기성품 보청기를 시험 삼아 착용해보았다고 한다. 작은 귓구멍에 대고 쑤셔 박으니 얼마나 아팠는지 모른다며 금방 빼버리셨다. 이렇게 아프다면 차라리 안 듣고 말리라며 뒤도 돌아보지 않고 나왔다고 했다. 예전엔 나도 그랬다. 귀에 맞춘 게 아니라 내 귀가 보청기 크기에 맞춰야 했다. 공간이 생긴다면 소리가 새어나가기 때문에 공기가 드나들지 않도록 꽉 막아야 했다. 한참 동안은 통증이 찾아왔다. 들리는 기쁨보다 통증을 견디지 못해 차츰 멀리하게 되었다. 요즘은 기성품보다는 내 귀에 맞는 맞춤형 보청기를 하면 통증이 덜하다. 몸값이 꽤 비싼 물건이라 의사는 어머니에게 먼저 싸구려 기성품을 권한 것 같다.

보청기를 권하면 제일 먼저 우울한 감정이 밀려온다. 내 나이에 무슨. 아직은 아니라며 거부하기도 한다. 보청기는 소리를 잘 들리게 하는 보조기로서 적응하는 데 사실상 시간이 오래 걸리는 의료 기구다. 소리와 점차적으로 친해져야 한다. 조금씩 귀를 적응시키는 것은 시간문제다. 평소 듣지 못했던 소리를 갑자기 들으려니 낯설고 어색할 수밖에 없다. 세상의 모든 소리가 그 작은 기계를 통해 청신경으로 전해지는 과정이 절대 수월하지는 않다. 어르신이라고 해서 그냥 간단한 기성품 보청기를 권하기보다 내 귀에 맞는 걸 착용해 적응시켜나가야 한다. 나이에 대한 우울감을 빨리 떨치고 사람들과 어울리는 게 우선이다. 잡다하게 생긴 모든 병을 나이로 얼버무리기엔 너무 허무하지 않은가. 유수 같은 세월에 얼마나 사셨다고.

나는 달팽이처럼 생긴 보청기를 남에게 보인다는 사실이 굉장한 부끄러움이었다. 온종일 귀에서 소리를 확대해주는 그것은 이제 신체의 일부가 되었다. 중요한 역할을 하는 것에 비교해 대접은 시답잖다. 안경처럼 뺐다 끼웠다 하며 편안하게 보일 수 있는 물건은 아니다. 시력은 마이너스를 웃돌아도 장애로 보지 않지만, 청력은 조금만 안 들려도 장애 취급을 받는다. 게다가 보조기를 한다는 사실이 자신감을 추락시킨다. 잠들 때는 쥐도 새도 모르게 빼 놓았다가 눈 뜨자마자 제일 먼저 밀어 넣곤 한다. 예민한 내가 보청기를 끼고 잔다면 뜬눈으로 밤을 지샐 지도 모른다. 잠잘 때만큼은 소리에서 자유로워지고 싶다.

온종일 꽉 막힌 귀도 그때만큼은 공기가 통하고 바람을 맞아야 한다.

처음 결혼을 하고 시댁에서 잠을 잘 때면 보청기가 상당히 성가신 존재였다. 너른 시골 방바닥에서 다 같이 잠을 자야 하는 그때는 모두가 잠들 때까지 기다리곤 했다. 머리를 감거나 목욕도 할 수가 없었다. 언감생심 시어머니와 찜질방 가는 것도 피했다. 보청기를 착용했을 때와 그렇지 않은 때의 대화는 많이 다르기 때문이다. 내가 얼마나 보청기에 의지하고 있는지, 보청기로 이 정도의 생활을 유지할 수 있다는 게 고마울 따름이다. 착용 전과 착용 후의 너무나 다른 모습을 모두에게 들키고 싶지가 않다.

결혼한 지 18년이 지났다. 이제는 시아버님 앞에서도 떡 하니 배 깔고 누울 수 있는 배짱이 생겼다. 뜨뜻한 시골 온돌방에서 나는 편하게 뒹굴뒹굴하다 집에 오곤 한다. 떠나온 세월이 길어서일까. 이제는 친정보다 시댁이 더 편할 때도 있다. 그래도 아직은 보청기를 아무렇게나 빼 보이지는 않는다. 영원히 비밀스러운 존재일 수밖에 없다.

이게 사회일 줄이야

고등학교 때, 진로를 선택할 시기였다. 담임 선생님이 미술을 해보면 어떻겠냐고 제안을 했다. 그러고 보면 나는 무언가를 만들기 위해 손을 끼적이거나 그림을 그리는 것을 좋아했다. 그림에 성격이 투영되었다. 화려한 색감으로 당당하게 이목을 끌지는 못해도 형태를 잘 잡거나 색을 적절히 쓰는 편이었다. 입시학원에서 제대로 된 교육을 받아야 대학을 갈 수 있었다. 그 비싼 교육비를 감내하며 학원을 보내는 게 부모로서는 쉬운 결정은 아니었다. 1학년 때 잠깐 맛보기로 미술학원에 다녔으나 여유로운 상황이 못 되어 이내 포기했다. 그때는 진로를 생각하지 않고 취미로 그렸다. 그러다 3학년 선생님의 권유로 다시 제대로 된 그림을 그릴 수 있었다.

열심히 그렸다. 늦게 시작한 만큼 결과로 보답하고 싶었다. 아버지가 반대했지만 엄마의 설득으로 학원 문턱을 넘을 수 있었다. 재수, 삼수라는 말은 내 사전에 없다고 생각하고 1년을 미친 듯이 그렸다. 학원 선생님도 나의 성실성을 인정해주었고 특별한 관심을 보이셨다. 입시 철에는 밤새워 그림을 그릴 수 있도록 배려해 주었고, 몇몇 친구들과 시간 가는 줄 모르고 그리다 새벽별을 보곤 했다. 학원에서 아침을 맞이해 바로 학교로 가는 날도 있었다. 수채화를 그리다 잠들면 손에 색색의 물감 얼룩이 묻어 있었고, 데생을 하다 잠들면 새까만 흑심이 손톱을 까맣게 물들이곤 했다. 그렇게 해서 나는 미술 대학을 갔다.

부산에서 4년간 학업을 마친 후 고향으로 내려왔다. 성인이 되었으니 이제나 스스로 일을 찾아야 했다. 약한 소리에 민감하긴 하지만 큰 어려움이 없이 잘 해낼 거로 생각하며 기대에 부푼 채 직업을 찾았다. 내가 사회에 첫 발을 내딛을 때가 하필 IMF가 터진 다음 해 1998년도였다. 취업 자리를 마련하기가 여간 어려운 게 아니었다. 신문과 매스컴이 떠들썩하게 경제의 어려움을 나타냈고, 인력이 남아도는 취업난이 계속되었다. 현실에 안주만 하며 살 수 없는 일이었다. 졸업하면 당연히 취업문을 두드려야 했다. 여태껏 부모님이 대주신 학비를 생각하며 부지런히 내 자리를 찾아 나섰다.

미술학원으로 일자리를 알아봐야겠다고 생각했다. 당시 울산은 대학교 내에 미술전공 과목이 없어 모두 타지의 대학으로 나갔다. 나도 부모님을 떠나 오빠가 있는 학교 근처에서 자취하며 공부했다. 졸업 하면 일자리가 풍부한 고향에서 아이들을 가르치며 그림을 그릴 수 있다는 것에 기대에 차 있었다. 방학이 되어 잠깐씩 고향에 내려올 때마다 미술학원에서 짬짬이 아르바이트를 하기도 했다. 얼마 되지 않은 돈이라도 내가 벌었다는 게 너무 뿌듯했다. 취업에도 별 어려움이 없을 거로 생각했다.

수요는 많으나 공급이 없는 곳이라며 안일하게 여겼던 상황이 아니었다. 예상과 다르게 IMF 여파로 강사를 모집하는 학원이 별로 없을 뿐만 아니라 몇 개의 모집 광고에 너도나도 줄을 섰다. 경쟁률은 상상을 초월했다. 나는 그럭저럭 인지도가 있는 학원에 줄을 섰다. 학원에서 강사 한명을 뽑는데 지원자가 38명이 몰렸다. 지원자가 많으니 학원에서는 어떻게든 구분하기 위해 선발단계를 높였다. 더구나 필요한 서류가 어찌나 많던지. 사실상 필요치 않은 서류였지만 강사의 선별을 위해 제출하라고 했다. 대학교와 고등학교 성적증명서를 제출해야 했다. 고등학교 성적증명서까지 꼭 필요한지 의문이 들기도 했다. '이건 뭐 취직은 성적순인가?', 부모님 재산 증명서도 제출했다. '부모님이 부자라야 유리하단 말이잖아.' 별의 별 생각이 다 났지만 그래도 서른여덟 명을 구분하려면 그 정도 서류는 필요할 수도 있겠다 싶어 긍정적으로 생각했다. 그림은 뭐니 뭐니 해도 실력이라 실기 시험도 치렀다. 강의실 한 칸에 지원자를 모아놓고 주제에 맞는 그림을 시간 내에 제출했다. 유치원과 초등학생을 위한 학원이어서 크레파스로 그린 그림 한 장과 수채화 한 장, 이렇게 두 장의 그림을 그렸다.

다시 입시 실기 시험을 치르는 기분이었다. 여러 가지 소재의 기물을 앞에 두고 3시간 동안 그려나갔다. 긴장되던 순간이 스쳐 갔다. 원하는 대학교에만 들어간다면 부러울 게 없을 것 같던 순간들이었다.

'입시 시험도 아니데 이건 또 뭐람?

사실상 나도 의아했다. 대기업도 아니고 강사 자리 하나에 굳이 낼 필요도 없는 서류들이랑 실기 시험이 황당하기도 했지만, 이게 경제가 어렵다는 IMF 인가 싶어 이해하기도 했다.

며칠 뒤에 연락이 왔다. 최종 합격했으니 본사 원장님과 면담하러 오라고 했다. 미소가 절로 지어졌다. 서른일곱 명을 제쳤다는 그 하나만으로도 기분이 좋았다. 첫 직장이라는 기쁨에 부모님과 가족들에게도 합격 소식을 알리고 축하를 받았다. 당시 울산이 참 좁다는 생각을 하게 된 계기도 있었다. 신문에 난 기사도 아닌데 어떻게 알았던지. 오빠의 직장 사람들이 이런 얘기를 했다고 한다.

"○○학원에서 강사 한 명 뽑는데 38명이나 몰렸더란다. 와~ 요즘 장난 아니네."

옆에서 듣고 있던 오빠가 내 동생이 그 학원에 합격했다며 뿌듯하게 얘기했다고 말했다.

나는 기쁜 마음으로 원장과 대면 인사를 했다. 먼저 축하한다는 말로 시작해 학원 생활의 여러 수칙에 대해 전달사항을 받았다. 나는 반사적으로 원장의 입 모양을 주시했다. 하나라도 놓치지 않을 셈이었다. 그렇게 집중하면서 듣던 내게 갑자기 원장은 의심의 눈빛을 보였다. 대뜸, 귀가 나쁘기라도 한 건 아니냐고 물었다. 사실 귀가 조금 좋지 않지만, 그런대로 일을 잘 해낼 수 있다며 열정을 보였다. 그러나 원장은 조금 망설이더니 조심히 말을 꺼냈다.

"우리 학원은 학부모의 인지도가 높은 학원입니다. 강사님들이 완벽하지 않으면 조금 곤란합니다. 그러니 미안하지만 없었던 일로 하겠습니다."

나는 아무런 대꾸도 하지 않고 문밖을 나섰다. 인정할 수 없었다. 그렇게 며칠을 좋아했었는데. 문을 등지고 한참을 멍하니 서 있었다. 무언가를 주었다가 다시 뺏는 느낌에 감당할 수 없는 기분이 들었다. 거절당하고 돌아서는 내 발걸음이 무거웠다. 힘없이 터벅터벅 걸어 나갔지만 어디로 가는지도 몰랐다. 정장 구두를 신은 발아래로 자꾸만 고개가 떨구어졌다. 하염없이 떨어지는 눈물이 앞을 가로막았다. 또다시 머릿속이 텅 빈 듯 아무 생각이 나질 않았다. 떨어지는 눈물을 어떤 제제도 없이 가만히 느끼고 있었다. 한참을 그러다 길 한 가운데라는 걸 알아차린 나는 얼른 구석진 곳으로 몸을 돌렸다.

'부끄럽고 창피하다, 속상하다, 우울하다, 억울하다. 그리고……. 참 슬프다.'

온갖 단어들이 머릿속을 훑고 지나갔다. 조금 전까지만 해도 열정과 당당함으로 똘똘 뭉친 초보 강사의 빠릿빠릿한 기세는 다 어디로 갔는지….

이게 사회라는 것을 알았다. 달면 삼키고 쓰면 뱉게 되는 이익집단이라는 것을. 하기야 월급을 주는 입장에서는 완벽한 사람을 쓰는 것이 당연하겠지. 그럴 거면 부모님 재산 증명서와 번거롭게 받아왔던 고등학교 성적증명서는 뭐하러 제출하라 했는지 모르겠다.

이제까지 부모님이 보내주신 학비로 공부하며 아무 걱정 없이 학교를 다녔다. 도움을 청하면 기꺼이 도와주고 불편하면 대신 챙겨주는 여러 학우와 부모님의 손에서 벗어난 것이 실감이 나지 않는 날이다. 온실 속의 화초처럼 자라왔던 내게 온실 밖의 세상은 너무나 차갑고 냉정한 곳이라는 것을 알게 했다. 고용주는 더 이상 장애 있는 사람을 위한 봉사자가 아니라는 것을.

집으로 돌아가는 길이 너무 멀었다. 부모님께는 어떻게 말해야 할지 난감했다. 막내딸의 사회진출을 더없이 기뻐하신 두 분이다. 아마 힘없이 터덜거리는 발걸음만 봐도 눈치를 채실지 모르겠다.

그날은 침대에 푹 쓰러진 채 아무 움직임 없이 가만히 누웠다. 싸늘한 공기조차 거추장스럽게 느껴지며 잠에 빠졌다. 앞으로 겪어야할 현실은 생각보다 높다는 것을 되새겼다.

그 일 후, 다행히 시간당 아르바이트 자리를 구했다. 하루 4시간 초등생 미술을 봐주며 잠깐씩 일을 했다. 다시 아르바이트로 돌아갔다. 적은 보수와 시간이었지만 따질 여력이 없었다. 부족함을 열정으로 대신하며 부지런하게 아이들의 미술공부에 도움이 되도록 노력했다. 원장님의 인성에 따라 나를 보는 눈은 달랐지만 나는 최선을 다했다. 학원 일은 학부모와의 소통도 큰 몫이다. 전화 받는 일이 상당히 불편한 업무가 되었다. 못 하는 일에 신경 쓰기보다 내가 잘 할 수 있는 일에 더 열정을 쏟기로 했다. 원장님에게 양해를 구했다. 다행히 이해해주는 분이셨다.

여자는 여상이나 가서 취직해 시집이나 가면 그만이라던 보수적인 아버지였다. 어느 날 불현듯 집 앞에 작업실을 구해주었다. 널찍한 공간에 맘껏 그림을 그리고 과외라도 해보라며 자리를 마련해 주신 거다. 우울하게 겪었던 막내의 사회 진출을 마음에 담아두셨던 걸까. 또다시 부모님께 의지하는 마음이 들어 마음이 편치 않았지만 나는 그 공간을 무척 사랑했다. 4시간 아르바이트가 끝나면 대학 때 하다만 큰 작업과 공예작품을 하며 거기서 살다시피 했다.

결혼할 즈음이 되어서 그 공간도 같이 사라졌다. 나만이 가진 그때의 그 공간이 참 좋았다. 지금 빨래에, 설거지에 온갖 집안일에 치여 나의 존재가 흐릿해지면, 혼자서 그림도 그리고 작업을 하며 내 미래를 꿈꾸었던 그 공간이 눈물 나게 그리울 때가 있다.

피할 수 없는 사춘기(思春期),
내 마음은 비춘기(悲春基)

아이를 가진 기쁨은 이루 말할 수가 없었다. 부모라는 자격이 과연 나한테도 주어질까 망설이던 찰나, 하늘이 주신 선물은 예전의 연약한 나를 지웠다. 작고 여린 생명을 보니 강하고 용기 있는 사람으로 다시 태어나지 않을 수 없었다. 나 혼자가 아니라 핏줄과 연결된 돌봐야 할 존재가 생겼다는 것은 사실 두려움이었다. 그 존재로 인해 아주 천천히 예전의 내가 아닌 엄마라는 자리로 올려놓았다.

엄마라는 존재는 모성애가 자석처럼 붙는다. 아무리 배가 고파도 아이의 입에 먼저 먹을 것을 넣어주고, 내가 아프더라도 아이의 고통을 먼저 해결해줘야만 한다. 아이의 행복은 곧 나의 행복이요, 아이의 슬픔 위에 내가 존재할 수가 없다. 살아있는 동안은 마치 마르지 않은 샘물처럼 자식에게 매일 사랑의 물을 부어준다.

젖먹이의 얼굴을 바라보고 있으면 세상 시름이 다 놓인다. 눈을 마주치며 씩 웃었던 아이의 얼굴은 사라질세라 가슴 한편에 깊이 저장해두었다. 배고픔에 보채던 아이가 구슬땀을 흘리며 우유를 먹고 나른하게 잠들던 평범한 순간들, 엄마의 눈을 바라보며 알 수 없는 단어로 옹알이를 하던 그 작은 입술, 움직이는 형태를 따라 같이 고개를 흔들던 귀여운 모습, 제대로 기는 방법을 몰라 다리를 질질 끌며 기어가던 우스꽝스러운 모습들. 다시 돌아오지 않을 추억이기에 더 애틋하게 그리운지도 모르겠다.

애정이 많던 우리 부부에게 첫 아이는 삶의 활력이었다. 남편은 술자리의 유혹도 마다하고 아이의 재롱에 칼퇴근을 자처하는'땡 맨'이었다. 동네에서도 알아주는 자상한 아빠였다. 늘 아이를 품에 안고 아이의 숨결을 느끼며 잠들기를 좋아했다. 한순간도 놓치지 않으려 수많은 사진으로 저장해두는 것을 좋아했고, 그 사진을 한 장 한 장 되뇌어 보는 것도 둘의 기쁨이 되었다. 아이의 소중함이, 아이의 존재 자체가 우리 부부에게 살아가는 힘이 되었던 나날이다.

아이는 빨리 자랐다. 언제 크냐며 한숨짓던 시기는 눈 깜짝할 사이에 지나갔다. 마치 대나무 죽순처럼 싹이 오르더니 이제는 나의 키를 훌쩍 넘었다. 품어야 할 존재에서 이제는 기대고 싶은 존재가 되었다. 빠른 성장을 눈으로 보고 있었지만 내 마음은 늘 여린 아기 때로 머무는 듯했다.

사춘기가 시작되면서 귀엽고 사랑스러운 아이는 온데간데없었다. 자기주장이 강해지고, 감수성이 예민해지며 반항과 짜증을 내는 일이 많아졌다. 논리적이고 이성적이기보다는 감정이 먼저였다. 첫 아이의 이런 크나큰 변화에 나는 미처 대처하지 못했다. 어른이 되기 위한 하나의 과정이었음을 늦게 알았다. 질풍노도의 시기가 길어지고 짜증내는 일이 많아질수록 나는 우울감에 휩싸여 화병이 오는 듯했다. 무엇이든 처음은 낯설고 두렵다는 것조차 몰랐다. 준비되지 않은 우리 부부에게 아이는 어려운 존재가 되어갔다.

아이는 사춘기(思春基)요, 나는 비춘기(悲春基)가 되었다. 아이는 새로운 시각과 대담한 일거리, 두려움이 사라진 채 과감한 행동을 했고, 그런 달라진 아이를 붙잡으려 매달리게 되었다. 슬프고 우울한 일은 대부분 아이가 몰고 왔다. 난청이 있긴 했지만, 그런대로 안분지족으로 살았다. 아이가 그런 내 마음을 흔들어 놓았다. 말끝마다 갈등이 쌓여갔다. 시간이 흐를수록 나는 현실의 아이보다 사진 속의 아이를 그리워했다. 하소연할 수 없는 답답함을 풀어낼 방법이 없었다. 아이가 거칠어질수록 나는 눈물이 많아졌고 아이가 커 갈수록 아량은 메말라갔다. 아이와 나는 정반대의 길에서 시소를 탔다.

"왜 나만 못 가게 해요? 다른 친구 엄마들은 다 보내주는데."

나는 악마고 다른 엄마는 천사다. 시험 기간이 얼마 남지 않은 날, 갑자기 아이가 가수를 보러 시내에 간다며 나설 때였다. 너무 늦은 시간이라 말릴 수밖에 없었다. 아무리 조곤조곤 설명해 봐도 귀에 들어가길 만무했다. 생각이 아이 중심으로 바뀌니 부모의 목소리는 모두 잔소리였다. 엄마가 하는 말은 부정을 전제로 듣기 시작했다. 내 말이 길어질수록 아이는 듣기 싫다는 반응을 보이며 기분을 상하게 했다.

집에 있는 엄마보다는 일하는 엄마가 좋다며 슬그머니 비교도 했다. '안 나가는 것이 아니라 못 가는 거다. 흥~'가끔은 정곡을 찔러댔다. 나 또한 마음에서는 설득을 하는데 현실은 다그침으로 나왔다. 아이가 내뱉는 말은 모두 날카롭게 들렸다. 방실방실 웃으며 뒤 쫓아 오던 아이는 온데간데없고, 뿔 달린 악마처럼 핏기없이 서늘한 아이만 서 있었다.

친구의 말은 경전이요, 엄마의 말은 졸작이다. 마음을 다쳐 혼자 훌쩍이는 날이 늘어갔다. 그때는 쌓이는 스트레스를 날릴 방법도 몰랐다. 나는 나대로 아이는 아이대로 서로 거리를 느끼며 살았다. 충돌이 잦으니 같이 외출하는 일도 줄었다. 아이는 집 밖을 나서기도 전에 찬바람부터 몰아쳤다. 웃음은 사치다. 애교는 애초에 기대하지도 않는다. 한마디 말이라도 좀 부드럽게 한다면 절이라도 하겠다. 까칠한 성격이 선생님에게 미움 받지나 않는지 걱정되었다. 다행히 다른 사람들이 보는 내 아이는 긍정적이었다. 집 밖에서도 이런 차가운 행동이라면 부모로서 걱정이 되지 않을 수 없다. 사람들을 끌어 모으는 붙임성 있는 아이가 되었으면 좋겠지만 그것 또한 내 욕심이다.

아이의 마음을 돌려 보고 싶었다. 아니 내가 먼저 돌아와야 했다. 무엇부터 시작해야 할지 캄캄했다. 자문을 구할 때가 없었다. 학부모 모임에 나가지 않으니 카더라 통신도 더는 정보를 주지 못했다. 갖은 궁리도 해보고 머리 싸매다 결국 책으로 눈을 돌렸다. 사춘기의 심리를 공부하면서 '이해'라는 마음을 쑥쑥 키워보고자 했다. 사춘기가 마냥 길게 느껴졌지만 돌아보니 나에게도 성장의 시간을 주었다는 것을 알았다.

어느 날, 아이와 함께 약국에 들렀다가 처방 약을 받고 계산을 할 때였다. 나는 평소에 물건을 살 때 "얼마에요?"라고 물으면 그 얼마가 잘 들리지 않곤 한다. 두 번의 반복으로 물어봐도 내 귀가 잘 듣지 못하면 그냥 만 원짜리 지폐를 내고 거스름돈을 돌려받는다. 지갑에 동전이 많이 쌓이는 이유다.

그때도 얼마라고 말하는 약사의 목소리가 들리지 않았다. 다시 물었지만 내 귀가 뒷자리 몇백 원을 듣지 못했다. 예전 같으면 아이가 뒤에서 "엄마 4300원이에요"라며 자세히 말해주곤 했다. 그런데 이번엔 뒤로 한 걸음 물러나며 마치 모르는 사람 취급을 하는 것이었다. 나는 아이의 반응에 당황했다. 얼른 만 원짜리 지폐로 계산을 하고 밖으로 나왔다.

왠지 모를 서운함이 밀려 왔다. 엄마가 못 듣는 게 부끄러워 모르는 사람처럼 대하는 아이가 야속했다. 요즘 차갑게 군다며 생각했었지만, 막상 나의 장애를 가족이 도와주지 않는다고 생각하니 눈물이 맺혔다. 눈물까지 보이는 연약한 엄마라는 게 싫어 애써 감추었다. 이것이 진짜 사춘기인가 싶었다. 사춘기는 부모 가슴을 때리며 큰다더니. 마음에 멍이 든 것 같았다. 갑자기 변하게 된 아이가 당황스러웠지만, 책에서 배운 대로 성장의 한 과정이라고 생각했다. 그래도 아쉬움이 들었다. 내 뒤에서 엄마를 배려해 주던 자상한 그 아이는 어디로 갔는지.

몇 년을 견디며 나도 성장을 했다. 아이만 변한 것이 아니라 내 마음도 자랐다. 가족한테 의지하려는 마음을 접었다. 어차피 내가 가는 길에 항상 가족이 있는 건 아니니다. 마음이 훼손될지언정 내 삶은 내가 엮어야 한다. 남의 귀로 징검다리 삼으려 하지 말고 불완전한 내 귀로 세상이라는 개울물에 담가야 한다. 그래야만 더 차가운 물을 만나도 늘 젖어있는 발이 놀라지 않는다.

아이의 사춘기가 어른으로 가기 위한 길이라면 나의 이 슬픈 비춘기(悲春期)도 강한 생을 살기 위한 길이다. 좀 더 크면 나아질 거라 위안하며 지냈던 게 벌써 4년.

첫째의 싸늘한 말투에서 쌓인 스트레스는 둘째의 재롱에서 위안을 찾곤 했다. 항상 입가에 웃음을 머금은 아이라 내 음성이 높아질 일이 없었다. 사회성 좋은 아이라 친구도 많고 말도 많다. 보기만 해도 웃음 바이러스가 퍼지는 긍정적인 아이다. 속상하게 하는 일도 없어 늘 칭찬과 관심을 받는다. 사랑을 독차지하며 부모의 관심을 받았던 아이다.

그런 둘째가 이제 중학생이 되었다. 작은 키를 걱정하는 내가 골고루 먹이기 위해 반찬 설교를 해댄다. 아이가 슬슬 잔소리로 듣기 시작했다. 짜증 섞인 밥을 억지로 먹는다. 종일 시끄럽게 쫑알거리던 아이가 갑자기 말수도 줄었다. 휴대폰을 만지작거리며 혼자 있는 시간이 많아졌다. 내 손을 거부하기 시작했다.

이제 둘째의 사춘기가 시작되었다. 나의 비춘기가 또 시작되나보다.

층간소음이 뭐에요?

신문에 간간이 올라오는 사건 중의 하나가 층간소음으로 인한 이웃 간의 언쟁이다. 서로 말로 타이르고 양보와 배려로 해결되었다면 신문에 실리지도 않는다. 그것은 무서운 결말을 가져오고 결국 살인으로 끝을 맺으니 더는 방관할 문제가 아니다.

예전의 단층 구조에서는 그리 별문제 없는 이야기다. 요즘은 좁은 땅덩어리에 늘어나는 인구를 감당하기 위해 집을 위로 높인다. 빌라나 아파트처럼 고층 건물이 대부분이다. 밖에서 보면 누군가의 머리 위로 걸어 다니고 누군가의 발 아래 또 누군가가 걸어 다닌다. 상자를 쌓아 놓은 것 같은 집이지만 사실상 요즘 시대에 없어서는 안 될 건물 구조다.

내 집 대문에서 이웃집 대문까지의 거리가 확연히 좁아지면서 이웃 간의 소통이 더 가깝게 되는가 싶었다. 이웃사촌이라는 말이 있듯이 가까이 있어 자주 왕래하고 친해지는 기회가 더 많지 않을까 싶었다. 그러나 가까워질수록 대문은 더욱 단단하고 무거워졌다. 이사 온 첫날부터 옆집과 윗집에 누가 사는지조차 모른다. 한두 번 목례하는 사이라도 점차 왕래가 없어지면 어색하다. 봐도 모른 척하기 일쑤다.

소통 없이 사니 약간의 불편함이 생겨도 가만히 있질 못한다. 이기심만 자라게 되고 양보라는 자체를 잊고 산다. '나'만 생각하게 되니 '공동'이라는 문제에 유연함을 갖지 못한다. '내 집에 내 맘대로' 식의 사고방식은 어쩌면 땅에 발 디디며 살았던 유전이 현대의 삶을 밀어내지 못하고 있는 게 아닐까.

결혼하고 전셋집을 전전하면서 이사를 많이 다녔다. 내가 작은 소리를 들을 수 없으니 늘 조용한 곳이라고 생각했다. 한번은 남편이 윗집에서 의도적으로 쿵쿵 소리가 난다며 며칠을 괴로워했다. 뭘 그리 예민하게 구냐며 오히려 내가 핀잔을 주었다. 내 귀에 들리지 않아 남편의 입장을 이해할 수 없었다. 나는 층간소음을 모르고 산다. 그러니 예민하게 구는 남편의 행동이 낯설고 불만스러웠다.

선불리 말하기가 쉽지 않은 일이다. 이해심이 없는 사람들이라면 싸움으로 번질 수도 있는 일이다. 며칠을 고민하다 소리가 심하게 나는 날을 잡아 위층으로 올라갔다. 나도 뒤를 따랐다.

빼꼼히 문을 열고 나오는 사람은 어린아이들뿐이었다. 지금 부모님이 안 계신다는 말에 맞벌이 부부라는 것을 알아차렸다. 늦은 시각까지 어린 남매 둘만 있었다. 심심하고 지루했던지 소파에서 뛰어내리기 놀이를 했다며 배시시 웃었다. 소음을 알고 들었을 때와 모르고 들었을 때의 차이는 엄청나다. 아이들은 소리가 피해를 준다는 사실을 전혀 모를 정도로 어렸다. 아이들끼리만 있는 걸 보니 오히려 안쓰러웠다. 주의를 주자 그다음부터는 조용해졌다. 부모님이 계셨더라면 아이들의 소음유발 행동을 당연히 그냥 방치하지는 않았을 것이다.

몇 년이 지나 다른 곳으로 이사를 했다. 소음은 우리를 따라다니는지 남편은 위층 소리에 다시 날카로워졌다. 이번에는 쿵쿵 소리와 드르륵 하며 무언가를 끄는 소리가 난다고 했다. 그것도 한밤중이면 심하다고 했다. 수위가 강할수록 남편은 예민해졌고 짜증을 냈다.

"자기가 너무 예민해서 그런 거 아냐?"

아파트에 살면 그 정도 소음쯤은 무심해져야 하는 것 아닐까 하는 생각이 들었다. 소리가 들리지 않으니 소음을 듣는 사람의 입장이 되어 주질 못했다. 생각해보니 소음을 계속 들을 때의 괴로움은 누구보다 잘 알고 있는 나였다. 괴로움의 원인은 제거해야 마땅하다.

한두 번은 윗집에서 미안하다고 했다. 세 번째 인터폰을 하던 날은 아랫집인 나도 미안해하면서 수화기를 들었다. 그런데 오히려 상대방이 화를 내며 말했다. 도대체 무슨 소리가 어떻게 나는지, 그런 것도 이해 못 하냐며 역정을 내는 것이었다. 나는 기가 막히고 할 말도 막혔다. 내가 듣지 못한 소리를 흉내 내기가 어려웠다. 남편이 말한 대로 이러이러한 소리가 나니 자제해 달라는 말을 한 후 조심히 끊었다. 내 속도 편치는 않았다.

나는 윗집과 불편한 사이가 싫었다. 게다가 층간소음으로 꺼림칙하게 지내는 게 더욱 싫었다. 같은 아파트에 살면 마주칠 일도 많다. 그때마다 눈길 한번 마주치지 않는 냉랭한 분위기가 몹시 싫었다. 남편이야 회사에 출근하면 그만이지만 집에서 늘 이웃과 부딪히는 아줌마들은 그런 상황이 불편할 수밖에 없다. 서로 상황과 처지를 이해하며 마음을 통해 보기로 했다. 시골에서 주신 먹거리를 가지고 윗집을 찾아갔다.

거실에는 아기들을 위한 매트가 깔렸었고, 여러 가지 큼직한 장난감이 거실에 널려 있었다. 나름대로 소음에 신경 쓴다며 여러 가지 깔개를 거실의 반 이상을 깔아두었다. 드르륵거리며 끌었던 소리는 장난감 지붕 자동차인 것 같았다. 거실에 주차된 장난감이 꽤 육중해 보였고 거실을 지나가며 내는 소리는 클 거 같았다. 게다가 아이가 낮잠을 많이 자는 편이라 늦은 밤에 놀려고 해서 통제가 되지 않는다고 했다. 분위기를 다치지 않게 나도 수용해주며 아이 키우는 입장에서 그럴 수도 있다며 다독여주었다. 아직, 엄마의 말을 받아들이기 힘든 어린아이라서 부모로서도 난감하겠다며 위로해주었다. 그렇게 해서 윗집은 두 시내아이를 키우다 좋은 조건의 아파트를 구해 이사를 했다. 마지막 인사를 나누며 기분 좋게 헤어졌다.

윗집의 소음으로 우리 집도 소음의 원인 처가 아닌지 다시 생각해보게 되었다. 아무렇지 않게 걷는 걸음도 발아래 집은 소음으로 들릴지 모른다는 생각이 들었다. 혹시나 아이들끼리 장난을 치거나 뛰어다닐 때가 있으면 나는 예민해진다. 아랫집을 생각하며 그만 뛰라며 급히 말린다.

아랫집은 다행히 노부부가 살고 계셨다. 마주칠 때 마다 나는 먼저 선수 친다.

"할머니, 우리 집 시끄럽지요? 이해해주셔서 감사합니다. 아이들한테도 조심시키겠습니다."

할머니는 껄껄 웃으며 괜찮다고 하셨다. 아래 위층으로 좋은 이웃을 만난다는 건 내 집을 싸게 사는 만큼이나 좋은 일이다.

소음으로 언쟁을 높이다 결국 법정까지 갔다는 사람들이 바로 가까이 있기도 했다. 법의 심판을 하는 사람들도 억울한 당사자의 입장을 헤아려 보지 않을 수 없다. 결국, 조금의 소음이라면 아래층이 참고 살아야 한다며 합의를 도왔다고 했다. 소리를 듣는 사람도 괴롭지만 의도적인 소리를 만들지 않은 이상, 무의식적인 소리가 소음 공해라면 사는 것 자체가 불편함 일수도 있겠다. 그저 내 집에 내가 맘대로 하며 산다는 이기적인 생각만 조금 덜어낸다면 좋을 일이다.

어떤 날은 아파트에 리모델링을 한다며 공사장의 드릴 소리로 소음에 시달린 적이 있었다. 너무 시끄러운 나머지 집 앞 도서관으로 이틀 동안 피신한 적이 있다. 난청인 내가 시끄럽다면 다른 사람들은 얼마나 시끄러웠을지 짐작이 간다. 바로 아랫집이 아니고서야 이렇게 시끄러울 리 없었다. 바로 내 옆에서 아스팔트를 가르는 소리처럼 들렸다. 인테리어 동의서도 받은 적 없고 공고문도 본 적 없는 나는 언제 끝나는지 알아보자며 씩씩거리며 아랫집으로 향했다. 그런데 그 소리는 바로 아랫집이 아니라 세 칸이 넘는 아랫집이었다. 바로 내 옆에서 들리던 소리가 한참 아랫집이라니. 이름난 건설업체가 지은 아파트라도 방음벽이 이렇게 약한지 몰랐다.

서로 3m 이내의 거리에 내 이웃이 있다. 가까울수록 뛰거나 소리에 신경 쓰지 않게 방음시설이 잘 되어있다면 층간소음으로 인한 칼부림도 줄어들 것이다. 건설업에 종사하는 사람들이 방음시설을 좀 더 신경 써준다면 사회적인 문제도 많이 줄어들 것이라는 생각을 해본다. 그보다는 우선 소음을 들을 남의 입장을 먼저 생각해보며 살아야겠다.

예민한 내가 어쩌면 층간소음을 듣지 않고 산다는 것이 불행 중 다행이다. 시끄러운 소리에 잠을 설치는 일은 생각만 해도 괴롭다. 특히 한밤중에는 공동체 예의를 지켜야 한다. 소리는 아름다운 것이지만 때와 장소를 가린다. 한밤중의 피아노 연주에 누가 손뼉을 쳐 줄까.

명강사 소용없어

현수막에 내 눈이 걸렸다. 자녀 교육에 관한 일일 강좌가 있었다. 유명한 강사를 초빙해 교육에 대한 궁금증을 해갈할 기회다 싶어 그 날을 손꼽아 기다렸다. 게다가 공짜였다. 좋은 강좌를 나 혼자 듣기 아까워 여러 지인에게도 소식을 알렸다. 혼자 끙끙대며 아이를 키우는 엄마들에게 위로와 공감, 속 시원한 해답이 있을 것 같았다. 다들 그 순간은 호응하며 좋아했지만, 막상 강의 날에는 여러 가지 핑계를 대며 시간을 빼기가 어렵다고 했다. 어쩔 수 없이 자녀교육에 관심이 많은 한 사람만 동행해 그곳으로 갔다.

강의실은 아주 넓었다. 시립 복지관이었다. 여러 가지 큰 행사를 자주 하는 곳이라 의자가 꽤 많았다. 나는 반사적으로 연단과 마주한 맨 앞자리에 앉았다. 같이 간 일행이 앞자리가 불편하니 뒤에 앉자고 해도 나는 동요하지 않았다. 강연자의 말 한마디, 숨소리 하나라도 놓치지 않기 위해 학구열을 불태웠다. 홍보가 잘 되었던지 사람들이 많이 참석했다. 강연장이 넓어 다들 마음이

가는 자리에 앉았다. 줄줄이 들어왔지만, 앞자리보다는 뒷자리를 선호했다. 강의 시각이 다가올 때쯤 맨 앞줄은 일행과 나 이렇게 두 명, 그리고 두 번째 줄에는 한 명, 세 번째 줄은 완전히 비어있었다. 네 번째 줄부터는 빼곡히 앉아있었다. 늘 그렇듯이 앞자리는 기피 대상이다.

강의가 시작되었다. 지적으로 보이는 중년 여성이 연단에 서서 자기소개를 했다. 스크린에 비친 화려한 이력으로 좌중을 압도했다. 강의를 서서히 시작했다. 좋은 강의를 들을 수 있다는 기대에 차 있었다. 그런데 강연자가 갑자기 연단을 내려오더니 청중이 있는 곳으로 다가왔다. 한 걸음 한걸음 걸어가며 강의를 이어 나갔다. 그런데 첫 번째 줄을 지나고 두 번째, 세 번째도 지나 네 번째 줄 앞에 딱 멈춰 섰다. 그러고는 더 걸음을 걷지 않았다. 나는 강연자가 있는 곳으로 고개를 돌려보며 어서 제자리로 돌아가기를 바랐다. 그러나 강연자는 마칠 때까지 그 자리에 멈춰서 강연을 했다. 사람들과의 교감을 위해 좀 더 가까이서 눈을 마주 보며 얘기한다는 의도는 좋지만, 앞자리에 앉은 우리는 무언지. 앞자리를 제외한 사람들과만 강의하겠단 생각에 화가 나기 시작했다.

목소리와 입 모양에 집중을 하며 들어야 하는 내게 황당한 일이 아닐 수 없었다. 개미 같은 목소리를 따라 간간이 고개를 돌려보면 강의자의 뒤통수만 쳐다보게 된다. 마이크를 사용했지만, 목소리는 또렷하지도 않았다. 절도 있게 내뱉기보다는 소리가 울리고 기계음처럼 들렸다. 당연히 소리를 알아들을 수 없으니 두 시간 강의는 허탕이구나 싶어 실망감이 밀려왔다. 강사가 말을 할 때마다 호응하는 사람들과는 달리 시간이 지나면 지날수록 왜 그리 화가 나던지 모르겠다. 아까운 두 시간을 이렇게 흘려보내야만 하는지 억울했다. 그렇다고 중간에 말을 끊고 앞 연단에 올라와 앞자리의 사람도 의식하라고 말하기엔 도저히 용기가 나질 않았다. 마음 같아서는 강연장을 당당히 나가버리고 싶었지만, 같이 온 일행을 위해 그러질 못했다.

'뒷줄에 서서 강의를 할 줄이야.'

씩씩대던 마음이 점점 불거지더니 화살은 또다시 나의 장애에 가서 꽂혔다. 우울한 감정이 스멀스멀 올라왔다. 이젠 남의 탓으로 돌리기도 싫다. 설마 청중 중에 어음 분별력이 떨어지는 난청이 있다고 생각이나 했겠는가. 그러나 들리고 안 들리고 떠나 앞의 세 사람을 제외했다는 자체가 기분을 몹시 상하게 했다. 일행도 마찬가지였다. 강의자 없이 녹음기로 강의를 듣는 것 같다고 했다. 차라리 편안하게 인터넷 강의나 듣는 게 나았다는 생각까지 들었다.

시간이 지나자 서서히 체념했다. 책이라도 가져왔으면 아까운 시간 날리지도 않을 텐데. 가져간 노트를 끼적대며 나는 두 시간을 의미 없이 낭비하다 왔다. 형체 없이 낙서로 흐트러진 내 노트에는 강연자의 원망이 서려 있었다.

요즘은 구·시립 도서관이나 시청에서 질 좋은 강연을 많이 주최한다. 꽤 유명한 강연자를 초빙하여 사람들의 문화적 관심을 충족시켜준다. 어쨌든 나도 문화인으로서 강연장을 찾아간다. 대부분 작은 규모의 강연장을 선호하게 된다. 강사가 처음 자신을 소개할 때 나는 유심히 관찰한다. 목소리가 크고 또렷한지, 무의식적으로 치켜든 마이크로 입을 가리는 건 아닌지, 청중 모두에게 관심을 보이는지.

처음 5분 동안 관찰한 후, 내 귀에 아니다 싶으면 오래 있질 않고 나온다. 강연자 입장에서는 시작되자마자 나가버리는 청중이 야속한지도 모르겠지만 나로서는 그렇다. 의미 없이 시간 때울 만큼 마음이 여유롭지도 않다. 솔직히 말하면 우울감만 쌓인다. 다들 호응을 하며 손뼉 치는 순간 나 혼자 따로 국밥 같은 신세가 싫다.

사람들은 말한다. 잘 들리지 않으면 그 사람에게 나의 상태를 정확히 알려야 하지 않느냐고. 당연하다. 소수의 사람과 어울릴 때는 앞뒤 잴 것도 없이 귀가 부실하니 크게 얘기해 달라고 먼저 말한다. 그러나 큰 강연장에서는 그럴 엄두가 나지 않는다. 모든 사람이 나를 의식한다는 것도 싫고, 눈에 띄는 것도 부담스럽다. 게다가 묻지도 않았는데 먼저 얘기한다는 것도 부끄럽고, 무엇보다 대중에게 단점을 드러내는 게 너무 싫어서다. 자격지심의 뿌리가 너무 깊다. 아무것도 아닌 일이지만 부족하게 가진 나는 말할 수 없이 큰 상처가 되고, 마음의 무게가 된다는 것을. 그래서 기끔은 부끄러움을 못 느끼는 베짱이 부러울 때도 있다.

큰 강의실보다는 작은 강의실에 더 애정이 간다. 얼마 전에도 집 앞의 도서관 강연장을 찾아갔다. 유명작가의 강연이 몇 달 전부터 현수막으로 도배되어 있었다. '안 들리면 말고'라는 마음으로 자리에 앉았다. 강의가 시작되었다. 내가 세운 기준의 강의 자격이 되는지 유심히 살폈다. 오호, 딱 좋았다. 갑상선에 이상이 생겨 목상태가 좋지 않음을 양해해 달라고 했다. 물을 많이 마셔대며 안쓰러움을 자극했지만 목소리가 또렷했고, 마이크 상태도 좋았다. 게다가 마이크로 그 예쁜 입을 가리지도 않았다. 물론 중간마다 말을 놓치는 경우가 있었지만, 그럭저럭 나는 만족한 강의였다.

그런데, 강의가 끝나고 질의응답 시간이면 청중의 목소리가 들리지 않는다. '뭐 늘 그랬잖아.' 우울하진 않았다. 강의내용이 조금 딱딱했다면 질문과 그에 대해 응답을 하는 시간은 화기애애했다. 어떤 질문자는 육아의 고충을 얘기하면서 주체할 수 없는 눈물을 보이기도 했다. 강연자의 명쾌한 대답에 박장대소하기도 하며 공감을 자아내기도 했다. 눈치껏 질문과 답을 추론해보았다. 강의가 만족스러워 이 정도 고충이야 아무것도 아니라 생각되었다.

강연자는 좋은 강연을 위해 강의내용에 상당한 공을 들인다. 화려한 파워포

인트 자료를 만들어 시각적으로도 풍부한 정보를 제공해준다. 훌륭한 시청각 자료들이 강사의 질을 높여주기도 하고 청중의 반응을 더욱 강하게 끌어모으기도 한다. 거두절미하고 난청이 있는 나는 일단 잘 들여야 좋은 강의라 말할 수 있다. 어음 분별력이 떨어지는 난청인에게 말이 제대로 전달되지 않는다면 좋은 강의라고 말할 수가 없다. 강연자는 나같이 난청이 있는 사람이 있다고 생각하지 못한다. 청각장애인을 위한 봉사 활동으로 이 자리에 나온 게 아니다. 강연자가 나에게 맞춰줘야 할 게 아니라 내가 강연자에게 맞춰야 한다. 내 눈을 부지런히 움직여 강연자의 말을 조금 더 주워 담아야 한다.

그래도 '조금만 더 잘 들리면 좋겠는데.' 이런 아쉬움은 항상 나를 따라다닌다.

아무리 유명하고 통쾌한 강의를 한다 해도 내가 정한 자격을 갖추지 않으면 명강사라 할 수 없다. 남들이야 별 상관없겠지만 내가 정한 기준이 있다.

첫째, 어음 분별력이 약한 사람에게 입술은 생명이다. 부디 그 잘생기고 예쁜 입술을 시커먼 마이크로 가리지 마시라.

둘째, 목소리가 크다면 금상첨화. 요즘은 목소리가 작아도 마이크가 살려준다. 또박또박한 말씨로 사람들에게 정확한 이미지를 심어준다면 평생 청중의 가슴에 오래 남을 것이다. 말이 뭉텅이로 들릴 때가 있다. 굵직한 목살 한 근을 툭 던져주면 먹을 엄두가 안 난다. 하나하나 썰어 주면 맛있게 먹을 수 있다. 아니 군침까지 돈다. 부디 또박또박 말씀해 주시기를.

셋째, 핏대를 올리며 강의를 한다 해도 얼굴이 안 보이면 열정을 알 수 없다. 그러니 강연자는 연단에 서서 청중 모두를 의식해야 한다. 비록 침을 튀기며 추한 모습을 보이더라도 뒤통수보다는 앞모습이 사랑스럽다. 반짝이는 눈빛을 보이는 강의가 나는 좋다.

눈치 백 단의 고수

어지간한 모임은 피하지만 나가지 않으면 안 될 자리도 있다. 그곳에서 나는 회장도 아니고 총무도 아니다. 없으면 뭔가 허전하고 모임의 분위기가 살지 않는다며 나를 챙겨주는 그런 사람들도 있다. 잘 들리지는 않지만 끈끈한 우정으로 오랫동안 알고 지내온 자리는 의리녀로서 나가지 않을 수 없다.

모임은 늘 그렇다. 반가운 인사를 나누고 나면 공을 튀기듯 여기서 저기로 하고 싶은 말들이 오간다. 점차 형식적인 이야기를 지나 사적인 이야기가 쏟아지면 사람들은 깔깔거리며 분위기를 고조시킨다. 그럴수록 나는 대화의 흐름을 깨지 않기 위해 긴장한다. 부분 부분의 말소리를 놓쳐 이해하기 힘든 순간을 찬물 끼 언 듯 "뭐라고?"라며 분위기를 망치고 싶지 않아서다.

일행의 말소리도 집중하기 힘든데 넓은 공간의 식당이나 홀은 내가 꺼리는 공간이다. 그릇 부딪히는 소리, 밖에서 나는 소리, 다른 사람들의 말소리가 한 공간에 어울려 알 수 없는 소리로 뭉친다. 그런 어울림의 소리가 하나 남은 내 귀에, 더군다나 기계를 단 보청기를 통해 나의 고막으로 들어온다면 귀가 분석해 낼 수 없는 완벽한 소음공해가 된다.

들으려고 귀를 쫑긋 세우기보다 여러 가지 괴로운 소리에 피신하고 싶을 때도 있다. 정신은 산만해지고 말소리는 들리지 않고, 차라리 아무것도 들리지 않는 게 더 편할 거라는 생각도 한다. 대화중에 혼자 먼 산을 바라보며 멍 때릴 때도 있다. 이 분위기가 싫어 억지로 앉아 있는 모습을 사람들에게 들키기도 한다. 어정쩡하게 들리는 소리가 더 괴로울 때도 있으니 마음은 불편한 시간에서 자유롭지 못하다.

난청은 크게 두 가지로 분류할 수 있다. 의학용어로 전음성 난청과 감각신경성 난청이다. 전음성 난청은 고막이나 이소골과 같은 소리의 전달기관에 문제가 있어 잘 들리지 않을 경우다. 흔히 노인성 난청이 대부분인데 소리를 크게 내면 알아들을 수가 있다. 그러나 감각 신경성 난청은 달팽이관 내의 청감각 세포나 청신경의 손상으로 말소리가 잘 안 들리는 경우다. 어음 분별력이 떨어져 말을 구분하기가 어려운 경우 무조건 크게 한다고 들리는 것이 아니다. 하나하나의 음절이 제대로 들리지 않고 여러 가지 소리가 복합적으로 들리면 더욱 소리의 구분이 어렵고 듣는 것이 힘들어진다.

보통 청력검사를 하러 가면 순음 검사와 어음 분별검사 두 가지를 한다. 순음검사는 스피커를 끼고 소리를 들려준다. 삐~ 하거나 웅~하는 저음에서 고음의 다양한 소리를 들려주는데, 그 소리를 들을 수 있다면 버튼을 누르면 된다. 특정 음의 소리를 들을 수 있다는 것을 확인하는 것이다. 어음 분별검사는 청능사가 입을 가리고 특정 단어를 따라 해 보라고 한다. 불러주는 단어를 잘 따라 하면 어음 분별력이 나쁘지 않다. 예를 들어 사람을 '아람'으로 들리거나 노래가 '고래'로 들리는 등 본래의 소리로 들리지 않는다면 어음 분별력이 떨어진 경우다. 이때는 전적으로 입 모양에 의지해 대화할 수 밖에 없다.

어음 분별력이 떨어지는 대화는 사람을 울적하게 만든다. 꼭 입모양을 보아야 하니 상대방의 얼굴에 신경을 쓸 수밖에 없다. 뒤에서 나를 부르거나 입을 보이지 않고 아무렇게나 던지는 말은 당연히 알아먹질 못한다. 그래서 가끔 오해를 불러올 때도 있다. 뒤에서 불렀는데도 대답하지 않고 가는 도도한 여자라고.

분위기를 보아 가식적인 웃음을 흘려야 할 때가 많았다. 그 자리에서 내가 할 수 있는 최선의 행동으로 보고 이유 없는 웃음을 짓곤 한다. 다들 함박웃음을 머금고 적당한 분위기를 맞추는 사이 나만 우울 모드로 있는 게 얼마나 난처한 일인지 모를 것이다. 그럴 때는 나도 알아들었다는 듯이 슬쩍 웃음을 흘리며 자리를 지키곤 한다. 그러다 보니 나는 항상 미소를 짓고 있는 버릇이 생겼다. 분위기에 나가떨어지지 않기 위해 늘 억지 미소를 지었다. 우스워서 웃는 게 아니었다. 즐거워서 웃는 게 아니었다. 기뻐서 감정을 주체할 수 없어서 재미있어서가 아니었다. 그냥 서먹한 분위기를 떨치기 위해 나도 모르게 웃게 되었다. 힘들더라도 웃었더니 얼굴 근육이 자연스럽게 붙었다. 가끔은 나를 자주 웃는 사람이라고 지칭할 때도 있다.

정확하지 않은 말소리를 정확하게 담기 위해 신경을 바짝 세우는 일에 지치기도 했다. 나와 비슷한 처지인 사람이 없어 아무도 내 마음을 알아주지 못한다고 생각되었다. 그럴 때면 나는 손을 쓰는 일이 편하다. 말소리에 연연하지 않고 몸을 쓰는 일이 더 좋았다. 내가 할 수 있는 일이 없을까 싶어 먼저 일거리를 찾았다. 커피를 나르고 과일을 깎는 잡일에 신경 쓰는 게 좋다. 눈을 예민하게 그리고 손을 바쁘게 움직여 뭔가 쓸모 있는 사람이 되려고 노력했다. 사람들에게 둘러싸여 있어도 나만 재미없고 심심하다는 무료한 생각을 빨리 떨치려 했다. 우울감을 밀어내려고 나름대로 애썼다.

귀로 듣지 못하니 눈치가 빨라졌다. 두 번 세 번 말해줘도 못 알아듣게 되면 나는 슬슬 자존심에 균열이 생긴다. 누구라도 두 번까지는 나지막하게 말하지만 세 번째는 화가 나듯이 말하게 된다. 힘이 잔뜩 들어간 말을 듣고 있노라면 한없이 처량해진다. 그래도 못 알아들으면 반사적으로 고개를 끄덕여버린다. 나중이야 어떻게 되든 지금 당장 회피해 버린다. 다 알아들었다는 듯이.

눈치라는 세포가 하나 더 생겼다. 행동만 봐도 대충 이해가 되었다. 그런 일을 자주 경험하고 나니 눈치 백 단 고단자의 자리에 앉아 있었다. 무성영화를 보듯 나는 관객이 되어 사람들의 행동을 눈으로 읽는다.

옛말에 '눈치가 빠르면 절간에 가서도 새우젓을 얻어먹는다.'고 했다. 눈치가 빠르면 다른 이들보다 조금이라도 득을 보게 된다는 말이다. 득까지는 바라지 않아도 평범한 나의 가치라도 챙기고 싶다.

부족한 한 가지를 안고 사는 사람들은 다른 감각이 월등히 뛰어나다. 눈이 안 보이는 사람들은 청각과 촉각이 예민해지고 들을 수 없는 사람들은 시력이 더욱 발달한다. 서로 부족한 부분을 보완해줘야 험한 세상을 살아갈 수 있지 않으랴. 나는 완전히 듣지 못하는 농인이 아니다. 시력보다는 눈치력이 더 발전한 셈이다. 사람들의 행동거지 하나하나에 나의 레이더를 들이댄다. 오히려 음향이 소거되니 더 집중력을 발휘했다.

직장 생활 3년이면 어지간한 눈치 고수가 된다고 한다. 상사가 말하지 않아도 일 처리를 해야 하고 잔심부름을 척척 해내고 게다가 신입사원 길들이기까지 알아서 한다. 3년 차도 고수인데 하물며 40년 난청으로 산 나는 어떻겠는가. 말하지 않아도 안다는 것은 마치 사랑을 말로 표현하지 않는 것처럼 달콤하게 들릴지 모르지만 내가 살아가는데 필요한 요소다. 말보다 행동이 앞서고, 상대의 요구를 상상하고 분석을 해내는 나의 발 빠른 두뇌 회전이 눈치를 기르는 힘이다. 운동하면 근육이 생긴다. 잘 쓰지 않은 근육을 쓰게 되면 처음엔 아프지만, 점차 단련되고 난난해진다. 비록 힘은 들지언정 나를 튼튼하게 지켜주고 건강한 신체로 거듭나게 한다.

나는 지금도 부지런히 눈치 근육을 단련한다. 쓰면 쓸수록 단단하고 야무지게 나의 정신건강을 챙겨줄 없어서는 안 될 눈치 근육을. 헬스장이 아니라 모임에서 단련시켜야겠다.

눈으로 분위기를 읽는 사람. 이 얼마나 매력적인가. 이렇게 생각하면서 밑바닥이던 나의 가치를 올리기로 했다. 언제까지 뒤에서 주눅 들며 외롭게 살려고만 할 것인가. 조금 다른 내가 아무도 가지지 못하는 나만 할 수 있는 특기를 가졌다며 위로한다. 단점은 들춰낼수록 초라하고 나약하기만 하다. 단점을 장점으로 승화시키면 그 속에 매력적인 나를 만나게 된다.

평범함 속에서 다름을 인정하기란 쉽지 않다. 다름 속에서 평범함을 지향하고자 했던 나날이었다. 돌아갈 수 없는 삶이고 거부할 수 없는 삶을 원망만 할 수는 없다. 내 안의 나를 살피고자 했다. 사람들에 의해 내가 평가받기보다 스스로 평가하면 된다. 눈치 하나 끝내주는 인생의 주연은 나니까.

자막이 최고

커피잔을 사이에 두고 앉은 연인은 세상에 부러울 것이 없다. 말쑥하게 차려 입은 남자는 갑부의 아들처럼 돈 많고 키 크며 게다가 잘 생기기까지 했다. 완벽한 조건의 남자가 뿜어대는 아우라는 어떤 여자도 마다하지 않는다. 선망의 대상처럼 여자들의 시선을 한 몸에 받는다. 남자는 최신 유행의 머리 스타일을 한번 쓱 훑으며 주머니에서 보석함을 꺼낸다. 그런 남자를 바라보는 여자의 얼굴은 세상에서 제일 행복한 얼굴을 한다. 남자의 부드럽고 하얀 손에서 꺼내든 다이아 목걸이는 값으로 따질 수 없는 가치를 지닌 양, 여자의 목에 스르륵 감긴다. 예상하지 못했다는 듯이 여자는 얼굴 한가득 감동이 피어오른다. 황홀한 눈빛으로 손을 떼지 못하는 여자가 남자에게 사랑의 눈길을 보낸다. 목걸이는 진한 커피 잔 속에서 유난히 반짝거리고 있다.

그걸 보고 있는 나의 입에서 한마디가 새어 나온다.

"이 나쁜 놈."

이윽고 타이밍을 맞춘 아내가 등장한다. 포대기를 들쳐 메고 아이와 함께 등장한 아내는 두 남녀를 씩씩거리며 내려 본다. 얼굴이 하얗게 질린 여자가 어떻게 된 일이냐고 묻는다. 더는 망설일 이유가 없는 아내가 컵에 담긴 물로 여자의 얼굴에 물 따귀를 때린다. 당황한 여자가 겁에 질려 있다. 어떤 제재도 하지 못하자 남자에게 구원의 눈빛을 날린다. 이를 보던 남편이 아내의 손목을 탁 잡으면서 하는 말이

"……없…,하지… 아……."

'아, 뭐야!' 맥 빠진다. 하필 클라이맥스에서 안 들리는지. 순간 드라마 작가가 돼 보기도 하고 주인공의 속마음이 되어 보기도 한다. 이런저런 말을 내식대로 상상해보고 대화를 지어내기도 한다. 제일 중요한 타이밍에 참나.

드라마의 이야기에 몰입하다 자주 겪는 일이다. 뻔한 레퍼토리라도 보는 내내 흥미와 재미를 더해 줘 일상에서 배제할 수 없게 만든다. 몰입의 즐거움을 느끼며 현실과 이상을 넘나드는 세계에 도취한다. 어쩜 이리도 기막힌 사건들을 만들어 낼 수 있는지 드라마 작가의 상상력을 부러워할 때도 있다. 뭐니 뭐니 해도 아줌마들의 스트레스 해소에 일등공신이다. 쳇바퀴 같은 집안일들이 진부함으로 다가올 때, 어쩌면 가상의 현실이 대리만족이 되어 위로받는다. 한 번 빠져들면 그다음 회가 궁금해 은근슬쩍 기다려지게 된다. 드라마 광은 죽을 때도 뒤편이 궁금해서 못 죽는다는 우스갯소리가 있다.

사람들은 가상과 현실을 분간하지 못할 만큼 열정을 보이기도 한다. 일상 대화에서도 주인공의 활약상을 무의식적으로 꺼낸다. 마치 내 주변에서 일어난 일인 양 열을 올리며 대화를 하는 사람들이 있다. 아주 재밌게 보고 있다는 증거다. 이야기를 모르거나 드라마를 보지 않은 사람은 은근슬쩍 왕따가 되기도

한다.

중요한 타이밍에 놓치는 말이 많았다. 차라리 안 보는 게 낫다고 생각할 때도 있었다. 어설픈 귀는 슬슬 절정에 치닫는 순간을 '다음 회'라는 전략처럼 감질나게 할 때가 많았다. 요즘은 귀로 어설프게 듣느니 눈으로 읽는 게 편하다. 무조건 볼륨을 높인다고 내 귀가 잘 듣는 게 아니니 또박또박 새겨 나오는 글자가 내용을 이해하기에 좋다. 드라마의 클라이맥스에서 김빠지게 "뭐라 했지?"라며 옆 사람을 귀찮게 하느니 차라리 자막으로 대사를 읽는 게 얼마나 좋은지 모른다. 물론 배우보다 한 박자 느린 자막이지만 난청을 가진 사람들에겐 참으로 고마운 시스템이다.

요즘, TV 방송 시작 전에 '청각장애인을 위한 자막 방송 중'이라는 문구가 뜬다. 방송사에 의무적으로 시행하는 규율이 있기 때문이다. 여기저기 채널을 돌리면 배우들의 말소리에 맞춰 간간히 자막이 딸려 나온다. 굳이 볼륨을 높이지 않아도 만족하게 시청할 수 있다. 리모컨에도 자막버튼을 누르면 자막으로 시청가능하다. 나라에서 자막 수신기도 보급해주고 있으니 난청인들이 좀 더 수월하게 세상 돌아가는 방송을 볼 수가 있다.

자막이 편하게 되자 영화도 끌리는 쪽이 있다. 자막이 되지 않는 한국영화보다는 외화물이나 애니메이션을 더 선호한다. 음악 소리와 배우들의 목소리가 잘 안 들려도 신경 쓰지 않는다. 글이 모든 걸 대신해준다. 우리 것을 사랑 하려해도 귀가 따라주지 않아 자연이 관심도가 바뀐다. 관객이 떠들썩하게 천만인이 다 봤다던 영화도 나는 관심 밖이다. 스피커 성향이 좋아져 옛날보다는 많이 알아듣는 편이지만 스크린 밑바닥으로 자막이 나오는 게 나는 좋다.

사람들은 그럴 것이다. 돈 내고 보는 영화에 걸리적거리는 무언가가 화면에 뜬다면 그리 좋게만 보지 않을 것이라고. 비정상과 정상. 현실의 간극을 의식하지 않을 수 없다.

음향 버튼을 최대한 낮추고 자막 버튼을 켠 채 혼자 TV를 시청할 때가 있다. 귀에 방해되는 소리를 최대한 절제하고 눈을 부지런히 움직이며 자막을 읽어 나간다. 남자는 굵직한 목소리로, 여자는 고운 목소리로 상상한다. 가끔 말이 너무 빠르면 미처 자막도 채 읽지 못하고 넘어가는 경우도 있다. 그 정도쯤은 불편도 아니다. 자막으로 방송을 볼 수 있다는 것이 얼마나 행복한 일인지. 장애인의 편의를 고려해주는 우리나라가 복지국가임을 느낀다.

장애 중에서도 가장 불편한 장애는 아무래도 시각장애일 것이다. 몸이 천 냥이면 눈이 구백 냥이라는 말도 있듯이 눈으로 볼 수 없는 것이 최고의 고통일 것이다. 자신의 장애를 선별할 수가 없듯이 나에게 주어진 약점은 덤덤히 받아들이며 서서히 적응할 수밖에 없다. 눈으로 볼 수 없는 것에 비해 들을 수 없는 것이 그나마 신이 주신 혜택이라 생각하면 어떤가. 눈을 떠도 암흑과 같은 세상을 매일 접해야 하는 것보다 매일 바뀌는 일상의 날씨와 계절, 내 아이의 얼굴, 활자로 된 책을 눈으로 볼 수 있는 것이 얼마나 축복인지 모른다. 사랑하는 사람의 모습을 매일 볼 수 있다는 것이 얼마나 감사한 일인지.

복지관에서 장애 체험을 할 때가 있다. 장애를 가진 사람들의 불편함을 몸소 체험해 보고자 하는 의도다. 두 눈을 가리고 시각장애의 체험을 하거나 두 귀를 막고 몇 시간의 체험을 몸소 느껴본다. 타인의 불편함이 내 것이 될 때 그제야 느껴진다. 불편하지 않을 수 없다. 새삼 장애인의 삶을 통해 현재의 내가 누리는 평범함이 얼마나 소중한 것인지 알게 된다.

청각장애의 체험을 해보려면 당장 TV 볼륨을 0에 맞추고 시청해보면 된다.

평소엔 아무렇지 않게 생각했던 부분이 크게 느껴질 것이다. 장애 없이 사는 삶이 새롭게 다가올 것이다. 나 또한 완전히 청력을 잃은 게 아니라 다행이다. 세상의 고운 소리가 아직은 내 귀를 통해 들을 수 있다는 것이 고마울 따름이다.

여행은 인간의 본능이라는 말이 있다. 여행을 좋아하지 않는 내게 마음의 파장을 일으켰다. 그렇다면 나는 본능조차 없는 인간이냐며 의구심이 들기도 했다. 새로움이라는 단어와 일맥상통하는 그것에 대해 곰곰이 생각해보았다. 나는 다람쥐 쳇바퀴 도는 일상이라도 쉼 없이 돌아가고 있다는 사실에 만족한다. 언제부터인지 변화를 좋아하지 않고 새로운 것을 꺼리는 심리가 자라났다. 늘 다니던 편안한 길이 좋고 익숙하고 친숙한 것에 마음이 갔다. 나에게 여행은 '불편함을 동반한 일상'이 되었다.

여행을 싫어하는 이유 중의 하나가 뭘까 생각해보았다. 갑자기 생기는 어지럼증, 갑자기 심해진 이명 등 여러 가지 병적인 부분의 불안감이 여행을 방해하는지도 모르겠다. 아주 작은 이유 하나 더 추가하자면 자막 TV 때문이다. 텔레비전이나 보러 여행가냐며 웃을 지도 모르겠다. 여행지에서 지친 다리를 쉬게 하며 편안히 텔레비전에 집중해보고 싶을 때도 있다. 화질이 좋지 않은 허름한 텔레비전들이 많다. 자막리모컨이 딸리지 않은 것들이 대부분이다. 나와 자막은 한 몸이다. 그래서 언제부터인가 여행은 익숙하지 않은 것들이 주는 불편함으로 다가왔다.

나는 글이 주는 편안함이 좋다. 통화보다는 문자가 좋고 음악보다는 영상이 좋다. 오디오북 보다는 활자 책에 더 맘이 간다. 온기 있는 종이를 넘기는 것이 이제 삶의 일부가 되었다. 귀가 불편해하는 것이 내가 싫은 것이고 귀가 좋아하는 것이 나도 좋은 것이다. 난청과 나를 분리할 수가 없으니까.

글을 읽고 쓰는 것을 즐기게 되었다. 아마 난청이 아니었더라면 글과 책을 멀리하며 살았을지도 모른다. 마음에 응어리진 답답한 순간들을 글로 풀어내면서 마음을 재정비했다. 약으로도 낫지 않았던 감정들을 삐뚠 글씨에 담았다. 내 몸과 마음을 어루만져주면서 생활의 일부로 들어왔다. 갈피를 잡지 못하는 마음은 다른 사람이 쓴 책에서 마음의 위로를 받았다. 글과 책이 모난 마음을 삽아주지 않았다면 나는 세상의 빈항아가 되었을 것이다.

수화를 배워 말어

신호 대기 중이었다. 가을 날씨를 느끼기 위해 두리번거리며 가로수를 바라보고 있었다. 횡단보도 앞에서 전화하는 사람이 눈에 들어왔다. 한 손은 수화기를 멀찌감치 잡고 또 한 손은 화면에 집중하며 빠른 손짓을 했다. 수화로 통화 중이라는 것을 알아차렸다. 소리를 형태로 나타낼 수 있다는 사실이 새삼스레 다가왔다. 수화를 조금 안다면 그 사람의 통화 내용을 단번에 알아들을 수 있겠구나 싶었다. 소리를 눈으로 볼 수 있다는 사실을 마치 발견이나 한 듯, 그동안 수화는 농인이 사용하는 언어라고만 생각했지 한 번도 눈여겨보지 않았다. 이제 차츰 내 눈에 들어오기 시작했다.

초등학교 저학년쯤에 서서히 난청이 오기 시작한 내 귀는 40년 가까이 오면서 많은 변화가 있었다. 처음의 상태로만 머물러 있었다면 살아가는 데 그다지 지장이 없었을 것이다. 세월이 흐르고 나이를 먹으면서 나의 청력도는 하향곡

선을 그리며 떨어졌다.

결혼을 하고 두 아이를 낳으며 육아에 전념한 어느 날이었다. 내 몸은 마치 바람 빠진 타이어처럼 제 기능도 하지 못하고 몰골이 추한 채로 만신창이가 되어있었다. 나라는 존재는 잊고, 그저 아이의 밥과 가족의 건강을 챙기기에 급급했다. 내 몸을 소홀한 채 몇 년을 보냈던 게 원인이었다. 엄마도 처음이고 아이도 처음이었던 서툰 육아는 힘들었다. 친정과 시댁은 멀리 있어 힘들 때 손 한번 내밀어 볼 수가 없었다. 스트레스를 푸는 방법도 몰랐다. 시간 없다는 이유로 나는 늘 영양가 없는 밥을 먹거나 인스턴트로 때우기만 했다. 엄마의 자리에 앉았으니 내 역할에 충실해야 한다는 강박관념이 강하게 자리하고 있었다. 극도로 예민하고 지쳐있던 몸에 찾아온 손님은 반갑지 않은 이명과 돌발성 난청이었다. 그때, 조금만 더 나의 건강에 신경을 썼더라면 귀에 이상이 오지 않았을지도 모른다는 생각이 들었다. 지나고 보니 후회가 밀려왔다. 잃고 나서야 정신이 번쩍 들었다.

엄마가 먼저 건강해야 돌봐야 할 아이도 가족도 건강하다는 것을 알았다. 아이가 1순위가 되고부터 내 몸은 관심 밖이었다. 연약한 몸은 병이 들어올 때까지 무방비 상태였다. 떨어질 대로 떨어진 면역은 제일 먼저 귓병을 몰고 왔다. 보란 듯이 이명이 오더니 얼마지 지나지 않자 한쪽 귀에 돌발성 난청이 겹쳐졌다.

그때까지만 해도 양쪽 귀가 청력 5급의 상태에 머물러 있었다. 두 개의 보청기로 소리를 들었다. 조금 안 들려서 속상할 때도 있었지만 더 나빠지리라는 생각은 해보지 않았다. 귀에 괴로운 소리가 들리기 시작하자 온 신경을 그쪽으로 돌렸다. 얼마 지나지 않아 오른쪽 귀는 완전히 세상과 작별했다. 보청기는 더 소리를 받아낼 수가 없었고, 어떤 고유의 제소리도 담아내지 못했다. 서랍에 내동댕이친 보청기를 보면서 세상을 원망하기도 했다. 병원도 더 이상 원래대로 돌려놓지 못했다. 이루 말할 수 없는 슬픔에 며칠을 앓아누웠다. 이명의 괴로움인지 난청의 슬픔인지 종잡을 수 없는 서글픔이 나를 힘들게 했다.

양쪽으로 보청기를 끼던 시절을 그리워하게 될 줄은 몰랐다. 사람 일은 한 치 앞도 알 수 없다더니 내 귀에 변화가 올지는 꿈에도 몰랐다. 더 좋아지기보다 나빠지지만 않기를 바라며 현실에 만족하며 살아야 했다. 보청기 두 개를 하고서도 조금만 더 잘 들었으면 하는 마음이 욕심이었다.

오른쪽으로 들었던 수화기 소리를 왼쪽으로 인계했다. 전화벨이 울리면 반사적으로 오른쪽으로만 받았었다. 한동안 이 버릇을 헤어 나오기가 힘들었다. 다른 귀로 수화기 소리를 적응시키기가 쉬운 일이 아니었다. 말하는 법을 배우듯 다시 하나하나 음을 짚어가며 연습했다.

지나간 시간을 눈물로 붙잡고 있을 수만은 없었다. 이제 마지막 남은 왼쪽 귀를 지켜야 했다. 이것마저 보청기가 받아내지 못한다면 나는 세상의 낭떠러지로 내려앉은 기분이 들것이다. 하나밖에 없다고 생각하니 더 절실하게 소중하고 그리고 겁이 났다. 모든 세상의 소리가 한쪽 귀로만 들어왔다. 어디서 나를 부르는 소리인지, 어디서 차 소리가 나는지 방향 감각도 잃었다. 개별적인 소리 하나하나가 뭉쳐 내 귀로 한꺼번에 들릴 땐, 소리를 선별해 내려는 마음보다 짜증이 먼저 마중한다.

누가 누군지, 무슨 소리인지 혼란스러움만 남겨주어 한동안 전화사용을 하지 않았다. 겁나는 마음을 가라앉히고 가족과의 통화는 연습하지 않을 수 없었다. 차츰 반복적으로 들리는 소리는 귀가 익숙해져 갔다. 리듬이나 강약이 반복적이고 익숙한 목소리는 다행히 입 모양을 보지 않아도 분간하게 되었다.

그러나 여전히 새로운 사람의 목소리는 귀에서 거부 반응이 일었다. 얼굴을 보지 않고 하는 말은 두려움이 먼저기 때문이다. 그래서 새로운 번호는 일단 보류한다.

이제 하나 남은 귀를 소중히 지켜야 했다. 이것저것 건강식품에 눈이 갔다. 운동에 젬병이었던 내가 운동에도 관심을 가졌다. 하나를 먹어도 꼭 영양을 생각한다. 덤으로 식품을 깐깐하게 고르는 안목도 키웠다. 가공식품의 첨가물에 대해 꼼꼼히 따지고 든다. 귀로 인해 내 생활이 달라졌다. 그래도 하나 남은 귀가 언제 또 반응을 보일지 안심할 수는 없다.

수화를 배워 볼까 하는 생각이 언뜻 스쳤다. 귀에 대한 불안감은 언어사용을 염려하는 차원까지 발전했다. 나중을 위해서라는 생각이 들었다. 소리를 완전히 들을 수 없다면 수화가 필수 언어가 된다. 우울한 마음이 밀려 왔지만, 선택의 여지가 없는 시기가 올지도 모를 일이다. 매 순간 불안감이 파도처럼 들어왔다 나간다.

아주 간단한 수어를 사용 해 본 적이 있다. 열심히 배웠지만 사용해보질 않으니 지금은 기억나는 게 별로 없다. 역시 일상에서 반복적으로 사용해야 입으로 말하기처럼 쉬운 일이 된다. 뉴스 화면 아래에 나오는 수화 사용자를 가만히 보았다. 아는 단어도 없고 영 낯설기만 하다.

청각 언어 복지관에 가면 수화를 배울 수 있다. 일주일에 세 번 정도 3개월의 시간을 내면 초급을 배울 수 있다고 한다. 배울까 말까 마음이 저울질했다. 일상의 바쁜 핑계가 늘어나고 다른 일에 미뤄지자 점차 수화를 배워야 한다는 당위의식도 멀어졌다. 게다가 수화는 상대방도 할 줄 알아야 서로 대화가 되는 것이다. 나만 안다고 해서 사용할 수 있는 건 아니라며 합리화를 시켰다.

듣는 것도 말하는 것도 힘든 농인들은 화상통화를 하거나 수화로 대화를 한다. 그런데 주변 지인 중에 아무도 난청이거나 청각장애인이 없다. 장애인 단체에 소속이 되어 난청인들과 자주 접한다면 수화가 필수라 꼭 배워야 하지만 주변에 없으니 배워야 할 필요성은 그리 크지 않았다. 다른 일에 밀려 수화 배우는 기간을 넘겨버렸다. 늘 마음에 담아두고는 있지만, 선뜩 나서지 않았다.

청각장애인들을 위한 봉사를 하는 사람을 만났다. 수화를 어느 정도 배워야 봉사 할 수 있는 지, 내가궁금해하며 물었다. 수화 전문인이 아니라도 되고 힘들게 배우지 않아도 되니 꼭 배워서 봉사할 기회를 만들라며 권했다. 난청이 있기 때문에 오히려 장애인이 마음의 문을 빨리 열 수 있을 거라며 적극 권해주었다.

그분은 봉사하면서 삶의 활력을 찾았다고 말했다. 봉사의 기쁨이 바로 이런 것이라며 몸소 가르쳐 주었다. 얼굴은 언제나 환하게 빛나고 있었고 봉사 할 때가 가장 행복하다고 말했다. 이런 저런 청각장애인들과의 에피소드를 들려주는 말을 할 때마다 천사 같은 미소가 흘렀다.

내가 받은 만큼 돌려주고 싶다는 마음이 생기기 시작했다. '봉사'라는 단어가 마음 한편으로 서서히 들어왔다. 시간적 여유가 될 때면 더 강하게 자리했다. 아마 난청이 아니었다면 모르고 살았을 단어인지도 모른다. 차츰, 하나 남은 귀에 내 모든 생활이 적응되어가고 있다. 사람은 적응의 동물이라더니 주어지면 주어진 대로 또 그렇게 살아내고 있다.

수화가 생존언어가 될지 봉사가 될지는 모르겠다. 꼭 배워서 답답한 마음에 도움을 줄 수도, 받을 수도 있을 것이라 믿는다.

목소리가 큰 사람이 짱!

오랜만에 반가운 사람들이 모였다. 연령대가 다양한 사람들이라도 마음이 잘 맞다. 때로는 엄마처럼 언니처럼 살갑게 대해준다. 멀리 있는 친정엄마가 생각나게 하는 모습들이다. 두툼한 봉지를 손에 쥐어주면서 빈손으로 가도록 내버려 두질 않는다. 먹을거리를 나누어 주는 모습이 흡사 엄마를 만난 것 같다. 우리는 만남과 동시에 웃음이 떠나질 않았다.

식당에서 밥을 먹는 동안에도 왁자한 웃음소리가 실내에 가득했다. 얼큰한 찌개만큼이나 맛있는 이야기가 끊임없이 쏟아져 나왔다. 굵직한 목소리들이 식당을 왔다 갔다 하며 내 귀를 즐겁게 해줬다. 나는 좋지만 다른 사람들이 어떻게 생각할지 몰라 눈치를 살폈다. 큰 목소리에 언짢은 표정이 없는지 힐끔힐끔 쳐다보았다. 맛있는 이야기라도 내가 아닌 다른 사람의 귀엔 민폐가 될지도 모른다. 웃고 떠드는 행동이 순간 조심스러워졌다.

붙임성 좋은 언니들이 가만히 있을 리 없다. 둘러보니 주위엔 다들 비슷한 모임들이다. 언니들은 모르는 사람들도 일행으로 만들어버린다. 시끄러워서 죄송하다는 말에 손님들은 다들 웃으며 아니라고 말한다. 크게 웃고 떠들었지만 에너지가 넘치고 즐거운 사람들이라며 좋게 비춰졌다. 큰 목소리 덕에 옆 사람들도 자연히 우리 이야기에 동화되기도 한다. 맞장구도 치고 갖은 이야깃거리가 함께 쏟아져 나올 때도 있다. 헤어질 때면 다른 일행까지도 아쉬워한다. 큰 목소리가 실례가 되지 않는 참으로 특별한 사람들이다.

나는 목소리가 크고 발음이 또박또박한 사람의 말소리가 제일 좋다. 작은 목소리에 알아들을 수 없는 발음이 난무한다면 대화를 이어가기가 곤란하다. 난청이 되고부터 사람의 목소리에 관심을 갖게 되었다. 첫 만남에서 내가 세운 잣대로 내 스타일인지 아닌지 구분해보기도 한다. 목소리가 크기만 하고 발음이 정확하지 않은 사람은 내 성향이 아니다. 발음은 정확하나 목소리가 개미만 하다면 그것도 짜증나는 일이다. 내 전화번호부에 끝까지 살아남는 사람은 다들 목소리가 크고 또렷한 사람들이다.

참 좋은 사람인데도 대화가 잘 안 되는 경우도 있다. 사람 자체는 좋은 데 내가 알아듣는 데 불편하다면 계속 인맥을 유지하기가 힘들다. 차츰 연락의 빈도가 줄어지면서 인연이 끊긴다. 어쩔 수가 없다. 내가 잘 들어야 대화를 이어가는데 목소리가 작다면 나도 더 이상 만나고 싶은 마음이 안 든다. 목소리로 인연을 만들어가야 한다는 게 우습지만 내가 만나는 사람들 대부분은 인성까지 좋다. 나는 적은 인맥이지만 인복이 많다. 잡다하게 많은 과잉 인맥보다 필요한 사람만 있는 날씬한 인맥이 자랑스러울 때도 있다.

기차 화통을 삶아 먹은 목소리가 부끄럽다고 말한 사람이 있다. 나는 손사래를 쳤다. 목소리가 작았다면 나와 인연도 되질 않았을 것이라며 그런 호탕한 목소리를 가진 사람이 제일 좋다고 말한다. 의식적으로 작게 할 필요가 없어졌다며 자신감을 가졌다. 큰 목소리가 부끄럽고 피해를 주는 사람이라도 난청인들에게는 오히려 제일 반가운 사람이다. 때와 장소에 따라 목소리를 낮춰야 예의겠지만, 공공장소가 아닌 곳에서는 일부러 목소리를 자제할 필요가 없지 않을까. 나는 그런 호탕한 목소리를 가진 사람이 좋다.

다른 사람에게는 큰 목소리와 똑똑한 발음이 좋다면서 진작 나는 그렇게 말하질 않았다. 목소리는 자신감이 내포되어 있다. 타고난 목소리도 있지만, 대부분은 자신감에 찬 모습이 그대로 목소리로 나오곤 한다. 두려울 것이 없는 밝고 강한 모습이 부러움의 대상이다. 나는 목소리가 작고 약해 상대방이 오히려 "예?"하고 되물을 때가 많았다. 주눅 들고 약한 성격이 그대로 목소리에 묻어나왔다. 똑 부러진 모습보다는 흐지부지하며 우유부단한 성격이 목소리에 투영되었다. 내가 난청을 강하게 인식하고부터 내 목소리를 바꾸려고 많은 노력을 했다. 내가 듣고 싶다면 나도 그렇게 크고 강하게 말해야 한다고 의식적으로 주입했다. 뒤로 숨고 주눅 들어있는 모습을 인제 그만 벗어던지자며 마음을 가다듬기도 했다. 목소리와 발음이 내 귀에 영향을 주기도 하지만 또 하나 제약을 받는 것이 바로 공간이다. 공간이 커지면 나는 예전에 잘 알아들었던 소리도 놓치곤 한다. 소리가 새어나가는 공간이 커지면서 말소리에 제약을 받는다. 오히려 아담하고 작은 공간이 편하다. 소리가 덜 분산되기 때문이다. 큰 식당보다는 작은 식당을, 프랜차이즈 큰 커피숍보다는 아담한 개인 커피숍이 낫다. 큰 강연장보다는 동네의 작은 강의실이 좋다. 다른 사람들은 분위기를 따라가지만 나는 내 귀에 좀 더 편한 곳을 찾게 된다.

첫인상에서 중요한 것이 목소리가 아닐까 싶다. 예쁘고 아름다운 목소리는 외모와 더불어 인지도를 상승시킨다. 우렁차고 호탕한 목소리에 반해 결혼했다는 사람도 있듯이 목소리는 그 사람의 가치를 부가시킨다. 내 귀는 크고 굵직한 목소리를 좋아하지만 아이러니하게도 대부분 남자 목소리를 잘 받아들이지 못한다. 중저음의 베이스 톤은 오히려 내 귀가 거부한다. 소프라노처럼 고음의 영역은 잘 받아들이는 편이다. 여자들의 목소리는 잘 알아듣지만, 남자들이 말을 건다면 당황스럽다. 다행히 남편의 목소리는 남자 중에도 고음이고 내 귀가 잘 받아들인다. 불행 중 다행이다.

의식적으로 이제는 자신감을 가지고 목소리를 키워야겠다고 생각했다. 목소리는 자신감이다. 면접 때도 그렇다. 자신감이 넘치고 크고 또렷한 목소리에 높은 점수를 주지 않는가. 크고 우렁찬 목소리를 듣길 원한다면 나도 그런 목소리로 다져놓아야겠다. 받고 싶다면 그렇게 주어야 한다.

커피숍에 앉았다. 아담한 그곳은 테이블이 몇 개 없는 조그마한 동네 찻집이다. 이제 다들 나를 배려하려고 애쓴다. 서로 각자의 커피를 시키고 이야기보따리를 풀어낸다. 이 공간의 주인인 양, 다들 목소리의 절제가 없다. 웃음소리에 아담한 커피숍이 떠나갈 듯 요란하다. 자제하라는 말은커녕 주인은 멀찌감치 서서 덩달아 웃어준다. 마침 다른 테이블은 비었고 일행만이 안방처럼 마음을 풀어놓았다. 나는 이런 분위기에 이런 자리가 너무너무 좋다. 눈칫밥만 먹고 우울해지는 것이 일상인 나에게 목소리가 우렁찬 이 모임은 어느새 웃고 떠들다 하루해가 짧게 느껴진다.

이렇게 모임 분위기에 동요되기도 참 오랜만이다. 난청이 있다는 사실을 까

맞게 잊는 순간이다. 대부분 말소리를 인지하지 못해 지루 따분한 시간을 보내곤 하는데. 내 귀에 쏙쏙 들어오는 말들에 맞장구치느라 내 입도 덩달아 바빴다. 마음도 맞고 이야기도 재밌고 더구나 작은 공간이어서 소리가 울리지도 않고 잘 들리니 너무너무 좋다. 속절없이 흐르는 시간에 아쉽다. 역시나 잘 들을 수 있다는 것은 즐거운 일이다. 동떨어지지 않고 함께 어울릴 수 있는 소속감은 행복한 것이다. 사는 것이 즐거운 순간이다.

때로는 좋은 점도

고등학교 자습시간이다. 교정의 풍경은 어두컴컴한 초저녁이고 사방이 절간처럼 조용했다. 얼마 남지 않은 수능시험을 대비해 모두 책 속으로 몸과 마음을 집중하고 있었다. 문제집 외에는 다른 책이 들어오지 않는 오직 한 페이지의 활자 속으로 모든 신경을 모았다.

이것이 고3의 분위기구나 싶게 다들 열중하고 있었는데 어딘 선가 날 선 목소리가 적막을 깨뜨렸다.

"야! 조용히 좀 하자."

차디찬 말투가 교실 분위기를 흩뜨려놓았다. 순간 나는 놀랐다. 이렇게 조용하다고 생각했는데 다른 사람들은 시끄러움에 집중이 안 되었다니. 모두가 예민해 있는 시간이다. 책을 넘기거나 볼펜 소리조차 소음처럼 들릴지도 모른다. 그런 당연한 행위가 아니라 의도적인 잡담은 신경을 거스르게 한다. 이제껏 나 혼자 조용하다고 생각했다. 회장은 몇 번을 씩씩거리며 아이들에게 조용히 하라는 말을 외쳤다. 간부의 외침이 오히려 내 귀에 거슬리고 방해가 되었다.

가끔은 이렇게 작은 소음에 무딘 게 감사할 때가 있다. 다들 시끄러운 소리에 귀마개를 하고 헤드폰으로 가리며 소음을 차단한다는데, 내 귀는 자체로 방음을 해주니 이 얼마나 고마운 일인지 모르겠다.

층간소음도 마찬가지다. 귀에 거슬리는 소리의 고통을 피할 수 있다는 게 고마운 일이 아닐 수 없다. 귀를 막아도 새어 들어오는 소리는 정말이지 고역이다. 소리 하나에 온 세포가 날이 설 때도 있다. 내가 선택해서 소리를 들을 수 있다는 게 장점이다. 물론 보청기가 있고 없음에 따라서다. 귀 자체가 먼저 차단해주니 더 날카로운 감정이 생길 일도 없다.

난청이 장점일 때가 또 있다. 잠을 보약으로 아는 내가 충분한 잠을 잘 수 있게 도와준다. 누가 업어 가도 모르게 깊은 잠을 자고 일어나면 하루가 개운하다. 보청기를 끼지 않고 자는 이유가 소음을 차단하기 위해서다. 갓난아기를 키울 때는 밤에도 소리에 집중해야 했다. 보청기를 빼지 않고 자는 날이 있었다. 작은 소리에도 예민한 반응을 보이는 내가 잠을 제대로 잘 리 없다. 수면 부족으로 몸이 힘들어지자 소리를 강제로 차단했다. 밤중 수유는 남편에게 맡길 수밖에 없었다.

싸움이 일어났다고 치자. 홧김에 던진 말에 상대는 상처를 입는다. 개운하게 풀리지 않는 화에 중얼거리는 화풀이는 2차 싸움으로 번질 때가 많다. 입을 삐죽이며 내뱉는 작은 말투를 제대로 들어본 적이 없다. 온갖 비방의 말도 작은 소리로는 듣지 못한다. 불같이 타오르는 화도 상대가 호응하지 않으면 불길이 번질 일이 없다. 제풀에 지쳐 차라리 말없이 들어주는 성인군자로 치부하더라도 나한테는 좋은 일이다. 싸움 자체가 되지 않는다. 공도 상대가 맞받아쳐야 게임이 되거늘. 던진 공을 받지 못하면 상대는 흥미를 잃고 돌아선다.

사람들은 감사 일기를 써보면 내가 얼마나 행복하고 감사한 일을 많이 받고 사는지 알 수 있다고 한다. 평범한 일에 감사라는 마음을 담으면 사소한 일도 다르게 보이고 모든 일에 불평이 사라진다. 아무런 어려움과 고통 없이 사는 사람은 감사할 일이 많다. 매일 고통을 허덕이며 힘들게 살아가는 사람도 감사할 일을 찾아야 한다. 감사한 일이 많아 감사 일기를 쓰는 것보다 고통 속에서 건져 올린 감사일기가 더 많은 삶의 의미를 준다. 단점을 장점으로 보기 시작하면 축복이라는 것을 느낄 때가 있다. 장점으로 보기 위해 마음을 단련해야 한다. 아무리 가뭄 같은 상황이라도 긍정의 싹을 틔워야 한다. 내가 긍정의 눈으로 보기 시작할 때 세상은 내 앞에 만족의 디딤돌을 놓아준다.

잠깐 인연이 되었던 사람이 있었다. 말이 불가능한 청각장애인이었다. 수화가 언어였다. 입에서 나오는 소리는 알아들을 수 없는 옹알이였다. 나뿐만이 아니라 주위의 대부분이 수화를 할 줄 몰랐다. 그녀는 소통할 수 없어 그 자체로 위축이 될 줄 알았다. 나는 측은한 마음으로 바라봤지만 그런 동정심은 필요치 않았다. 큰 눈망울엔 언제나 웃음이 그득했고, 사람을 끌어들이는 자석 같은 힘이 있었다. 그런 위력이 어디서 생겨났는지 누구에게나 재밌고 즐거운 대화를 끌어내었다.

아장아장 걸음마를 배우던 시절에 물인 줄 알고 급하게 마셨던 한 모금의 물 때문에 다른 삶을 살았다고 했다. 급히 마신 그 물은 다름 아닌 술이었다. 입 밖으로 내뱉을 사이도 없이 어린 아기의 목젖을 타고 내려갔다. 몸 전체에 고열을 가져왔고 힘든 날을 보낸 후 찾아온 것은 청각장애였다. 아이는 그만 청력이 손실되어 아무것도 들을 수 없는 인생을 살게 되었다. 말을 배우기도 전에 소리를 들을 수가 없었다. 험난한 인생은 들어보지 않아도 절로 이해가 갔다. 현실의 벽은 너무나 높았을 것이다. 그래도 용케 잘 이겨냈다. 환한 얼굴은 그간의 어려움이 보이지 않을 정도였다. 조금의 난청으로 울먹거리며 살던 내가 한없이 작게 느껴졌다.

결혼을 하고 나서 가장 가슴 아픈 일은 아마 아이들의 목소리를 들을 수 없음이 아닐까 싶다. 나 또한 귀 하나를 잃었을 때, 아들인지 딸인지 구분이 되지 않는 수화기 앞에서 목 놓아 울은 적이 있다. 그녀는 오십여 년을 살아오면서 모난 마음이 다듬어졌을 것이다. 장애를 인정하기가 어디 쉬웠으랴. 세월을 이겨오면서 단련이 된 건지, 처음부터 긍정적인 마인드인지는 알 수 없다. 웃을 때 얼굴에 편안하게 새겨진 주름으로 보아 아마 오랫동안 웃는 모습에 단련이 된 것 같다.

장애가 무색하게 주위 사람을 기분 좋게 만들었다. 그녀와 함께 지낸 사람들은 수화할 수 없어 대화가 불가능할 거라 생각했지만 기우였다. 갖은 손동작과 표정이 압권이다. 누구라도 그녀와 함께 있으면 긍정의 에너지와 활기를 느꼈다. 어디서 이런 에너지와 끼가 넘치는지. 언어가 통하지 않는 외국인과 대화를 하는 느낌이기도 했다. 행동으로 표현하는 제스처를 대부분 다 알아들었다. 수화를 몰라도 낱말 맞히기 게임처럼 모두가 알아들을 수 있는 행동을 보여주었다. 나름의 방식으로 일반인과 살아가는 방식을 터득했다. 가끔은 허공에다 대고 한글을 적기도 했다. 같이 있는 내내 웃음이 끊이지 않는 유쾌한 사람이었다.

내게 많은 생각을 하게 해주었다. 듣지도 말하지도 못하지만 위축되지 않고 에너지와 자신감이 넘친다는 사실이었다. 단지 조금 못 듣는 내가 이렇게 우울하고 침울하게 지내고 있는 현실에 부끄러움이 몰려왔다. 장애의 차이가 아니라 성격의 차이인지도 모르겠다. 자신의 장애에 아랑곳하지 않고 언제나 웃음을 머금고 상대가 답답해하지 않도록 대화를 이끌어가는 모습에 박수를 치고 싶었다.

우연히 다시 만났을 때는 복지관에서 운영하는 커피숍에서 아르바이트를 하고 있었다. 말을 할 수 없으니 주문을 받을 수는 없었다. 바리스타로 열심히 커피를 만드는 모습에서 배움의 열정 또한 느낄 수 있었다. 긍정의 에너지와 열정, 장애에 우울하지 않고 장애를 넘어서는 모습에서 다시 한번 마음의 여운이 일었다.

'남들과 달라서'라며 나를 단절시키지 말아야 한다. 조금의 장애라면 오히려 현재에 만족하며 사는 마음을 더 깊숙이 새겨야 한다. 긍정의 마음이 단단한 기반이 된다면 살아가는데 흔들림이 없다. 어떤 위기를 쌓아 올려도 쓰러지지 않는다. 때로는 좋은 결과를 주지 못하더라도 긍정의 마음 자체가 큰 재산이 된다. 굳은 의지와 긍정의 힘이면 삶이 항상 따뜻하다.

나만 가질 수 있는 혜택, 나만 누릴 수 있는 영광. 가지지 못해 더 행복한 이유가 있는 나 자신을 사랑해야 한다.

사원증이 부러워

백화점에서 세일을 한다기에 들떠 있었다. 남편을 출근시키고 아이들 등교를 도와주며 바쁜 아침을 마무리했다. 전쟁터 같은 부엌을 부리나케 치우고 시내로 나왔다. 정해진 시간 내에 백화점 입구에 줄을 서면 '럭키박스'라는 상품을 저렴하게 준다고 했다. 정보를 얻은 내가 가만히 있을 수만은 없었다. 마음 같아서는 새벽같이 달려나가고 싶었지만, 현실은 그러질 못했다. 내 할 일은 제때 해놔야 적성이 풀리는 성격이다.

아침 출근 시간이라도 백화점 1층은 인산인해다. 입구의 문도 열리지 않은 채로 투명한 회전문 앞에 줄 서서 대기하는 사람들이 장사진이다. 손에는 번호표가 들려 있다. 빨리 나왔다고 생각했지만 대기선 안에 서질 못했다.

'아줌마들이 얼마나 바쁜데 시간 좀 늦춰주지!'

이쉬운 마음에 관계자들을 원망하기도 했다. 긴 줄은 아예 포기하고 백화점

개점 시간만 기다렸다. 문이 열리자마자 줄줄이 들어서는 인파에 입이 쩍 벌어졌다. 얼마나 홍보가 잘 되었는지 아침부터 물건을 사러 나온 아줌마들이 이렇게 몰릴 줄 생각지도 못했다. 밟히기라도 하는 건 아닌지. 괜한 걱정도 들었다.

'몸뚱이 넓이가 있는데 뭐 별일이야 있으려고.'

저렴한 가격에 물건을 판다는데 기다렸다는 듯이 나온 나도 있지 않은가. 다들 똑같은 마음일 거라 생각했다.

이른 시간이라도 화려한 차림새로 나온 사람들이 대부분이다. 후줄근하게 걸치고 나온 내가 찜해둔 물건을 사느라 한눈팔 새가 없었다. 그러나 내 눈은 화려한 차림새 앞에 기가 죽는다. 같은 여자로서 경각심을 느끼게 해 준다. 있는 사람과 없는 사람의 경계가 내 눈에만 보이는가 싶었다.

이내 할인가에 열을 올렸다. 비싼 가격표가 붙은 물건은 관심조차 두질 않았다. 이 기회가 아니면 다시는 못 살 사람처럼 열심히 에너지를 쏟았다. 반나절까지 시간 가는 줄 몰랐다. 이래저래 가족들에게 필요한 물건을 챙기다 보니 벌써 점심시간이 훌쩍 넘었다.

두 손 가득 비닐봉지가 쥐어졌다. 상자 크기의 수납함을 하나 샀더니 부피만 차지한다. 차가 막히는 걸 생각해 대중교통을 이용했던 터라 두 손에 든 짐이 거추장스럽게 느껴졌다. 아줌마 근성으로 뭔들 못하랴. 버스에 그냥 밀어붙일 생각이다. 안간힘을 쓰며 쇼핑을 했던지 정류장에서 버스를 기다리며 노곤하게 앉아 있었다.

무료함에 주위를 둘러보았다. 점심시간이라 삼삼오오 몰려다니는 직장인들이 테이크아웃 커피를 들고 다녔다. 그룹을 지어 말쑥하게 차려입은 사람들은 밥을 먹기 위해 식당을 두리번거리며 서로의 의견을 묻기도 했다. 많은 식당만큼이나 다양한 취향에 주춤거렸다. 모두 말쑥한 정장 차림에 달랑거리는 사원증이 반짝 빛나고 있었다.

'아! 부럽다.'

내 가슴에서 반사적으로 울리는 한마디다. 사원증을 반짝이며 밥을 먹으러 가는 가벼운 발걸음들이 그렇게 부럽지 않을 수 없었다. 하이힐의 높이만큼 자신감에 찬 풋풋한 모습들이다. 그 광경을 얼핏 보고서 나는 다시 버스 도착 시각 알림판에 눈을 고정했다. 내 시선은 다시 직장인들의 화기애애한 분위기에 넋 놓고 있었다.

제대로 된 취직자리 하나 가져보질 못했다. 조그마한 미술학원에서 강사 일을 하며 급하게 결혼을 하고 가정주부가 되었다. 번듯한 직장에서 세련된 차림으로 내 일을 가져보리란 꿈은 애초에 없었는지 모르겠다. 난청이라는 어려움 속에도 사회로 뛰어들어 잘 견디고 이겨낸 사람들이 보란 듯이 매스컴을 타고 올 때면 먼 나라 이야기처럼 들렸다. 능력 부족을 탓하기보다 장애를 방패 삼아 내 자리를 안일하게 만들었던 건 아니었을까.

취직의 문은 많이 열려 있었다. 정보신문에서 내놓은 일자리만 해도 수없이 많다. 그 많은 일 중에 나는 직업의 귀천을 따지고 들었는지도 모르겠다. 색안경을 끼고 보니 어느 하나 맘에 드는 것이 없었다. 내가 고르는 것이 아니라 고용주가 고르는 것인데도 뻔뻔한 자존심을 세우기도 했다.

남편의 능력에 업혀 외면하고 안주하며 살아왔다. 아이를 키워야 한다는 의무감에 사회적인 자리는 거들떠보지도 않았다. 그러자 아이가 엄마의 손길을 필요치 않은 나이가 되어 나를 돌아보았다. 허무함 속에 내 자리는 더욱 빈약해 보였다. 나도 사회에서 필요한 사람일지도 모른다는 생각이 들었다. 그러나 현실의 벽은 높았고 장애 앞에서 다시 넘어지기도 했다.

취업이 힘든 요즘이다. 능력 많고 실력 있는 사람이 남아도는 세상이다. 학벌과 경력이 입을 쩍 벌리게 만들어도 직업 없이 만년 백수로 살아가는 세상이다. 그런 세상에 내가 더 무얼 바랄까. 게다가 난청까지 있는 내가 말이다.

할 수 있는 위치에서 나에게 맞는 일을 찾아 삶을 풍족하게 만드는 일에 힘을 쏟기로 했다. 한때는 사원증을 부러워하며 으리으리한 건물로 들어서는 꿈을 꾸었지만, 지금은 그냥 꿈으로 간직한다.

거실 장에 무의식적으로 놓았던 남편의 사원증을 보았다. 갓 입사한 앳된 얼굴이 퇴색되어 있었다. 세월을 말해주었다. 20여 년이 지났다. 월요병이라는 요상한 병을 달고 사장의 행태에 분노하는 모습도 보였지만 제때 주는 월급의 고마움을 느끼며 무던하게 생활하고 있다.

해보지 않아 부러울 따름이고 막상 해보면 돈 버는 괴로움의 연속이라는 것도 안다. 쓴 소주에 스트레스를 날리는 직장인의 고통조차 부러운 눈으로 바라봤다. 안 해봐서 그렇다. 가져보지 않아서 그랬다. 다들 할 수 있는 일을 나만 못했다고 생각했기에 직장인이라는 이름 앞에서 한없이 위축감이 들었다.

그래도 부러운 사원증이다. 말쑥한 차림새로 달랑거리며 단 신분증. 그곳에서 자신의 위치와 임무를 당당히 들어낸다. 회사의 일원으로 소속감을 느끼고 제 위치에서 능력을 발휘한다. 때로는 성취감으로 일하는 만족을 느낄 수도 있고 미처 발견하지 못했던 재능을 발견하기도 한다. 자신을 업그레이드시키며 더 나은 삶을 위해 전진한다. 발걸음에도 자신감이 서린 커리어 우먼의 당당한 모습. 자기 관리도 철저히 하며 사회에서 필요한 존재를 느끼는 모습이 여전히 부럽게 만든다.

매일 부엌으로 출근하는 나는 자기관리도 없다. 근무시간도 정해져 있지 않다. 눈뜨면 세수도 하지 않은 채 식기 도구들을 만진다. 센스 넘치는 앞치마가 사원복이다. 맛있는 밥상을 만들어 가족의 배를 든든히 채우는 것이 내 임무다. 오늘은 실패하지 않은 반찬을 만들었다는 것이 나의 성취감이다. 매일 새로운 반찬을 만드는 것으로 나를 업그레이드 시킨다. 나 아니면 누구도 하지 못하는 우월감은 있다. 18년 동안 한석봉 어머니도 울고 갈 칼솜씨를 만들었다.

'그렇게 부러워만 말고 나도 사원증 하나 만들어 볼까.'

주부 경력 18년이면 전문가가 되고도 남을 세월이다. 이곳에서 내 위치가 어디쯤 되는지 가만 보자.

그룹 이름? 박씨 집안에 들어와 아들딸 골고루 낳고 책임과 임무를 다했으니 '박 씨네 그룹' 이라 하면 되겠다. 직위? 참 애매하다. 입사경력에 따라 정해지는 위치다. 갓 시집온 새댁이라면 모를까 인턴, 비정규직 사원은 지났다. 실무를 담당하는 대리보다는 한참 위다. 학부모라는 이름으로 빡세게 아이들 공들인 과장은 지나야 할 것이다. 시댁과 친정으로 경조사를 치르는 발 빠른 차장도 지나야겠다. 이 회사가 기울어지지 않도록 영수증으로 머리 싸매는 나인데. 부장쯤은 되어야 하지 않을까. 남편보다 직급이 높다. 신분 상승한 기분이다.

그룹명 : 박 씨네 그룹

직위 : 부장

이름 : 이경희

앞치마를 둘러맨 능숙한 집안일의 소유자로서 내 증명사진 하나 넣어놔야겠다. 각종 조리 기구를 배경으로.

내가 없으면 박 씨네 그룹도 잘 굴러가지 않을지 모른다. 앞으로도 내 책임과 임무는 열정적으로 다할 생각이다. 가만. 그럼 이 회사의 회장은 누굴까? 아마도 아들과 딸이겠다. 시키는 대로 따라주어야 하니 말이다.

제3장
이명, 그 불안한 친구

이명의 침입

첫 아이를 낳았다. 몸이 비쩍 마르고 연약한 내가 아이를 낳았다는 사실이 신기했다. 말로 듣고 책으로 읽기만 했지, 몸소 나의 몸으로 생명을 출산했다는 사실이 믿기지 않았다. 초산인데도 진통시간이 비교적 짧았다. 아이는 태생부터 효녀구나 싶게 애정이 갔다. 애가 애를 낳았다는 어르신들의 걱정을 잠재운 채 육아의 길로 당당히 들어섰다. 열 달 동안의 긴 여정을 난생처음으로 경험하면서 '엄마'라는 무게감이 서서히 피어올랐다.

한때는 내가 세상의 중심에 서 있었다. 모든 일과 상황들이 나의 스케줄과 나의 생활에 따라 움직였고, 내가 원하지 않으면 계획조차 꾸리지 않는 그런 생활이었다. 그러나 아이가 생긴 이후로는 모든 것이 아이의 생활에 맞춰나가야 했다. 아이는 태양이고 나는 태양을 바라보며 도는 행성이었다. 신혼의 달콤함이 짧았지만, 아이를 일찍 얻은 대가라며 긍정적으로 생각했다.

태양을 바라보며 움직이는 생활도 나쁘지는 않았다. 시간 대중없이 밤낮을 가리지 않으며 우유를 찾거나 보살핌을 바라는 아이였다. 그러나 나의 피가 통한 존재의 신비로움은 몸이 지치고 힘든 상황에도 미소를 짓게 해주었다. 눈을 감고 자면서도 입꼬리가 올라가는 웃는 잠꼬대를 보노라면 세상 시름이 눈 녹듯 사라졌다. 배고픔에 눈물방울이 맺힌 채로 젖병을 물고 있는 아이의 눈을 보면 지구상에 하나 밖에 없는 모성애가 샘물처럼 솟아올랐다. 엄마라는 이름표가 가진 특혜를 누릴 수 있어 한없이 기뻤다.

아이가 자라 걸을 수 있게 되었을 때부터 아이에게 쏠린 관심에 주춤하게 되었다. 마치 아이만 있고 나는 없었던 내 존재를 살피라는 신호였는지도 모르겠다.

밤에 잠을 자고 있다 별안간 "찌지직, 찌지직" 하며 귀에서 소리가 들렸다. 머릿속에서인지 귀 안에서인지 분간을 할 수가 없었다. 처음 소리를 마주했을 때는 온 세상이 고요한 밤중이었다. 기분 나쁜 그 소리는 간헐적으로 들리기 시작했다. 너무나 당황스럽고 무서웠다. 모든 세포가 소리에 집중하기 시작했다. 다행히 몇 번의 소리로 멈췄다. 나만 느낄 수 있는 소리가 내 몸에서 들린다니 믿기지 않았다. 귀인지 머릿속인지 구분할 수 없는 정체불명의 소리라니. 순간 덜덜 떨리는 손을 옆에서 곤히 자는 남편의 손에 얹었다. 괜찮을 거라며 나를 위로했지만 불안한 마음은 쉬 가시질 않았다.

그 후, 몇 번의 소리가 나를 찾아 왔다. 가만히 앉아 있을 수만은 없었다. 병은 방치하면서 키우지 말자는 생각에 병원으로 향했다. 이 해괴망측한 소리가 귀인지 머리인지, 어디서 들려오는지조차 구분하지 못하는 이야기를 의사에게 한다는 게 망설여졌다. 아마 나를 정신병자로 착각하지나 않을까. 곰곰이 생각하다 한의원으로 가는 게 좋겠다고 결정했다.

시내의 유명한 한의원에 들러 증세를 얘기했다. 처음에는 한의사도 고개를 갸우뚱했다. 이명이라는 말도 없었고 단지 몸이 허해서 그럴지도 모른다며 침과 한약을 처방해 주었다. 침과 약을 믿으며 부지런히 다녔다. 그렇게 몇 번의 치료를 받았다. 소리는 점차 횟수를 줄였고, 나는 잊은 듯이 그렇게 몇 년을 흘려보냈다.

4살 터울로 둘째를 낳았다. 첫째 아이에게 손이 많이 간다고 생각했지만, 동생이 태어나자 자연적으로 의젓해졌다. 누나의 역할을 할 준비가 되었는지 동생을 예뻐하며 쓰다듬는 모습이 내 눈에 감동으로 다가왔다. 자식은 둘이 있어야 한다는 어르신의 말씀에 공감했다. 하나보다도 둘이 주는 기쁨이 더 크고 아들과 딸의 완전체로서 진짜 가족의 만족감이 컸다.

첫째가 수월해지고 둘째가 세 살쯤 되었다. 딸보다는 아들이 더 키우기가 어렵다는 말을 많이 들어왔지만 진짜 그랬다. 터무니없는 똥고집을 피우며 속상하게 하는 일이 늘어갔다. 아이를 설득하며 달래는 일이 힘들었다. 몸에 무리가 오고 육아가 서서히 힘들기 시작했다. 아이의 고집에 짜증이 몰려오고, 기운도 달렸다. 의욕이 일지 않았고 의무적인 육아가 계속되었다. 눈물 흐르는 일이 많아졌다. 게다가 아이의 밥은 온 신경을 다 쓰면서 나는 끼니만 때우는 '대충식사'를 했다. 영양가 있는 식단이 아니라 그저 빨리 먹고 치울 수 있는 종류였다. 국수나 라면이 동반되는 인스턴트식품으로 한 끼를 때우는 날이 많아졌다. 그때까지만 해도 건강을 위해 밥을 먹는다는 생각은 없었고 허기만 채운다 생각했다.

힘들었다. 산후 우울증이 겹치면서 살아가는 즐거움이 없어졌다. 힘이 부치자 시어머님이 내려와 주신 적도 있었다. 며칠을 함께 지내면서 아이의 재롱에 어쩔 줄 모르며 좋아하셨다. 그때 어머님이 느낀 그 웃음과 기쁨이 왜 내게는 안 생겼던지, 아이의 고집보다는 재롱에 눈을 돌리며 함께 즐거워하고 기쁘게 지내질 못했을까. 다시는 돌아오지 않을 한순간이라는 것을 그때는 왜 못 느꼈는지 모르겠다.

계속 힘들다는 마음이 떠나질 않았다. 요즘은 어린이집이 보편화되어 어린 아기들도 맡길 수 있지만, 그때는 그런 시설이 많질 않았다. 그런 곳은 맞벌이 부부에게만 존재하다고 생각했다. 일하지 않는 엄마가 아이를 맡긴다는 것이 죄책감으로 다가왔다. 친정과 시댁은 타지에 있어 잠깐이라도 봐줄 사람이 없었다. 오직 내가 낳았으니 내가 책임져야 한다는 생각뿐이었다. 큰 아이의 유치원 행사에도 둘째를 포대기에 업고 갔다. 초등학교 청소 날에도 잠깐 맡길 때가 없었다. 조용히 앉아있길 바라며 과자 한 봉지를 사서 구석에 내려놓고 눈치를 보며 청소를 했다. 아이는 껌딱지처럼 나와 함께 했다. 단 몇 시간이라도 봐줄 사람이 있다면 힘들다는 생각을 하지 않았을지도 모른다. 시댁과 친정이 가까이 있는 사람이 그저 부럽기만 했다.

힘들고 지친 어느 날, 귀에서 소리가 났다. 예전에 느꼈던 소리와는 판이하였다. "둥~둥~ 둥둥" 전장에서 긴장을 고조시키기 위해 둥둥거리는 북소리가 귀에서 들려왔다. 둥둥거리는 소리가 극에 달하면 천둥소리처럼 " 꽈 광~"하고 들리기도 했다. 나는 심장이 팔딱 뛰며 얼마나 놀랐는지 모른다. 이 무슨 경우인가 싶어 놀란 마음을 추스를 수가 없었다. 간헐적으로 들렸지만, 그 소리를 듣고 있는 나는 미쳐버릴 지경이었다.

급하게 병원으로 달려갔다. 그 소리에 도저히 살 수가 없었다. 병원에서는

'이명'이라고 했고, 몇 알의 약을 주면서 먹어보라고 했다. 그때 이명이라는 병이 있는 줄 처음 알았다. 의사가 시키는 대로 약을 먹었지만 별 차도가 없었다. 긴장감을 고조시키는 이 소리는 들어보지 않고는 아무도 모를 고통의 소리였다. 날이 선 상태에서 밥맛이 있을 리 없다. 밥알이 돌처럼 느껴졌다. 입으로 들어오는 모든 것이 돌덩이처럼 느껴졌다. 차츰 몸이 말랐다. 먹어야 살 수 있다는 말이 내 귀에 들어올 리가 없었다. 괴로운 소리가 안 들려야 살 수 있을 것 같고 밥도 먹을 수 있을 것 같았다. 무서움과 두려움이 매일 몰려와 내 생활을 흔들기 시작했다. 단 며칠 동안 나는 산송장과 다름없었다. 매일 눈물을 흘리며 고통과 혼자 싸워야 하는 여전사가 되었다. 의사도 기계적인 처방만 내릴 뿐 아무도 내 입장이 되어 주질 못했다. 싸늘한 말투에는 오직 약만 최선이라는 듯, 수술도 물리치료도 달리 방법이 없었다.

불안한 시간이 계속되자 아이를 돌볼 힘도 없었다. 아이의 울음이 곧 내 울음이었다. 아이가 울 때면 나도 사정없이 울었다. 사는 것이 괴롭다는 말은 그때 그 순간 알았다. 가끔 현실로 돌아와 아이의 요구에 내 상태를 잠시 잊기도 했지만, 이명은 나를 떠날 줄 몰랐다.

몇 달이 계속되어도 차도는 없었다. 밤잠은 물론이고 잠이 많던 내가 새벽잠까지 달아났다. 컴컴한 어둠 속 고요한 방 안에 있는 자체가 괴로움이었다. 이불을 박차고 밤으로 새벽녘으로 산길을 오르내리며 답답한 심정을 허공에 토해내기도 했다. 추리한 몰골로 동트는 해를 바라볼 때면 세상은 이제 나를 버렸구나 하는 생각에 눈물부터 차올랐다. 해는 하늘 위로 뜨고 눈물은 발아래로 떨어지는 측은한 모습을 신이 헤아려주었으면 하고 바랐다.

우울증이 쌓여갔다. 신경안정제 없이는 살 수 없는 날도 늘었다. 괴로운 삶은 차라리 살지 않는 게 나을 거라는 생각이 울컥울컥 치솟았다. 화장기 없는 얼굴로 모자를 푹 눌러 쓴 채 거리를 걷는 나의 모습이 세상을 등진 사람처럼 보였다. 그냥 길을 걷다가도 눈물이 쏟아졌다. 병원을 나오며 걸었던 길 한가운데서 한없이 울어본 적도 있었다. 사람이 보건 말 건 앞이 보이질 않을 만큼, 수도꼭지처럼 흐르는 눈물은 나로서 더는 주체할 수가 없었다. 그런 날이 기약 없이 계속되어갔다.

둘째 아이가 4살이 되던 해, 어린이집이 우후죽순으로 생겨났다. 아파트단지 안에 생긴 어린이집으로 아이를 보냈다. 힘들다고 생각했던 육아에 여유가 생겼다. 그러나 그동안 아이를 키우느라 고생한 몸에 휴식이라는 시간을 줄 수도 없었다. 인터넷을 검색해 좀 멀디라도 유명하다는 병원을 찾아내 이명을 고치려고 했다. 이명 앞에서 난청은 더 이상 병도 아니었다. 크다고 생각했던 어려움 앞에서 더 큰 괴로움이 버티고 있을 줄은 꿈에도 몰랐다.

오직 이명을 낫게 한다는 문구만 내 눈에 들어왔다. 당장 숨통이라도 트이게 할 방법이면 무엇이든지 할 생각이었다. '둥둥둥' 북소리를 내다 '콰광'천둥이 몰아치는 소리를 잠재워만 준다면, 아니 조금이라도 낮춰준다면 나는 무슨 일이든 할 용기가 있었다. 병 앞에서 나는 모든 것을 내려놓았다. 신체 포기 각서의 대가라도 원한다면 나는 당연히 할 자신이 있었다. 그만큼 절박했고 또 살고 싶었다. 겪어보지 않고는 모를 이 순간순간들을 나는 빨리 떠나고 싶었다. 정말로. 진심으로. 죽을 만큼. 아니 살고 싶은 생각이 들 만큼.

제발 살려주세요

세상에 이런 병이 있는지 몰랐다. 단순히 소리를 듣는 기능만 있는 줄 알았던 귀에서 괴로운 소리가 난다는 것이 놀라웠다. 더구나 남도 들리는 것이 아니라 온전히 나 혼자만 느껴야 한다니 이 무슨 미친 일인가 싶었다. 이명에 대해 모르는 사람들은 환청일지도 모른다며 이비인후과가 아니라 신경정신과에 다녀오라고 한다.

이제껏 듣도 보도 못한 귀울림(이명)이라는 병은 옛날 한의학 서적에도 나와 있다고 한다. 단지 몸이 허하거나 피로할 때 간간이 귀에서 소리가 난다며 고통을 호소하는 사람이 있다고 한다. 그러나 나는 일상생활을 할 수 없을 정도로 소리가 심각했다. 귀에서 나는 소리가 이렇게 시끄러운데 어떻게 하루하루를 살아갈 수 있을지 막막했다. 내가 느끼는 이명의 강도는 다른 사람과의 대화조차 힘들었다. 현실의 소리에 이명이 가려져 말소리조차 구분하기 힘들었다. 너무나 괴로웠다. 하루하루 사는 게 기적 같았다. 잠도 편히 자지 못해 퀭한 눈을 하고 점점 몸에서 살이 빠져나갔다. 먹는 것도 맘대로 되질 않았다. 갖은 스트레스에 위가 제 기능을 해내기 어려웠다. 한 순갈도 뜨지 못하고 지낼 때도 있었다. 기운 없이 누워 지내는 날이 많았다. 누워서도 편해지면 좋으련만. 괴로운 소리에 누워있는 것조차 불편했다.

어떤 일상의 소리도 나의 이명을 가려주진 못했다. 시끄러운 음악을 듣고, TV 소리로 가려보려 했지만 그럴수록 이명은 더욱 또렷이 들렸다. 듣고 싶은 소리가 듣기 싫은 소리를 가려줄지 알았지만 내 경우는 달랐다. 삶을 파고드는 이 병은 암보다 무섭다고 느꼈다. 차츰 절망의 마음이 스며들었다. 차츰 신에게 이렇게 빌고 있었다.

'고칠 수 없다면 차라리 암으로라도 죽게 해 주세요.'

신경안정제를 쥐고 살았다. 그것은 나의 기분을 노곤하게 만들며 우울한 감정을 날려줬지만, 소리를 잠재우진 못했다. 약 기운이 떨어지면 나는 다시 이명 소리에 괴로워하기 시작했다. 괴로움의 연속이지만 그래도 세월을 꾸역꾸역 넘기고 있었다. 설상가상이었다. 괴로워하던 이명에 조금 마음을 놓이는가 싶더니 이명소리가 더 커지기 시작했다. 급기야 돌발성 난청까지 몰고 왔다. 양쪽으로 보청기를 끼다 아예 오른쪽 귀를 완전히 상실하게 된 날이다.

어느 날, 수화기를 들며 짜증을 냈다. 전화를 걸었으면 말을 해야 하지 않느냐며 "여보세요"를 외쳐댔다. 전화선을 타고 나는 소리는 미미했다. 한쪽 귀가 서서히 사라지고 있다는 사실을 몰랐다. 남편의 권유로 청력검사를 하다 오른쪽 귀가 완전 상실이 온 걸 그때야 알았다. 부랴부랴 스테로이드제를 먹으며 차도를 기다렸다. 난청보다 이명의 괴로움이 더 컸기 때문에 그때는 무덤덤했다. 내가 할 수 있는 건 아무것도 없었다. 오직 약만 먹고 기다려야 했다. 차도가 오기는커녕 귀를 꽉 막아놓은 귀 충만감이 겹쳐 괴로움이 가중되었다. 오른쪽 귀에 자꾸만 손이 얹어졌다. 꽉 막힌 듯한 느낌이 싫어 의식적으로 쓰다듬거나 손으로 누르게 되었다.

귀에서 나는 괴로운 소리는 나날이 커지고, 오른쪽 귀는 완전 상실이 되었다. 약봉지가 꽉 차도록 주는 약은 내 몸에 별 호전이 없었다. 세상의 괴로움을 혼자 짊어진 기분이었다. 나 혼자만 세상 밖으로 내동댕이쳐진 기분이었다. 내 옆을 지나는 사람들의 웃음 가득한 얼굴이 부러울 수밖에 없었다. 아니 시샘이 났다. 나 혼자만 괴롭고 나 혼자만 우울해 보였다. 그 많은 병중에 왜 이런 병을 나한테 주는지 신이 미웠다. 하늘이 원망스러웠다.

아무렇지 않게 아무 특별한 일 없이 살았던 나날이 제일 행복한 순간이었다는 것을 깨달았다. 아무런 장애 없이 사는 삶이 최고의 삶이라는 것이 느껴졌다. 더 큰 고통 속에 작은 고통은 행복이었다는 것을 알게 해 주었다. 고통이 몰고 오는 파편을 맞으며 세상 사람들의 얼굴을 부러운 눈으로 바라봐야 하는 나 자신이 너무나 억울했다.

누구라도 웃음 섞인 얼굴에 증오심이 생겼다. 왜 나만 이 고통을 치러야 하는지 왜 나에게만 이런 병을 안겨주는지 하늘을 보며 울부짖었다. 오늘따라 왜 그리 사람들은 즐거워 보이던지. 눈물을 가득 담은 눈은 하늘을 바라보며 세상에 소리쳤다.

" 왜. 나만……, 왜 나한테만 이 병을 주느냐고요. 왜?"

증오와 분노로 바라보는 세상은 더 이상 아름답지 않았다.

이 병원 저 병원을 돌아다녔다. 의사는 약을 주는 횟수를 늘리며 먹어본 후 다음에 오라는 말뿐이었다. 환자의 절박한 심정을 어떠한 의사도 알아주지 못했다. 얼마나 심각한지, 얼마나 괴로움에 하루하루를 버티는지 아무도 알아봐 주는 사람이 없었다. 혼자 싸워야 하는 외로움만이 가득할 뿐이었다. 의학적 지식은 이명과 돌발성 난청을 해명하지 못하는 한계가 있다는 것을 알아갔다.

더는 고치지 못한다는 기운이 들었다. 그래도 혹시나 하는 생각에 이 병원에서 차도가 없으면 저 병원으로 옮겨 다녔다. 내 수첩에는 고칠 수 있다고 광고하는 병원 정보가 한가득 들어있었다.

병원 행진을 수차례 하다 힘없이 들어섰던 어느 병원이었다. 그날도 편히 잠들어보지 못하고 새벽에 깨어나 한 참 밖으로 움직였던지 피곤함에 절어 있었다. 진료실에 들어서자마자 내 입에서 무의식으로 나온 소리였다.

"제발, 살려주세요. 선생님"

의사는 어리둥절했다. 괴로운 소리를 벗어나고 싶은 마음이 절박하다는 것을 알 수 있었을까. 아직 어린아이가 둘이나 있고, 살아온 날보다 살아갈 날이 더 많은 30대에 이런 고통을 감내해야 한다는 것이 억울했다. 괴로운 소리 하나에 내 삶을 바쳐야 하다니, 끝날 줄 모르는 암흑에 내 모든 것을 희생해야 한다니, 건강하지 못한 몸 건강하지 못한 정신으로 이렇게 살아야 한다는 게 무서웠다.

의사의 팔을 잡았다. 내 눈빛에 당황했다. 신중하게 내 귀를 관찰했지만, 겉으로 본다고 내 병을 고칠 수가 있겠는가. 현미경이나 내시경을 들이대도 시원찮을 판에. 몇 알의 약이 다였다. 그게 답 없는 치료였다.

내가 애원했던 의사도, 몇 주를 대기해 기다렸던 유명한 대학병원의 교수도 이명을 고치진 못했다. 혹시나 하는 마음에 서울까지 가보기도 했지만 다 허사였다. 양방에 더는 기대 할 수 없다는 것을 알았다. 자연히 한방으로 눈을 돌렸다. 일시적이고 단면적인 치료보다는 전체적인 몸의 기능을 되돌리는 한방에 기대를 걸어보았다. 혈액 순환이 주가 되는 진료이니 귀뿐 아니라 머리, 손목, 허벅지, 엄지발가락까지 침을 맞았다. 한약도 병행했다. 한약은 한두 첩만 먹어서는 소용없다는 말에 시키는 대로 몇 첩을 다 먹었다. 시간과 노력을 투자 했지만 다 소용없는 일이 되었다. 아무런 차도가 없었다.

서서히 약과 침에 불신이 쌓여갔다. 무조건적인 기다림만 능사는 아니었다. 초조하고 불안한 당사자의 마음을 알 리 없었다. 그저 잠깐 내 귀에 왔다 가는 흔한 이명 취급을 하며 초조해하지 말라고만 했다. 쏟아부어야 할 약값이 집 한 채라는 누군가의 말이 번쩍 떠올랐다. 고칠 수만 있다면 그게 무슨 문제냐고 생각했다. 그러나 대부분은 그렇게 돈을 쓰고도 고치지 못한 사람들이었다.

내 인생의 최대 고비가 바로 지금이 아닌가 싶었다. 누구나 한 번쯤 고비를 넘기며 산다고 하지만 이렇게 힘든 고비가 올 줄은 상상도 못 했다. 어딘가 허물어지고 눈에 보이는 고통이라면 차라리 위로라도 받지만 보이지 않는 고통, 원인 모른 고통은 떳떳한 환자로 내색할 수도 없다. 내 의도와는 다르게 시도 때도 없이 들리는 소리에 가슴은 새카맣게 타들었다. 하루에도 수십 번 생과 사를 넘나들었다. 그래도 어쩌랴. 살아있는 한, 마음의 동아줄을 잡을 수밖에. '이렇게라도 살아야 하지 않을까' 스스로 위로를 던졌다. 도저히 납득 할 수 없는 이명이 큰 소리가 되어 세력을 넓히기도 했지만 나는 이제 돈을 낭비하며 살지 않기로 했다.

병원에서도 손잡아 주지 않는 병을 나는 어떻게 해야 할지 몰랐다. 벌겋게 달군 바늘 길을 나 혼자 걸어가야 했다. 눈을 뜨면 괴로운 소리로 하루를 시작해야 한다는 사실에 눈물부터 새어 나왔다. 일상의 사이사이에 죽음이라는 단어가 붙어 있었다. 괴롭고 슬프지만, 사람의 목숨은 함부로 할 수 없는 거라며 애써 죽음의 그림자를 지웠다. 아이들의 얼굴과 남편, 사랑하는 모든 이의 가슴을 치게 할 수는 없다며 단단히 마음을 먹곤 했다.

집 가까이에 산책할 수 있는 길을 따라가면 작은 절이 하나 있다. 마음이라도 편해지면 병을 이겨낼 힘이 생길 것 같았다. 확고한 종교가 있었던 건 아니었다. 어릴 적 엄마와 절에 갔던 기억이 얼핏 났다. 향초를 맡으며 법당에 들어선 나는 의식적으로 몇 번의 절을 했다. 그리고 큰 형상의 누군가에게 마음을 풀어놓기 시작했다. 하소연도 해보고, 애원도 해보며 나의 진심이 들리도록 신에게 내 마음을 이야기했다. 때때로 바람에 흔들리는 풍경 소리가 심란한 가슴을 어루만져 주는 듯 했다. 시간을 재촉하지 않는 그곳에서 나는 그동안 억눌렸던 마음이 회오리처럼 일어났다. 아무에게도 할 수 없었던 응어리를 내뱉을 수 있다는 자체가 위로로 다가왔다. 그러나 그 순간에도 나의 이명은 멈추지 않았다.

108배를 했다. 수없이 많은 절을 하고 일어나려는 순간 나는 무언가에 억눌려 일어날 수가 없었다. 주체할 수 없이 눈물이 쏟아졌다. 그동안의 삶의 무게가 내 몸을 짓누르는 것 같았다. 어깨가 들썩이다 마침내 통곡으로 변한 입을 두 손으로 막았다. 사람들을 의식했지만, 오랫동안 나는 일어나질 못했다. 고이 접은 방석이 눈물로 얼룩졌다. 누군가에게 털어놓는다는 것은 효과 좋은 약만큼 마음의 위로가 되기도 한다. 아무도 잡아주지 않던 누군가의 손이 그리웠기 때문이리라. 때때로 종교는 아무도 돌아봐 주지 않는 사람의 버팀목이 되기도 한다.

철학관과 점집이 눈에 들어왔다. 내가 이런 곳에 관심을 가지리라고는 생각지도 못했다. 고통스러운 마음이 우울감으로 도배되어 있던 어느 날, 미래를 볼 줄 안다는 사람들에게 내 미래가 어떤지 하소연해보고 싶었다. 자기 앞가림도 못 하는 사람에게 남의 미래를 어떻게 봐 주냐며 비웃는 사람도 있다. 나는 누군가의 입에서 내 미래가 밝다고, 잘 될 거라고, 병이 사라질 거라는 말이 듣고 싶었기 때문이다.

맥 빠진 사람처럼 들어간 어느 철학관에서 나이 지극한 할아버지가 계셨다.

"나도 미래가 있을까요?"라며 물었다. 대뜸 이 말에 할아버지는 젊은 사람이 무슨 그런 말을 하냐며 나를 다그쳤다. 속을 보여 줄 수도 없는 노릇이다. 실소가 나왔다. 과연 내 미래는 어떻게 정해져 있을지 할아버지의 말을 귀담아들었다. 제발 입바른 말이라도 좋으니 긍정적인 대답을 하길 바랐다. 생년월일을 말하자 무언가를 열심히 끼적이며 답을 찾았다. 병에 대한 이야기는 없었다. 살아가면서 좋은 일이 있을 거라는 긍정적인 말 몇 마디만 했다. 듣고 싶은 말은 빠졌지만 그래도 내 미래가 있구나 싶어 좋은 마음으로 나왔다. 또 어떤 곳은 내 팔자에 귀로 인한 어려움은 없다고 했다. 내가 이렇게 귀로 고통받는데 그런 말이 맞을 리가 없다. 철학관도 다 믿을 게 못 된다 싶었다.

유명하다는 점집도 찾아갔다. 이명이 있다고 하자 앞으로 좋아질 거라는 말 대신 굿을 해야 한다며 압박을 주었다. 듣고 싶지 않은 말로 오히려 더 마음이 불안했다. 금방 이겨낼 수 있을 거라는 대답을 몇만 원으로 사려 했던 내가 문제였다. 애초에 이런 곳으로 발걸음을 돌리지 말자는 마음을 먹었어야 했다. 이것 아니면 저것의 뻔한 점괘라는 것을 미처 몰랐다. 다시는 이런 곳을 찾지 말자며 도망치듯 나왔다. 병원이 고칠 수 없는 병을 여기라고 고쳐줄 리가 없다. 마음이 심란하여 내가 이런 곳까지 찾아오다니. 얼마나 힘들면 한 번도 다녀보지 않은 이런 곳까지 들렀을까 싶어 나 스스로가 안쓰러웠다. 아무리 힘들더라도 다시는 이런 곳을 찾지 말아야겠다고 다짐했다.

점집을 다니며 미래를 물어보던 어른들을 이해할 수가 없었다. 아프면 병원이 있지 않냐며 과학적 근거를 들이밀었다. 이제 알 것 같았다. 괴로운 병에 손을 쓸 수가 없을 때 마음은 가장 원시적인 방법으로 대책을 마련하고 싶은 거였다. 나을 수만 있다면, 병을 고칠 수만 있다면, 앞으로 다 잘 이겨 나갈 거라며 누군가의 입에서 위로받고 싶은 마음은 똑같은 것이다.

민간요법, 헤쳐모여!

병원도 철학관도 점집도 나를 위로하기에는 한계가 있었다. 병은 원인을 없애야 비로소 나을 수 있다. 원인을 모르니 고칠 수도 없다. 수많은 추측으로 이명을 해석하지만 아직은 현대의학이 이명에 대한 뾰족한 수가 없다는 것을 알았다. 그런데도 수많은 한방과 양방에서 이명을 낫게 한다는 광고성 문구가 손님을 끌어당긴다. 긴박하고 불안한 상황에서 지푸라기라도 잡는 심정으로 매달리는 환자를 그냥 무덤덤하게 처리한다. 주는 약이나 먹으며 기다리라는 매정한 눈길들이 참 서운했다.

하루에 진료해야 할 환자들이 장사진을 이루고 있다는 것도 안다. 매일 매일 같은 환자를 수십 년 동안 겪어서 감정에 무디어졌다는 것도 안다. 그러나 처음 접해본 병 앞에서 두려움과 수심을 가득 안은 채, 하소연하는 환자를 감기 환자 진료하듯 뻔한 말투로 대하는 것이 싫었다. 왜 이런 병이 있는지 무슨 원인에 의해 생겨나는지, 얼마나 괴롭고 힘든 것인지, 어떠한 상황에서 호전이 될 수 있는지 자세한 설명조차 없다. 빛이 달린 의료기구로 양쪽 귀만 들여다볼 뿐, 약을 처방해 줄 터이니 먹어보고 다음에 오라는 말만 할 뿐이었다.

답답했다. 병원 문이 닳도록 다녔지만, 차도가 없었다. 돌발성 난청이 오면서 소리가 더 커지고 괴로웠다. 일상에서 나는 소리도 자꾸 들리면 괴로운 법이다. 다만 소음 공해는 듣기 싫으면 그 자리를 피하면 되고 시간이 지나면 없어지는 소리다. 이명은 그럴 수 없기 때문에 더 괴롭다. 원인 모를 병이라면 더 무섭고 기가 막힐 노릇이다.

한 번은 전국에 체인점이 있는 유명한 한의원을 찾아갔다. 이명에 대해 자초지종 설명을 잘 해주었고 내 이야기도 재촉하지 않고 잘 들어주었다. 의사에게 마음을 의지한 채 여린 희망이라도 걸어보고 싶었다.

'중금속 오염도' 검사를 해보자고 했다. 무슨 연관이 있는지는 모르겠지만 그런 검사가 있다고 했다. 의사가 하는 검사에 토를 달 리가 없다. 미용실 가위를 가져와 머리카락 한 줌을 대뜸 자르더니 검사를 시작한다고 했다. 한참을 기다려 검사 결과를 보여주었다. 몸에 쌓인 중금속이 정상수치에서 조금 넘는다고 했다. 중금속이 이명에 영향을 미칠 수도 있다고 말했다. 그러면서 약은 없다고 했다. 의료보험 혜택도 없는 거금의 검사를 왜 하자고 한 건지 의심스러웠다. 나중에야 안 사실이지만 누구나 다 그 정도의 오염도는 있다고 한다. 이렇게 돈을 벌며 사는가 싶었다. 차라리 가슴 따뜻한 말 한마디 더 해주고 그에 대해 대가를 바라는 게 더 좋지 않은지 모르겠다.

이 방법 저 방법이 안 되니 인터넷으로 정보를 찾았다. 병에 대해 잘 알기만 해도 마음의 위안이 될 거 같았다. 이명과 난청인을 위한 카페모임을 찾았다. 혼자만 괴롭다 생각했는데 다행히 나와 비슷한 사람들이 의외로 많았다. 같은 처지에 있는 사람들의 글을 읽으며 하루하루 마음을 다잡았다. 이명이 심한 날엔 밤새우는 일이 많았다. 사방이 고요한 상태에서 마음을 추스르기란 쉽지 않았다. 깜깜한 밤과 새벽을 오가며 혼자서 컴퓨터 화면을 들여다보며 야행성 동물이 되어갔다.

참을 수 있을 정도의 사람이 있는가 하면 나처럼 괴로움에 허덕이는 사람도 있다. 강한 이명 소리에 살아가는 게 고역인 사람이 있는가 하면, 그럭저럭 약하게 나는 소리에 신경 쓰지 않는 사람도 있다. 수면제를 왕창 사놓고 목숨을 끊고 싶다는 사람도 있었고, 하루하루 불면증에 미치도록 괴롭다는 사람도 있었다. 시간이 흘러 적응이 됐다는 사람도 있고, 참을 만했던 이명이 다시 재발하여 괴로움의 연속이라고 하소연하는 사람들도 있었다. 세계 전체 인구 중 30%가 약한 이명을 경험한다고 한다. 그중에 1%는 일상생활이 힘들 만큼 괴로운 사람이 있다고 했다. 이명의 강한 소리에 깜짝 놀라 잠에서 깨어나기를 수도 없이 하는 내가 그 1%에 들어있지 않나 싶다.

이명을 가진 사람의 공통점이 있다. 처음 발병했을 때는 다들 괴로운 시간을 보낸다는 것. 사람들의 글을 보면서 나만 이렇게 무겁고 고통스러운 인생이었다는 생각이 조금씩 옅어지게 되었다.

마음을 굳게 먹고 이명에 관해 내가 할 수 있는 방법과 정보를 찾아내야겠다고 생각했다. 인터넷을 뒤지며 찾아낸 정보와 같은 입장의 사람들이 찾아낸 건강법을 실천하기로 했다. 몸의 근본부터 고쳐볼 생각이었다. 병은 건강하지 못한 신체에 찾아오는 것이다. 건강을 찾으면 몸도 귀도 예전처럼 다시 돌아올 것 같았다. 집 근처의 도서관을 찾아 건강 서적부터 하나씩 읽어나갔다.

건강 서적으로 눈을 돌려보니 의외로 건강 책이 이렇게 많은지 몰랐다. 예전부터 시행해 온 건강법뿐만 아니라 이름도 생소한 최신 건강법이 다양했다. 하나하나 정독해보며 관심을 가지고 집에서 할 수 있는 건강법을 따라 했다. 인터넷에 널린 여러 가지 건강카페도 가입하며 건강정보를 얻었다.

건강으로 초점을 맞추니 내 눈에는 그것만 보이기 시작했다. 동네 주민 센터에서 수지침 강좌가 있어 당장에 신청했다. 수지침을 가르쳐주기도 했지만, 선생님이 직접 손에 침을 놓아주기도 했다. 일주일에 한 번씩 강좌가 있는 날은 열 일 제쳐놓고 달려갔다. 수십 개의 침을 꽂고 나면 손바닥 가운데에 쑥뜸을 뜨기도 했다. 연세 그득한 어르신들과 같이 어울려 쑥뜸을 뜨고 나면 강의실 전체가 연기로 자욱했다. 귀가 부실한 사람은 가운뎃손가락을 자주 주무르라고 했다. 끝이 뾰족한 도구로 한 시간을 누르고 나면 멍이 들 듯 아팠다. 이명소리가 지워진다면 그게 무슨 아픔이랴. 멍이 들건 말건 미친 듯이 주무르고 나면 일주일가량 중지가 아팠다.

○○요법이 있었다. 카페를 들락거리며 환자들이 하나둘씩 정상이 되어가는 사진이 눈에 들어왔다. 병원에서 고칠 수 없는 병을 내가 고친다는 문구가 나를 휘어잡았다. 피가 맑아지고 몸이 건강해지면 모든 병이 나아질 것 같다는 생각이 들었다. 부황을 이용해 집에서 사혈을 하는 방법이었다. 필요한 도구를 구매해 책자를 보며 하나하나 실천했다. 피를 뽑아내는 방법이라 남편의 도움이 필요했다. 허리 뒤의 신장에서 점차 부위를 넓혀 부항을 이용해 어혈을 뽑았다. 젤리 같은 어혈을 뽑아내는 방법이 귀찮고 번거롭지만 좋다 나쁘다 가릴 처지는 아니었다. 내 손이 닿지 않는 등 쪽이어서 남편의 손을 의지할 수밖에 없었다. 번거롭고 귀찮을 거 같아 미안하기도 했다. 내 손이 닿는다면 혼자 몰래 시술했을 것이다. 한 번의 시술이 있고 나면 신문지 한가득 두루마리 휴지가 피에 젖어 있었다. 피를 뽑는 기간을 지키기 위해 마치 일기를 쓰듯이 시술

기록을 적어 놓기도 했다.

점차 부위를 넓혀 어깨까지 왔다. 머리 후부에 부항을 하면 귀나 머리 쪽의 병이 나아진다고 했다. 머리카락을 밀고 부항을 할 생각이었다. 그러자 남편이 펄쩍 뛰며 말렸다. 다른 곳은 그렇다 쳐도 머리는 절대 안 된다며 열을 내었다. 보기도 흉하지만, 혹시나 잘못되지 않을까 염려한 말이었다. 결국, 머리는 하지 못한 채 사혈을 중단했다. 혹시나 그 방법으로 나을 수 있지 않았을까 하는 미련이 여전히 남게 되었다.

요료법에도 눈이 갔다. 자신의 소변을 마심으로 질병을 고친다는 오줌 요법이다. 그때는 여러 가지 건강법이 내 눈을 현혹했다. 더럽다는 생각, 불쾌하다는 생각은 한 번도 들지 않았다. 병을 고칠 수만 있다면 이보다 더한 것도 할 수 있다는 마음뿐이었다. 매일 받아낸 소변을 벌컥벌컥 들이켰다. 기도하는 마음으로 간절히 빌었다. 내 몸에서 나온 혈액과 같은 물이 몸을 건강하게 지켜주고 괴로운 소리를 잠재워 줄 거라는 믿음으로 정성껏 마셨다. 절실한 마음이 있었기에 가능했다. 식구들 아무도 눈치채지 못하게 나는 몰래 고양이 짓을 했다. 그만큼 절박한 심정은 누구한테도 들키고 싶지 않았다.

죽염이 좋다고 하여 한동안 죽염을 물에 타서 수시로 마시기도 했다. 짠맛보다 유황의 거북한 냄새가 싫었다. 그래도 내 건강을 지켜 줄 거로 생각하며 열심히 마셨다. 현미 김치라는 것도 있었다. 현미의 껍질 성분을 발효해서 먹는 가루였다. 영양 면에서도 최고의 건강식품이라 했다. 고액의 돈이 아까워 직접 반죽을 하고 발효기에 발효를 시켜 말리고 갈아 먹었다. 병을 이겨내려면 정성과 노력 없이는 아무것도 이루어지는 게 없다고 생각했다.

야채스프라는 것도 내 눈에 들어왔다. 암 환자도 완치했다는 야채스프는 무, 무청, 당근, 표고버섯, 우엉을 적당량의 물에 끓여 먹는 야채주스다. 끓이는 냄비 종류까지 신경 써야 하기 때문에 직접 해 먹다가 그 효과를 알 수 없어 기성품을 사 먹기도 했다.

운동법에도 관심이 갔다. 모든 병은 틀어진 척추에서 시작된다고 하여 척추를 바로 세우는 붕어 운동도 했다. 손에 깍지를 끼고 누워, 척추를 왔다갔다 움직이며 스트레칭을 하는 방법이다. 피가 잘 돌아야 건강하다기에 발목 펌프 운동도 했다. 둥글둥글한 홍두깨 하나 바닥에 두고 발목을 위에서 아래로 떨어뜨리는 방법이다. 처음엔 홍두깨로 하다가 나중에는 소음을 생각해 아파트용 펌프 운동기구를 하나 제대로 갖췄다. 머리맡에 놔두고 아침에 눈을 뜨자마자 발목 펌프 운동을 했다. 그러자 아랫집 할머니가 올라오셨다. 아침마다 탕탕거리는 소리가 난다며 그동안 소음으로 불편했다고 했다. 이불을 두껍게 깔고도 그런 진동이 울렸다고 하니 미안했다. 소음의 주범이 되어 며칠 동안 괴로웠을 것을 생각하니 고개가 숙어졌다. 죄송하다는 말과 함께 이런 운동을 해서 소음이 났다며 정중하게 사과했다. 그때부터 사용하기가 꺼려졌다.

모관운동이라는 것도 있었다. 양팔과 양다리를 하늘로 추켜 올린 채 전기 맞은 바퀴벌레처럼 손과 발을 떨어 주는 것이었다. 혈관들이 자극을 받아 혈액순환이 잘 된다고 하니 수시로 그 자세를 취했다. 아이들이 보고 나서 깔깔거리며 같이 따라 하기도 했다. 무슨 이런 운동법이 다 있냐며 남편도 웃었다.

수많은 건강법이 있었다. 예전보다 병의 종류도 많고 고치기도 어려운 병들이 많아졌다. 단지 약만으로는 안심할 수가 없다. 그래서 사람들은 새로운 건강법을 찾아 연구하고 실행한다. 환자들은 혹시나 하는 기대감에 관심을 두지 않을 수 없다.

의학적으로 증명되지는 않더라도 고치는 방법이 자기한테 맞는 것도 있을 것이다. 꾸준히 실천한다면 병원에서 손을 놓았던 병도 고칠지도 모른다. 나는 하루하루 불안한 마음이 컸기 때문에 오래 실천 할 수가 없었다. 짧은 시간에 또 다른 것으로 눈을 돌리며 절실하게 새로운 건강법을 찾아 헤맸다. 마치 시간이 없는 사람처럼 무언가에 쫓기듯 이것저것을 반복하며 내 꽃다운 30대를 병과 건강법으로 가득 채웠다. 그때는 괴로움을 빨리 떨쳐내어 행복한 삶을 추구하려는 나의 본능이자 절실함이었다.

똑같지 않은 놈

사람마다 이명의 소리는 다르다. 이명을 현실적인 소리에 대응해보면 별별 소리가 다 나온다. 누구는 한여름 나무 위의 매미 소리처럼 들리기도 하고, 누구는 라디오 주파수 맞추는 소리처럼 들리기도 한다. 어떤 사람은 현실과 구분되지 않은 채로 보일러 돌아가는 소리가 들린다고도 한다. 식구들에게 보일러 고장 났냐며 묻기도 하는 어처구니없는 일이 벌어진다. 타이어에서 휴~하고 바람 빠지는 소리처럼 들린다는 사람도 있고, 선풍기가 돌아가는 소리, 바람이 세차게 몰아치는 소리가 난다는 사람도 있다. 물방울이 떨어지는 소리, 쇠를 깎는 괴로운 소리, 헬리콥터가 돌아가는 소리뿐만 아니라 시계 알람처럼 요란한 소리가 들리는 사람도 있다고 한다.

사람마다 종류도 다르고 강도도 다르다는 것을 알았다. 신경을 거슬리지 않을 만큼 약하게 들려 몇 달 만에 적응하는 사람도 있다. 더러는 자신의 이명으로 세상의 모든 이명 소리를 판단하기도 한다. 약하게 들리는 사람은 참을 수 없을 만큼 괴로운 사람에게 너무 예민한 거 아니냐며 말하기도 한다. 이명의 강도는 사람마다 다르고 괴로움의 강도도 다 다르다.

처음 이명이 발병하면 높고 낮음에 상관없이 예민해지고 날카로워진다. 나만 들리는 이 괴상한 소리에 정신을 붙들어 매기란 쉽지 않다. 사람은 적응의 동물이라 해도 이런 요란한 소리로는 감히 적응할 수 없을 것처럼 여겨진다. 반복되는 상황이 오랫동안 계속되면 괴로움은 절정에 달했다가 차츰 소리에 무디어지고 관심을 돌리게 된다. 시간의 차이는 있을지언정 병은 여전하지만, 마음은 변할 수 있다는 것이다.

살아가면서 대부분의 사람이 한 번쯤 이명을 감지하고 산다. 몸이 격하게 피곤하거나 귀로 가는 영양이 부족하면 경미한 이명이 다가오기도 한다. 피곤했던 몸이 좋아지거나 컨디션이 좋아지면 이명이 달아난다. 감기가 찾아와 사나흘 머물다가는 증세처럼 말이다. 이명과 몸 상태는 반비례 관계다. 30%는 이명을 경험하지만 17% 정도는 이명으로 인해 불편함을 느끼며 살아간다고 한다. 게다가 1%는 정상생활을 할 수 없을 만큼 극심한 이명을 겪는다고 한다. 이명의 강도에 따라 살아가는데 많은 지장을 안겨주기도 한다.

80의 연세에 올라오신 어머님이 어느 날 귀에서 소리가 난다며 말씀하셨다. 물방울이 또록또록 떨어지는 소리가 간헐적으로 들린다며 몸이 좋아지면 괜찮고 다시 일하거나 편찮아 지면 소리가 난다고 하셨다. 크게 불편하지는 않다며 태연하게 말씀하셨다. 귀의 노화로 인해 늘 조용하던 귀에서 소리가 난다는 사람을 심심찮게 볼 수 있다.

이명은 타각적 이명과 자각적 이명으로 나눈다. 타각적 이명은 귀와 목 주변의 근육 수축이나 근육 경련, 턱 관절 장애에 의해 나는 소리로 청진기를 대거나 다른 사람도 인지할 수 있는 소리다. 찌지직, 딱딱거리는 소리로 귀 주변을 지나는 혈관에서 나는 소리다. 보통 근육 수축제를 쓰거나 목 근육을 치료하는 등 대부분 약물로서 완치하기도 한다.

자각적 이명은 나 혼자만 들리는 소리로 당사자 외에는 아무도 그 고통을 나누기가 어렵다. 나만 느낄 수 있는 소리는 남에게 얘기하기조차 힘들다. 소리는 외부에서 들려야 소리라고 할 수 있지 몸 안에서 느낀다면 두려움 그 자체다. 이명에 대해 잘 모르는 사람들은 정신병자 취급할 때도 있다. 이명은 환청이 아니다.

자각적 이명의 원인을 보면 청신경 세포의 노화를 첫째로 꼽는다. 나이가 들면 말소리가 잘 안 들리고 원인 모를 소리가 나기도 한다. 어르신들은 쏴아쏴~ 바람소리가 들린다고 하거나 물방울 소리, 매미 소리 등이 난다며 호소한다.

두 번째는 소음에 의한 경우다. 군에서 사격을 하다 이명으로 괴로워하는 사람들이 의외로 많다. 바로 옆에서 목소리가 쩌렁쩌렁 한 사람이 소리를 질러도 귀가 따갑다. 하물며 귀 바로 가까이에서 사격으로 인한 굉음을 들어야 하는 순간은 너무나 위험하다. 요즘은 이명에 대한 경각심이 있어 귀마개를 준비하는 곳이 있다고 한다. 이명의 위험을 안다면 반드시 교관이나 조교에게 부탁해 귀마개를 착용해야 한다. 한번 충격을 받으면 고칠 수 없다는 생각을 가지고 필수로 착용해야 한다.

스마트폰의 사용이 급격히 늘어난 시대다. 스마트폰과 이어폰은 이제 한 세트가 되었다. 공공장소에서의 미덕을 운운하며 이어폰으로 모든 소리를 차단한다. 순수한 소리를 전달해주니 이어폰 자체로는 고마운 존재지만 귀와 연관시킨다면 이것만큼 해로운 물건이 없다. 헤비메탈 음악이 아니더라도 흥을 위해 소리를 높여 듣는 경우도 많다. 지하철 옆 좌석에 앉아서도 이어폰으로 새어 나오는 음악을 듣게 될 때도 있다. 하루 2시간 사용으로도 심각한 귀의 손상을 줄 수 있다고 한다.

대한 이비인후과학회에 따르면 초중고교생 25만 명 정도가 소음성 난청 위험 상태라고 한다. 난청은 이명을 몰고 오고, 이명은 또 다른 귀의 질환을 가져오기 때문에 심각하지 않을 수 없다. 아이가 이어폰을 끼고 있을 때 나는 무의식적으로 잔소리를 해댄다. 바로 가까이 있는 사람의 예를 들며 이어폰의 사용을 자제하라고 한다. 자율학습시간에 태블릿으로 동영상 강의를 들어야 하니 안 낄 수가 없다고 말했다. 이러지도 못하고 저러지도 못하는 요즘의 실상을 가만히 보고만 있자니 마음이 아프다. 최대한 이어폰 사용을 자제하기 바랄 뿐이다.

예전보다 소음에 노출되는 일이 많아졌다. 과학이 발달하여 여러 가지 기계와 도구, 교통수단, 게다가 생필품조차도 많은 소음을 가진다. 문명의 혜택을 받은 대가다. 그래서 귀는 더 피곤해지고 난청과 이명이 활개를 치는지 모르겠다. 시끄러운 노래방이나 나이트클럽의 스피커 가까이에 오랜 시간 있다가 이명을 안은 사람도 있다. 웬만한 소음은 의식적으로 피하며 살아야한다. 그 분위기에 취해서 흥을 쫓다 평생 귀로 고생한다는 것을 빨리 알아야 한다. 내 귀는 누구보다 건강하다며 자부심으로 살다 귀가 망가지는 경우가 있으니 조심할 일이다.

스트레스로 인해 난청이 오는 경우도 있다. 피로가 누적되고 스트레스가 쌓이면 이명과 난청은 모든 병의 원인을 제공한다. 스트레스를 풀 줄도 모르고 풀 방법도 모른 채 일거리가 쌓이는 일이 많다면 병도 쌓인다는 것을 인지해야 한다. 신체적 정신적 피로는 내 몸을 빠르게 나약한 존재로 만든다. 일을 뿌리칠 수 없다면 쉴 수 있는 시간과 스트레스를 푸는 일도 뿌리칠 수 없게 만들어 보자. 일보다는 건강이 우선이고 휴식은 또 다른 급여다. 스트레스와 피로를 날리며 사는 몸이 훨씬 생산적이니 말이다.

나의 이명은 긴장감을 고조시키는 북소리로 시작되었다. 배 위에서 적군과 싸우기 위해 아군을 긴장시키는 큰 울림의 북소리였다. '둥둥둥~~' 사정없이 북을 울리다가 최고조에 이르면 '꽈광' 하고 벼락을 때리는 천둥소리처럼 끝맺었다. 그 소리를 듣노라면 나는 바짝바짝 침이 마르고 머리끝의 세포들이 다 일어섰다. 잠을 자면 이명을 잊는다는 말이 거짓말이었다. 자다가도 천둥 같은 소리에 깜짝 놀라 일어나는 일이 많았다. 무서움과 불안함이 한 바탕 울리고 나면 나는 다시 둥둥거리는 북소리에 마음을 졸이고 있어야 했다. 지옥 같은 생활의 연속이었다.

소리가 조금 덜 해지는 날에는 거실 바닥에 몸을 누이며 햇살을 받기도 했다. 그러나 우울증은 몸 전체에 깊숙이 파고들었다. 영화 '쇼생크 탈출'에서 팀 로빈스가 감옥을 탈출하는 장면이 있다. 쏟아 내리는 비를 맞으며 양팔을 뻗는 생생한 모습을 잊을 수가 없다. 지긋지긋한 현실을 벗어나 시원하게 비를 맞으며 두 팔을 뻗는 날이 올 것이라는 상상을 하며 하루를 이어나갔다.

제대로 된 생활을 할 수 없을 만큼 1%에 속해 이명의 희생자가 되어 있었다. 예민하게 굴지 않으면 적응될 거라는 말이 모두 무의미했다. 겪어보지 않은 자의 안일한 위안이라며 귀담아듣지 않았다. 남들과는 조금 다른 이명이라 생각하며 견딜 수 있는 한계를 단정 지었다. 점차 나에게만 멈추었다고 생각된 그 시간. 나만 억울하게 짐 지었다고 생각된 순간들이 점차 열어졌다. 그렇게 고된 시간도 나에게서 정체되지 않고 조금씩 흘러감을 차차 느꼈다.

돌아보니 돈과 시간을 많이 낭비하며 살았다. 병을 고치려다 인생의 절정기도 놓쳤다. 아이의 재롱도 눈에 들어오지 않았고 짜증 섞인 말투가 인성을 헤치건 아닌지 반성도 되었다. 10여 년의 세월을 넘기고 가만히 나를 돌아보았다. 당장 죽을 것 같던 처음 이명을 마주한 시간이 이제는 추억이 되었다. 미운 사람과 강산이 변할 만큼 티격태격 지내고 나니 미운 정이 더 들어버린 느낌이다.

북을 두드리던 사람도 이제는 노화가 왔는지 손에서 힘이 빠지나 보다. 지금은 매미 소리가 24시간 내 곁을 지켜주고 있다. 간간이 북소리가 다시 찾아와 한밤중에 잠을 설치는 날도 있다. 처음 이명과 마주한 날에 비교하면 지금은 얼마나 다행인지 모른다. 오히려 행복한 나날이다. 경험한 날이 있기에 지금의 소중함을 알았다. 10여 년을 불안에 살았던 내가 이제 마음의 여유도 생겼다. 이명의 고비는 늘 나를 안심하지 못하게 만든다. 더 강한 파워로 나를 시험 삼으려 할지 모른다. 무엇이든 처음의 고비를 넘겨본 사람은 더 강해져 있다. 그러나 현대의학으로도 풀 수 없는 이 병을 다시 부딪친다면 걱정부터 앞서는 건 어쩌면 당연하다.

나도 이명을 완전히 내려놓지는 않았고, 이명도 나를 완전히 손 밖으로 내려놓지는 않았다. 어쩌면 긴장감을 주는 대신 나를 계속해서 성장시키고 있는지도 모른다.

병은 병을 부르고

저녁 반찬거리를 사러 슈퍼마켓으로 갔다. 늘 이 시간이 되면 고민되는 일이다. 오늘 식탁에는 어떤 반찬을 놓아야 가족들이 맛나게 먹을지, 여러 가지 재료들에 눈길을 주며 바쁘게 장을 보고 있었다. 내가 좋아하는 단 호박과 아이가 좋아하는 김, 그 외에 다른 이것저것을 고르며 봉지에 담으려고 하는 순간이었다.

갑자기 빙~하며 어지럼증이 몰려왔다. 시선에 보이는 모든 사물이 한데 뒤엉켜 눈동자를 어지럽게 했다. 눈을 뜰 수가 없었다. 눈을 뜨고 있는 것이 더 괴로움이었다. 깜깜한 어둠 속에서 나의 몸과 머리가 암흑을 뒹구는 것 같았다. 무거워진 머리를 가눌 길이 없어 바닥에 털썩 주저앉았다. 봉지에 담긴 재료들이 바닥에 나뒹굴었다. 양손이 가벼워진 나는 주위를 더듬어 의지할 수 있는 무언가를 있는 힘껏 잡았다. 가까이 있는 곳에 조그맣게 놓인 과자 진열대였다. 세상이 도는 건지 내가 도는 건지도 모를 일이었다. 무서웠다. 계속되는 어지럼증이 끝날 줄 몰랐다. 머리와 눈을 짓누르는 공포감에 신음소리가 새어 나왔다. 어디서인지 다그치는 소리가 들려왔다.

"빨리 구급차 불러"

시간이 더디 흘렀다. 눈꺼풀을 덮은 깜깜한 암흑은 나를 계속되는 공포에 몰아넣었다. 더딘 시간을 제치려 눈을 살짝 떠보아도 여전히 나의 눈동자는 방향을 잃고 어지러움 속을 헤매고 있었다. 부처님, 하느님, 성모마리아님. 마음속으로는 온갖 신을 부르며 나를 지켜달라고 외쳤다. 과자 진열대를 꽉 움켜쥔 손이 벌벌 떨고 있었다. 주체할 수 없는 두려움 속에서 내 등을 토닥거려 주는 사람이 있었다. 말할 수 없이 고마웠다.

얼마나 지났을까. 서서히 어지럼증이 잦아들었다. 그제야 힘을 주었던 눈을 떠보았다. 슈퍼마켓 안에 있던 사람들이 일제히 나를 주시하고 있었다. 나처럼 저녁 반찬거리를 사러 나온 아줌마들이 대부분이었다. 나뒹굴어 있는 내 물건과 내가 똑같이 느껴졌다. 부끄러운 마음이 잠시 스며드는 찰나, 구급차가 도착했다.

떨어뜨린 봉지를 주워 담으며 얼른 새치기 계산을 했다. 구급 대원들이 병원으로 가자며 나를 구급차로 안내했다. 어지럼증이 사라지니 언제 그랬냐는 듯이 멀쩡해졌다. 굳이 응급실로 가지 않아도 될 것 같다고 판단했다.

"평소에 이석증이 있긴 했지만, 오늘은 좀 오래 간 것 같네요. 괜찮습니다."

일단은 구급차에 가서 혈압을 재었다. 혈압이 조금 높다고 말했다. 당연히 두려움에 벌벌 떨었던 몸이 정상일 리가 없었다. 피가 거꾸로 솟듯이 당황했으니 말이다. 응급실을 사양하고 구급차를 돌려보냈다. 구급대원은 내일이라도 꼭 병원에 가보는 게 좋겠다며 돌아갔다. 나는 복잡한 감정이 밀려왔다. 이렇게 심한 어지럼증이 내게 오리란 생각을 해보지 않았다. 응급실에 실려 가도 뾰족한 수가 없다는 메니에르가 나한테 시작된 게 아닌지 불안하고 무서웠다.

이명이 오고 몇 년이 지난 후, 한쪽 귀에 돌발성 난청이 왔다. 그리고 얼마 지나지 않자 이석증이라는 어지럼증이 간간이 찾아오곤 했다. 머리를 돌릴 때마다 빙글빙글 돌았다. 평소엔 잠깐의 어지럼증이 대부분이었는데 그 날은 꽤 오래 발작이 되었다. 나는 적잖이 놀랐다.

어지럼증이 한 번으로 끝날 것이라면 두려움이 없다. 집 밖에서 또다시 극심한 어지럼증이 생긴다면 공포에 떨지 않을 수가 없다. 놀란 가슴이 서서히 불안으로 다가왔다. 가만히 있을 수만은 없었다. 예전에 이석증으로 찾아갔던 병원에 다시 들렀다.

어제의 증상을 얘기해주고 의사의 답변을 기다렸다. 원인도 모르고 약도 없다는 메니에르 증후군이라 말할까 봐 겁이 났다. 고개를 살짝 아래로 보긴 했지만 극심한 어지럼증으로 봐서는 그 병이 맞을 거로 생각했다. 섣부른 판단에 가슴이 콩닥거렸다. 그러나 의사는 고개를 갸웃 거리며 며칠 약을 먹어보고 그런 일이 있으면 다시 오라는 말 뿐이었다. 이석증인지 메니에르인지 의사조차도 구별이 되질 않은 듯 보였다. 의사의 진단이 실망스러웠다. 그래도 내가 걱정한 병이 아니라 다행이라며 돌아섰다.

이거든 저거든 나는 어지럼증이라는 병도 싫다. 안 들리는 것도 서럽고, 이명도 괴로운 데다 어지럼증까지 겹치다니. 이 무슨 줄줄이 소시지 같은 병치레인지 모르겠다. 귀로 인한 병이 참 많다는 것도 이번에야 알았다. 단순히 듣기만 하는 기능이 전부인 줄 알았다. 평행기관을 담당하는 역할이 있어 몸의 균형을 잡고 바로 서는 중요한 기능도 있다는 사실. 그래서 이석증이나 메니에르 같은 어지럼증도 귀의 손상에 의해 수시로 올 수 있다는 것이다.

이명이 오고 잠깐 잠깐씩 이석증이 왔었다. '양성 자세 현훈증'이라 부르는 이 병은 반고리관에 있는 돌(이석)이 순간 떨어져 나오게 됨으로써 어지럼증을 일으키는 경우다. 가끔 고개를 돌릴 때마다 어지럼증이 생긴다. 위로 보거나 아래를 볼 때 핑하고 돌기 시작한다. 짧은 시간에 지나가기 때문에 순간적으로 당황스럽지만 괜찮아진다. 문제는 주로 아침에 일어나서 심한 경우가 있다. 마치 밤새 배를 타고 이동한 사람처럼 속은 매스껍고, 뭔가 하늘에서 나를 끌어당기는 붕 떠 있는 오묘한 기분이다. 제일 괴로운 것은 메스꺼운 속이다. 위를 편안하게 해주는 게 우선이었는데 처방 약은 다름 아닌 멀미약이었다. 밤새 혼자 배 타고 세계 일주한 황당한 느낌이라고나 할까.

이석증의 치료법 또한 내가 가는 병원마다 조금씩 달랐다. 환자에게 돋보기가 달린 안경을 끼우게 하고 머리를 좌우로 돌린다. 초점이 빠르게 움직이는 눈동자를 확인하게 되면 그제야 치료에 들어가는데, 치료법이 가관이다.

어느 병원에선 침대에 나를 앉힌 후, 사정없이 머리를 밀어 침대 바닥으로 눕혔다. 치료법이 아니라면 얼마나 황당한지 모른다. 처음엔 이 당황스러운 치료법에 적잖이 놀랬다. 음향만 없지 무슨 폭력 같은 행위처럼 느껴졌다. 병원이 작거나 환자실이 분리되지 않은 병원에선 이 치료법이 부끄럽기도 했다. 타인의 손 없이 혼자서 침대바닥으로 쓰러지듯 눕는 꼴은 그야말로 우습다. 언젠가, 같은 이석증으로 치료를 하고 나온 지인과 이 치료법의 이야기를 나눈 적이 있었다. 우리는 배꼽 잡고 웃느라 시간 가는 줄 몰랐다.

또 다른 곳은 제법 얌전하게 치료를 했다. 체위를 한 바퀴 돌리는 방법인데, 시간이 조금 걸리기 때문에 의사 옆에서 다른 환자를 치료하는 과정을 보게 된다. 그러니까 한사람 진료하고 나면 나를 돌리고 또 한 사람을 진료하고 나면 나를 돌려서 4명의 환자가 치료하는 과정을 가만히 보고 있었다. 내이의 반고리 관에 있는 돌을 제자리로 돌려놓으려는 방법들이었다.

귀로 인한 병을 다 앓는 듯했다. 단순히 들리지 않는 것만 생각했지 귀로 인한 여러 가지 병이 이렇게 다양한 줄 몰랐다. 병을 만나면서 하나씩 알아갔다. 귀의 많은 부분은 아직 현대의학이 이렇다 할 정확한 원인을 제공하지 못한다. 스트레스와 노화, 그중에서도 스트레스가 주원인이라고 말하곤 한다. 스트레스를 받지 않고 살아가는 사람이 있을까? 나도 가끔 스트레스를 받으며 살아간다. 살면서 뿌리칠 수가 없는 게 스트레스였다면 병 또한 내 몸을 뿌리치지 못했다.

내 몸에 닥치는 자잘한 병들에 몸과 마음이 많이 상했다. 괴로움과 두려움이 생활의 반을 차지했다. 즐거운 날보다 우울하고 불안한 시간이 더 많았다. 가끔씩 찾아드는 행복한 날에도 기억하고 있는 불안감이 행복한 시간을 밀어냈다. 불안은 불안을 부르고, 우울증은 다시 병을 키워나갔다.

우리 몸엔 자성이 있다. 항상 즐겁고 긍정적인 사람주위에는 그런 부류의 사람들이 자꾸자꾸 모인다. 반면에 우울하고 침울한 사람들에게는 사람이 모이지 않는 쓸쓸한 풍경이 따른다. 병만 보면 우울할 수밖에 없었다. 있던 인맥도 떨어져 나갔다. 병 앞에서 사람을 불러들이기가 쉽지 않았다. 혼란스러운 일상에 웃음이 나올 리 없었다. 마음은 내 것이나 내 마음대로 되질 않았다.

더는 나쁜 기운을 끌어모으지 말자고 생각하게 되었다. 병으로 인한 마음을 조금씩 가라앉혔다. 병은 한시도 가만히 있지 않고 나를 괴롭혔던 것은 아니었다. 숨 쉴 틈도 주고 객관적으로 바라보도록 진지하게 고민할 틈도 주었다. 여유가 생기기 시작했다. 사람이 보이기 시작했다. 그제야 내 주위를 둘러보며 소홀했던 사람들이 눈에 들어왔다. 사람 관계에서 만큼은 나태한 무기력을 의식적으로 제거할 필요가 있었다.

삶에서 얻는 지혜 중에 병으로 얻은 지혜는 내 몸뿐만 아니라 타인의 삶도 돌아보게 한다. 남은 건 망가진 몸과 빚더미일지라도 내가 살아가는 이유를 알게 해주고 나를 둘러싼 관계를 돌보게 한다. 의식적으로라도 좋은 기운을 받도록 노력하자. 행복한 사람에게는 행복한 사람이 따라온다.

딱 죽지 않을 만큼만

이명이 계속되며 나를 괴롭히기를 몇 달이 지났을 때였다. 내 몸이 정체되고 속도가 사라진 것 같아도 시간은 흐르고 다시 계절이 찾아왔다. 한 참 아이들에게 추억을 선물하고 가족과의 행복한 시간을 든든한 보험처럼 저장해두어야 할 시기였다. 남편은 외출할 기회를 자주 만들었다. 아이들에게 새로운 장소와 풍경을 보여주느라 들떠 있었다. 몸과 마음이 힘든 나를 위한 기분전환의 시간을 제공하려는지도 모르겠다. 가족 나들이는 행복해야 하고 즐거워야 하지만 소리와 싸우고 있는 나는 그러질 못했다.

맑은 공기와 햇살, 산 주변의 아기자기한 꽃들을 보며 사람들은 맑은 웃음을 지었다. 쾌적한 공기 사이로 산야가 펼쳐지고, 바위 하나하나가 이루어낸 자연의 형상에 눈을 떼질 못했다. 새로운 계절을 맞이한 사람들의 설렘을 느낄 수 있었다. 자연의 품에 안기면 모든 근심을 내려놓게 된다는 말이 있다. 나도 자연에 기대어 몸과 마음을 털어보고 싶었다. 가벼운 발걸음에 모두 즐거운 분위기였다.

나는 마지못해 나온 얼굴을 하고 있었다. 이명으로 인한 우울증이 내 얼굴에서 떠나지 않았다. 인상 좀 펴라며 남편이 핀잔을 주었다. 맞다. 우울한 마음이 얼굴 전체에 퍼져 있으니 보는 사람도 침울해진다. 내 마음은 우울해도 내 얼굴을 보는 사람은 우울하지 않아야 한다. 마음은 내 것이되 얼굴은 내 것이 아니다. 입꼬리 근육을 바짝 당겨 올렸다. 그제 서야 만족하는 눈치였다.

낮고 널찍한 바위 위에 돗자리를 펼쳤다. 아이들이 재잘거리며 눈으로 잠자리를 좇았다. 아이들 손에 잠자리 하나씩 쥐여 주니 놀란 토끼 눈을 하고 본다. 무서워하던 얼굴이 금세 호기심으로 바뀐다. 서로 얼굴에 대는 척 놀라게 하며 깔깔거리고 웃는 아이들의 웃음에 잠시 나를 잊기도 했다.

혼자 멍하니 주위를 둘러보았다. 나에게도 이렇게 자연에 마음을 놓으며 살 수 있는 날이 올 수 있을까 생각했다. 오늘따라 이 산이 더욱 알록달록한 색으로 치장하고 있었다. 자세히 보지 못한 사물들이 강하게 다가왔다. 뒹구는 낙엽 하나에도 이렇게 많은 색깔과 모양을 가지고 있다는 것에 새삼 놀라웠다. 껍질 벗겨진 나무의 알몸이 내 눈에 들어오는가 하면 신발 바닥에 붙은 풀들이 존재 가치를 알리는 듯 했다. 내 몸은 자연 속에서 이야기를 나누고 있지만, 마음은 여전히 내 안의 소리와 싸우는 중이었다. 따뜻한 가을 햇살을 온몸으로 받고 있어도 건강하지 못한 정신이 꿈틀거리고 올라왔다.

"소리를 벗어나는 길은 죽음밖에 없다. 이명을 없애는 방법은 무덤밖에 없다." 인터넷에서 본 이야기들이 예사로 들리지 않았다. 선배들의 말에 부정하기만 했던 지난날이었다. 그러나 날이 갈수록 내 병은 차도가 없었다. 어쩌면 그 말이 맞는 것 같았다. 이명을 외치는 목소리들이 메아리가 되어 가슴 깊숙이 들어왔다 나가곤 했다.

'죽어야만 이명을 잊을 수 있는 걸까.'

물이 흐르는 곳이 눈에 들어왔다. 손을 담그고 싶어 서서히 걸어갔다. 조금 더 안쪽으로 들어가자 내가 있는 곳은 높은 지대라는 것을 알았다. 아래는 절벽 같은 낭떠러지였다. 나는 아래를 유심히 보았다. 내가 여기에 몸을 버린다면 고통을 벗어나지 않을까 하는 생각이 들었다. 순간적이었다. 마음보다 몸이 먼저 행동할 것 같았다. 잠시의 고통을 견디면 끝도 없는 영원한 고통에서 벗어날 수 있을 것 같았다. 한순간 스친 달콤한 생각이었다. 나는 몸이 굳었다. 손에서 땀이 났다. 부동의 자세로 서 있는 내게 어떤 위험한 생각이 겹쳐질지 몰랐다. 얼른 손을 씻으며 몸을 움직였다. 그리고 어두운 생각을 털어내었다. 아이들이 있는 곳으로 눈을 돌렸다. 환하게 웃는 아이들이 동공 속에 들어왔다. 아이들이 나를 부르며 빨리 오라고 손짓했다. 귀여운 아이들의 모습을 카메라에 담고 있는 남편도 내 눈에 들어왔다. 울컥하고 올라온 순간적인 감정이었다. 차츰차츰 누적된 감정들이 이렇게 높은 창살이 되었을 줄 몰랐다.

10여 년이 흘렀다. 그 질퍽거리던 삶을 어떻게 빠져나왔는지, 튼튼한 쇠창살의 문을 어떻게 밀치고 나왔는지 모르겠다. 뒤돌아보면 가벼운 것처럼 보여도 막상 앞에서 바라볼 때는 막막하고 무거운 것이다. 끝도 없이 이어진 철로도 결국엔 끝이 있었다. 정신없이 무언가에 몰두하며 괴로움을 잊으려 아등바등 살아왔던 내가 서 있었다. 소리를 듣지 못하는 나와 괴로운 소리를 들어야 하는 나. 창과 방패 같은 모순이 내 삶을 채워가면서 나는 점차 성장하고 있었다.

잃은 것이 더 많은 삶이었다고 생각했다. 좋다는 곳을 찾아다니며 썼던 돈이 얼마인지 모르겠다. 이명만 낫는다면 빚을 져서라도 병원비를 감당할 마음이었다. 시간은 또 어떻고. 미친 듯이 쫓아다닌 곳에 내 젊고 아까운 시간을 다 버렸다. 고통스럽게 들었던 오늘의 소리를 내일도 똑같이 들어야 한다는 게 말할 수 없이 비참했다. 눈을 뜨자마자 하루의 기쁨을 느끼지 못한 채로 영원히 눈을 감고 싶다는 생각을 수도 없이 했다. 신이 내게 주고자 하는 것은 삶의 기쁨이 아니라 살아있다는 절망감을 주기 위함이라 생각되었다. 내게 특별히 더 많은 실망감을 안겨주고자 나를 이 세상에 보냈다고 생각했다. 손해만 보는 삶을 계속 살아야 하는가 싶어 회의가 들기도 했던 지난날들이다.

아이러니했다. 눈물 없이는 살지 못했던 지난날에서 많은 것을 얻었다는 것을 알았다. 순간순간의 고통이 내 삶을 변화시키는 과정이었다. 손해만 보는 삶이 결코 아니었다는 것을 알았다. 이익과 이윤을 남기지는 못해도 살 만한 가치가 있다는 것을 알았다. 신의 계산은 나쁘지 않았다. 이명이 잠잠한 날에는 살아있다는 기쁨에 허덕이기도 했다. 괴로운 소리를 듣지 않고 살 수 있다는 것은 평범한 삶이 더 이상 평범하지 않다는 것이었다.

개똥밭에 굴러도 이승이 낫다더니 정말이었다. 절벽에서 마주했던 죽음의 무게에 조금 더 비중을 두었다면 나는 이런 기쁨도 누리지 못했을 것이다. 아이의 재롱에 힘이 나고 가족의 사랑에 눈뜰 수 있다는 사실은 지극히 평범함이 주는 기쁨이다. 전에는 느껴보지 못한 이명이 주는 행복이었다. 병으로 인해 나의 시선이 달라져 갔다.

이명은 다시금 나를 찾아온다. 그러나 십여 년 전처럼 날이 서진 않는다. 불편할 때가 있지만 견딜 수 없는 날보다 견딜 수 있는 날이 더 많다. 해이해진 일상을 긴장시키며 살아가게 한다.

빛의 바로 뒤에 그림자가 있듯이 극도로 대비되는 삶을 살고 있기에 내 인생이 밝게 느껴졌다. 매 순간순간이 기쁨이고 즐거움이란 것을 이제 몸으로 느낀다. 이런 단순함도 큰 고통 없이는 알 수 없게 만들었다. 고통이 크면 클수록 그 가치는 더욱 값지다는 것을 알았다. 큰 물통의 물이 비워질수록 더 많은 새로운 물을 담을 수 있는 법이다.

딱 죽지 않을 만큼의 깨달음을 주었다. 현실을 부정하고 미움과 원망을 쌓았던 내 생각 부스러기들을 치우며 서서히 맑은 안목을 채웠다. 나와 같은 사람들을 한 번 더 보게 되고, 배려하고, 도움을 주게 되는 이타심도 생겼다. 나만 옳고 내 생각만 중요하다는 마음이 차분하게 가라앉았다. 돈으로 살 수 없는 마음의 눈이 저축되어 있었고 가족의 사랑은 이자로 붙었다.

사진첩에서 아이들의 어릴 적 사진을 눈여겨보았다. 잠자리를 손에 든 채 찡그린 아이들의 사진이다. 그 사진을 볼 때면 내 가슴이 요동친다. 내가 품었던 어쭙잖은 생각이 떠올랐다. 그때의 시공간을 다시 생각해보았다. 불안함과 가슴 두근거리던 그때의 나를 안아주고 싶다. 한순간 절벽으로 몰아세웠던 마음은 이제 나를 돌아보고 나를 소중하게 여길 수 있는 내면으로 데려놓았다. 운명이라는 것을 긍정의 눈으로 보고 살기로 했다. 고통이 클수록 더 많은 깨달음이 있다는 것을.

죽음의 문 앞까지 갔던 삶이었다. 어쩌면 신은 그 문 앞까지 오는 날을 태연하게 기다리고 있었는지도 모른다. 견뎌낼 수 있는 한계점이었지만 그 고통에 대한 보상을 주었다. 의미 없고 쓸모없는 삶이라며 내팽개치려 할 때 깨우침으로 일어나게 해주었다. 딱 죽지 않을 만큼의 고통으로 얻는 삶의 값어치는 돈으로도 살 수 없는 거였다. 지금 고통스럽고 힘들다면 더 많은 삶의 값어치가 올라가고 있다는 것. 고통 뒤에 이자처럼 붙는 깨달음에 감사해진다. 남은 세상을 흔들리지 않고 살아갈 힘이 생겼다.

절교할 수 없다면 친구 맺기

이명은 병이 아니라 증상이라고 말한다. 즉, 감기라는 병이 오면 기침과 콧물이 증상으로 따라오듯이 이명 또한 귓병에 대한 하나의 증상이라고 한다. 외부의 시끄러운 소리에 잠깐 노출되어 일시적으로 왔다 살아지는 가벼운 이명이 있는가 하면, 일상생활을 하지 못할 만큼 심한 이명이 수년째 계속되는 사람도 있다. 괴로움 속에서 하루하루 버티는 사람들이다.

이명의 강도 또한 달라서 "그 정도 가지고 뭘 그리 예민하게 굴어"라고 말하는 사람도 있다. 한마디로 이명은 사람마다 소리의 강도도 다르고 느끼는 상태도 다르다. 이명을 한데 묶어서 말하기는 어렵다. 극심한 괴로움 속에서 살아가는 사람이나 경미한 이명으로 병원을 찾는 사람이나 약은 똑같다. 그만큼 제각각인 이명을 병원에서도 속 시원히 해결하지는 못한다. 이명이 생긴 원인도 천차만별이다. 단순히 귀의 혈액 순환제 하나로 해결하기엔 의학이 너무 무성의한 건 아닌지. 현대의학은 아직도 이명의 뚜렷한 원인을 잡지 못하고 해결 방법 또한 미숙하다. 이명을 연구한 지는 오래되었지만, 실마리를 찾기란 쉽지 않다고 한다. 갖은 임상시험을 하며 연구 중이다고만 한다. 이명이 처음 시작되는 사람들에게는 그것만큼 애가 타는 일이 아닐 수 없다.

어느 날, 이명 치료 약이라며 익숙한 배우의 얼굴을 보이며 TV에서 광고했다. 드디어 치료되는 약이 나왔구나 싶어 너무나 좋아했다. 이명을 지속해서 연구하더니 희망을 보여주는구나 싶어 반가웠다. 그러나 효과가 있고 없고의 차이는 사람마다 다른 것 같았다. 잠깐 왔다가는 돌발성 이명 정도라면 들을지도 모르지만, 만성적인 사람에게는 어떨지. 약을 써 봤다는 사람들의 견해는 다 달랐다.

처음 귀에 이명이 찾아오면 당황스럽고 겁이 난다. 매일 듣기 싫은 소리를 떨치고 싶은 마음에 애가 탄다. 이 병원 저 병원을 돌며 할 수 있는 방법을 찾아보고 온 신경을 이명에 쏟는다. 일상이 피폐해지고 산다는 것 자체가 고역이며 폐인과 같은 처지가 되는 사람도 있다. 게다가 이명이 단지 전조증상이었고 돌발성 난청이나 어지럼증과 같은 여러 가지 병들이 동시에 들이닥친다면 마음은 더욱 불안하고 괴롭다. 무엇이든지 처음은 받아들이기가 쉽지 않다.

어느 정도 마음이 수용할 수 있는 시기가 오면 이명을 객관적으로 바라보게 된다. 모든 일은 영원한 것이 없다. 변하지 않을 것 같은 것도 변하게 된다. 하루하루가 고역이던 날도 차츰 잦아드는 때가 온다. 숨통을 트일 수 있는 시기가 늦게라도 찾아온다. 문제는 다시 처음이 되지 않도록 몸을 소중히 쓰며 지켜야 한다. 이명 때문이라도 몸에 긴장을 늦추며 살 수는 없다.

이명을 이겨내는 방법도 사람마다 다르다. 이명 소리가 다 다르듯이 견디는 방법도 제 각각이다. 처음 이명이 찾아올 때 적절한 처방을 하고 이명을 떨쳐

내는 사람도 있다. 이것도 병이냐며 대수롭지 않게 여기는 사람도 있다. 그러나 이런저런 치료를 다 해봐도 차도가 없을 때는 마음을 비워야 한다. 내 손으로 어찌할 수 없는 거로 생각하고 짓누른 마음을 떨쳐야 한다.

그렇게 많은 돈을 낭비하고도 얻는 것은 완쾌가 아니었다. 허무함이었다. 병원을 전전할수록 마음은 더욱 피폐해졌다. 차라리 그 돈으로 맛있는 거 사 먹고 좋아하는 일을 했더라면 후회가 남을 때도 있다. 나뿐 만이 아니라 비슷한 처지에 있던 사람들이 다들 이런 말로 하소연한다.

미운 친구 하나쯤 데리고 있다고 생각해 보자. 싫은데 어쩔 수 없이 데리고 살아야 하는 반갑지 않은 친구. 살다 보면 미운 정도 고운 정도 생기게 마련이다. 절교하기 힘들지만 가끔은 필요할 때 있는 친구라 생각해보자. 밥 먹을 때 앉아만 있어 주는 친구, 옷 살 때 같이 따라가 주는 친구, 커피숍에서 같이 창가를 바라봐주는 친구, 시간 때우기 친구. 뭐 그쯤으로 생각해버리자.

이명을 처음 만나게 되면 그렇게 마음먹기도 참 힘들다. 돈은 써 볼 때로 쓰고 힘도 들일 때로 들인다. 내가 처음 이명을 맞이했을 때 선배들이 그랬다. 엉뚱한데 돈 쓰지 말라고. 나는 그 말이 매정하게 들렸다. 이렇게 괴로운데 병원도 믿지 말고 적응하며 살라는 말이 도저히 이해가 되지 않았다. 남의 속도 모르고 어설프게 위로하는 것 같았다. 평생을 어떻게 이런 소리와 동거할 수 있을지 앞이 캄캄했다.

아이를 키우는 시기는 누구나 힘들다. 밤새 우유를 먹이고 기저귀를 갈며 모든 시간을 아이에게 쏟아붓는다. 울며 보채거나 요구를 들어달라며 떼를 쓰기도 한다. 웃는 날보다 눈물로 호소하는 날이 더 많을 때도 있다. 육아와 교육을 병행할 때면 힘들고 지친다. 속상한 마음은 더 이상 예쁜 아이로만 보기 힘들어진다. 아이를 키워 본 경험이 있는 멘토 엄마들은 그런 초보 엄마들에게 얘기한다. 아이들을 이해하고 사랑하며 항상 즐거운 육아가 되어야 한다고. 현실에 몸담은 엄마들은 당장 이해하기 어렵다. 현실을 벗어나 시간이 흐르면 그 말이 이해될 때가 있다. 바로 이런 경우다. 지금 당장은 수긍하기 힘들지만 지나고 보면 그게 정답이다.

나는 덧붙여 할 수 있는 방도를 다 해보라고 말하고 싶다. 기적적으로 나을 수 있는 사람도 분명히 있을 것이다. 어느 정도 병원에 불신이 생기기 시작하면 그때부터 마음의 적응을 하며 살라고 말하고 싶다. 건강에 한 걸음 바짝 다가서면서 말이다.

10여 년을 겪어오면서 이명은 더했다, 덜했다, 소리 또한 달랐다, 같았다 하면서 카멜레온처럼 변했다. 집착할수록 나에게는 도저히 떼 낼 수 없는 거머리 같은 놈이었다. 늘 있는 놈을 억지로 떼 내려 하니 마음도 힘들었다. 다른 일에 몰두하는 시간을 만들어 의식적으로 관심을 두지 않게 되었다. 차츰 견딜 수 있었다. 감정이 무디어지면서 이명을 잊고 지내는 시간이 많아졌다.

'관심을 두지 않으니 살 만하네.'

있어도 없는 듯 무관심해지자고 다짐했다. 차츰 일상으로 돌아오는 날이 많았다. 그동안 손 놓았던 일에 관심을 가지기 시작했다. 사회적인 일도 하고 싶다는 생각에 취직자리도 알아보곤 했다. 먼지가 쌓인 내 시간을 들춰보기 시작했다. 점차 생기가 돌고 살아가는 기쁨을 느꼈다. 모든 일은 마음먹기에 달렸다는 생각도 하게 되었다. 상대방과 대화 중에도 요동치는 이명 소리에 마음을 주지 않는 강한 사람이 되어갔다. 어렵지만 하나하나 그렇게 마음을 단단히 먹었다.

가끔은 그런 마음을 뒤흔들 때도 있었다. 스트레스도 없고 건강해졌다고 생각했던 때에 다시 이명이 흔들어놓기도 했다. 간헐적인 이명은 나를 강하게 살아가는 힘을 만들어주었다. 생각해보니 이명은 나에게 아무런 통증을 주지 않았다. 고막의 염증도 아니고 따갑거나 쓰린 느낌조차 주지 않았다. 눈에 보이는 괴로움이 아니라 단지 보이지 않는 심리적 고통이었다. 마음의 염증이라고 할까. 좀처럼 낫지 않는 상상의 병이다.

잡으면 잡을수록 더 강하고 매달리면 매달릴수록 더 생활을 움켜쥐는 듯했다. 이명은 타 병과는 조금 다르다. 너무 많은 집착과 관심은 오히려 병을 키우는 일이다. 없는 척 모른 척하며 지내야 멀리 떨칠 수 있다. 물론 괴로운 소리를 끊임없이 들려주는데 모른 척하기란 쉽지 않다. 연습이 필요하다. 관심 있고 하고 싶었던 일에 매달리며 귀의 소리에 무디어져야만 한다.

친구 모른 척하기. 이명을 이기는 방법이다.

백색소음

한참 이명에 못 견디다 약 이외에 어떤 것이 있는지 관심을 가지기 시작했다. 귀에서 나는 소리를 외부의 소리로 덮어 이명을 인식하지 못하게 하는 백색소음이 있다는 것을 알았다. 낮에는 비교적 이명이 덜 괴로울 수도 있다. 차 소리, 말소리, 부엌에서 나는 그릇 소리 등. 여러 가지 일상의 소리에 마음을 뺏겨 잠시나마 이명의 존재를 잊게 되기도 한다. 그러나 사방이 조용한 밤이 되면 더욱 신경 쓰이고 괴로운 존재가 된다. 특히 잠을 자려고 불을 끄고 누우면 내 정신은 온통 귀안에 머무르게 된다.

이불을 뒤척이며 괴로움과 싸워야 할 때가 많다. '잠을 잔다, 잘 수 있다, 자야만 한다.' 주저리주저리 주문을 걸 때도 있다. 이리 뒹굴 저리 뒹굴 한밤중이 이렇게도 길게 느껴질 줄 몰랐다. 귀에서 나는 요란한 소리가 잠을 밀친다. 평온한 잠을 자고 싶다는 갈망이 수시로 들락거린다. 불면증이 다가오지 않을 수 없다. 이래저래 뒤척이다 보면 잠드는 시간도 놓치고 만다. 이불을 걷어차고 일어나 컴퓨터를 만지작거리며 밤을 지새울 때가 많았다. 병에 대한 정보를 찾거나 이명 카페를 들락거리며 이런저런 이야기를 눈으로 읽었다. 이명으로 잠 못 드는 사람이 나 뿐만이 아니라는 위안을 받으며 다시 잠자리에 들기도 했다.

이명은 잠을 잘 수 없는 고통을 준다. 하루의 건강은 수면이 좌우한다. 편안한 잠이 활력을 주고 에너지를 쏟게 한다. 잠들지 못하는 고통이 이렇게 큰 고통일 줄은 몰랐다. 이제껏 불면증을 모르고 살았던 나였다. 밤에 업어 가도 모를 정도로 꿀맛 같던 잠을 자던 내게 가혹한 형벌이었다.

백색소음은 소음이긴 하지만 평탄한 잡음이다. 그래서 귀가 따갑거나 괴로운 소리가 아니다. 잔잔하게 흐르는 일정한 소리이기 때문에 내 안에서 느끼는 이명의 소리를 귀 밖의 소리로 신경을 돌리게 한다. 즉 소음이 소음을 잡아주기 때문에 소음이 약이 될 수 있다는 거다.

왜 백색(?)소음이라 했을까. 하얀색 빛을 프리즘에 통과시키면 모든 스펙트럼의 색을 보여주는데 이에 착안하여 백색(白色)처럼 넓은 음폭을 가지고 있다고 해서 백색소음이라고 한다. TV나 라디오에서 나오는 잡음이 대표적인 백색소음이다. 파도 소리, 계곡의 물 흐르는 소리, 새소리, 바람 소리 등 자연의 소리는 뇌파의 알파파를 동조시켜 심리적 안정을 불러오고 수면을 유도하게 한다. 그래서 이런 소리를 아기들의 자장가처럼 들려주면 편안히 수면을 촉진한다.

가전제품에도 백색소음이 있기는 하지만 고주파가 섞여있어 듣기에 불편한 경우가 있다. 선풍기나 공기 청정기의 소리는 저주파의 기계음이라 그리 신경 쓰이지 않는 소리다. 한여름 밤의 선풍기 소리와 함께 스르륵 잠에 빠질 때가 있다. 여름날 계곡 물소리가 자장가처럼 들릴 때가 있다. 클래식 음악처럼 나지막이 들리는 소리는 편안하게 잠을 청할 수가 있다.

자신이 느끼는 이명 소리와 비슷한 음역대의 소리를 찾아 차폐시키면 된다. 바람 소리가 난다면 바람 소리의 백색소음을 들으면서 잠을 청하면 도움 된다. 물방울 떨어지는 소리가 난다면 그와 똑같은 소리로 어느 정도 심리적 안정을 취할 수 있다고 한다. 인터넷으로도 많은 백색소음을 다운 받을 수 있다. 그러나 이명 소리는 사람마다 다르다. 자신의 이명을 편안한 소리로 가릴 수 있다면 좋은 일이다. 불확실한 소리가 현실적인 소리로 가려져 잠시나마 안정을 찾을 수 있다면 기대해도 좋을 일이다.

이명 소리를 인지하지 않기 위해 사람들은 머리를 맞대며 이겨 낼 방법을 찾고 있다. 현대의학이 해결할 수 없는 방법을 찾아내어 사람들은 이명의 괴로움을 지우려 한다. 나만 고통스러운 게 아니다. 내 귀에만 이명이 찾아온 건 더더욱 아니다. 수많은 사람이 괴로운 이명과 싸우고 있다. 절대로 혼자가 아니라는 자체가 이명을 이길 수 있는 힘이 된다. 이명은 견뎌낼 수 있는 병이다.

수면부족으로 인해 다른 병이 몰려오지 않도록 해야 한다. 병도 건강해야 싸울 수 있는 것이다. 충분한 수면과 건강한 영양식으로 이명을 낮출 수 있도록 힘써야 한다. 아무리 건강한 몸이라도 이명은 뿌리칠 수 없다. 단지 더는 이명으로 인해 삶의 질이 떨어지지 않도록 노력해야 한다.

이명을 인지하지 않도록 습관화시키는 일은 중요하다. 우리는 열정적으로 이야기하거나 무언가에 정신없이 매달리고 있을 때 소리를 인지하지 못하는 경우가 많다. 몰입의 수다를 떨다 보면 괴로운 이명 소리가 내 귀에 들리는지 모를 때가 있다. 의식적으로 사람을 만나고 왁자한 곳으로 몸을 밀어 넣는 게 많은 도움이 된다.

백색소음은 효과를 주는 사람이 있는가 하면 그렇지 못한 사람도 있다. 나는 불행히도 어떠한 소리도 차폐가 되지 않은 이명이었다. 현실의 소리에 내 이명은 더욱 또렷이 들렸고 대화 중에도 이명으로 인해 말이 들리지 않곤 했다. 백색소음의 효과도 이명의 강도에 따라 약간의 차이가 있다. 자신의 이명 정도에 따라 편안해질 수 있는 방법을 스스로 찾아볼 수밖에 없다.

사람들은 계속해서 다양한 방법을 공유해보기도 하고 자기만의 노하우를 만들어 알리기도 한다. 이명을 이겨내는 방법에 정답은 없다. 얼마나 시간이 흘러야 적응하는지도 사람마다 다르다. 이명은 무관심이 토대가 된다. 무관심의 관심이라고나 할까. 정확한 답을 가지지 않는 이명은 영원히 공부해야 할 숙제인지도 모른다.

북소리와 천둥소리 같은 이명이 몇 년째 계속되다 참을 수 있을 만큼 안정을 찾았다. 이제는 매미 소리처럼 고음의 소리가 함께 들린다. 그러니까 나의 이명은 매미 소리가 매 한순간도 떠나지 않으면서 북소리와 천둥 소리가 간헐적으로 들린다. 매미소리가 고음의 알람 소리처럼 들릴 때도 있다. 보청기를 끼지 않고서 높은 음역의 이명이 들릴 때면 알람시계를 귀에 갖다 대 보곤 한다. 현실의 소리와 착각할 정도다.

다소 많은 사람이 매미 소리가 난다고 한다. 한여름 공원 벤치에 앉아 자연의 매미와 내 안의 매미를 맞서 보기도 했다. 소리는 소리로 맞서야 한다는 듯이. 한여름만 찾아오는 매미라면 차라리 반갑기라도 하겠다. 떠날 줄 모르는 소리는 내 귀에서 영원히 여름이다.

마음의 병

귀에 소리가 머문 지 10여 년이 지났다. 소리를 떨치려 아등바등했던 지난날들이 이제 추억이 되었다. 죽을 것처럼 힘든 시간이 과거가 되어 나의 삶에 밑거름이 되었다. 지독히도 괴로운 시간이 지나가니 이제 추억이라는 말이 어울릴 수도 있겠다. 그러나 가끔은 다시 현실을 찾아와 나를 간간이 곤혹에 빠뜨리기도 한다. 예정되지 않은 시간의 무단 침입자라고나 할까. 그러나 힘든 고비일수록 더 단단해진 내가 서 있었다. 잔잔한 바다는 노련한 사공을 만들지 않는다. 바람이 휘몰아치는 태풍을 견뎌내니 어떤 바다에서도 인생의 배를 끌 수 있는 용기가 생겼다.

생명을 단 모든 것들이 고비 한 번쯤 넘기고 산다. 공교롭게도 그 고비가 가파를수록 삶은 더욱 가치 있다. 그림자는 빛이 없으면 볼 수 없는 것. 손에 빛을 쥐여 주기 위해 내 앞에 암흑의 그림자를 드리웠다. 소리를 모른 척 하며 지내기가 쉬운 일이 아니다. 하루에 수십 번 더 마음을 단련시켜야했다. 속세를 등지고 사는 수양자처럼 모든 것을 내려놓아야 했다. 내 의지와는 상관없는 소리에 무디어지고 적응되기를 바랐다. 나무에 손날치기를 하듯 아픔은 굳은살이 박일 때까지 매일 단련했다. 외롭고 고독하지만 슬픈 현실을 인정했다. 혼자만의 몸이 아니라 관계를 맺고 있기에 죽음의 구렁텅이로 빠지지 않았다.

더했다 덜했다 사라졌다 나타났다 수없이 갈팡질팡하면서 나의 10년을 함께 채웠다. 이제는 노승의 얼굴처럼 여유로움이 묻어난다. 병은 다시 활개를 치며 내 몸을 휘돌지도 모른다. 그러나 예전의 나와는 많이 달라져 있다. 내 몸이 자라듯, 내 마음도 이미 훌쩍 자라났다.

과거와는 다르게 인터넷이 활성화되면서 나와 비슷한 처지인 사람들이 생각보다 많다는 것을 알게 되었다. '왜 하필 나만'이라는 생각이 들지 않을 만큼 많은 사람이 같은 병으로 고생한다. 비슷한 병이나 상황의 사람들끼리 컴퓨터로 소통을 하고 있어 좋은 점도 많다. 서로의 정보를 공유하면서 차츰 마음의 위안을 얻기도 한다. 마음의 공유는 때론 약보다 더 좋은 효과를 주기도 한다.

발 빠른 사람들은 해외자료까지 공유하며 신약의 개발상황까지 알려주곤 한다. 호전상황도 공유해 더 많은 환우가 괴로움을 벗어나기 위해 도움을 주고 있다. 나 역시도 처음에 많이 의지가 되었다. 비 희망적인 조언들로 마음을 울적하게 하는 사람들도 있었지만 대부분 같은 처지에서 공감대를 일으켰다. 불면증으로 고통 받을때나 하루하루 불안감에 허덕일 때 위로가 되지 않을 수 없었다. 안정제보다 더 효력이 있었고 풍전등화 같은 마음에 따뜻한 손길을 나눠주었다. 병을 이기게 하는 희망의 수액이었다.

수술이나 약이 없다는 의사의 말은 곧 이대로 적응하면서 살아야 한다는 얘기다. 눈에 보이는 병이 아니라서 의사도 환자도 모두가 답답하다. 무덤에 갈 때까지 괴로운 소리와 동거해야 한다는 것이 절망에 가깝지만, 사람은 또 적응의 동물이라며 애써 위안했다. 적응의 기간이 사람마다 다르긴 해도 결국은 소리에 적응이 될 거라며 매일 주문을 걸었다.

10년을 훌쩍 넘긴 지금도 가끔 나를 긴장하게 만든다. 암에 걸렸던 사람들도 항상 건강에 긴장하며 몸 관리를 한다. 나 또한 다시는 심각한 이명이 오지 않도록 몸을 돌보며 살아가고 있다.

처음 이명을 만나면 불안감이 심해 아무것도 할 수가 없다. 잘 다니던 직장도 그만두고 생계도 잊은 채 모든 신경이 귀로 간다. 의사는 갖은 처방을 내리지만 수개월이 지나도 차도가 없는 사람이 태반이다. 슬프지만 마음을 내려놓아야 한다. 너무 고통스러울 땐 만사가 귀찮고 의욕이 곤두박질친다. 다른 일에 매달려 봐도 집중하기가 쉽지 않다. 그러나 불안감을 의식적으로 내려놓고 마음이 한 단계 안정되면 평소 관심 두던 일이나 하고 싶은 일에 매달리는 것이 답이다. 단, 힘들고 지칠 만큼이 아니라 적당히 건강을 유지하면서 말이다. 음악을 좋아하는 사람은 음악을 들어도 되고 영화나 노래, 독서 등 다양한 취미 생활이 마음을 가라앉히는데 크고 작은 도움이 된다. 우울하고 침체될수록 사람만나기를 꺼려하지 않아야 한다. 수다스럽고 열정적으로 말을 하다보면 잠깐 동안이라도 병을 잊을 수 있다. 잊는 기간이 길면 마음의 안정이 온다. 여자의 수다는 보약이라는 말도 있지 않은가. 가급적 잘 웃고 말을 많이 하는 것도 좋다.

나는 집 근처 복지관에서 재봉틀 소리를 들으며 옷을 만들었다. 평소 바느질도 좋아하고 그림 그리기도 좋아했다. 도저히 그림은 엄두가 나질 않았다. 조용한 곳에서 오랫동안 있기가 힘들었다. 수십 대의 재봉틀이 돌아가는 소리를 들으며 아이의 옷을 만들었다. 재봉틀 소리에 내 이명이 차폐되는 건 아니었다. 이명을 일상의 소리로 받아들이기로 하고 마음을 가라앉혔다.

아이에게 내 손을 거친 옷을 입힌다는 것이 설레었다. 무언가를 손에 쥐고 한 곳에 몰두할 수 있다는 것이 더없이 좋았다. 완성의 기쁨을 느끼며 행복을 찾아 나갔다. 어쩌면 전혀 관계없는 치유의 과정이지만 모든 병은 내 마음 하나에 달린 것이라 생각했다. 불쑥불쑥 이명의 강도에 마음이 흐려졌지만, 또 다시 나는 각오를 단단히 했다.

이명이 오고 내 생활의 변화를 준 첫 번째는 당연 독서다. 의사도 손을 쓰지 못하는 내 병을 스스로 고쳐보겠다며 달려간 곳이 동네 도서관이었다. 매일 건강 서적을 읽으며 전반적인 몸의 건강에 대해 알아가기 시작한 계기가 되었다. 그것은 곧 내 인생의 변화를 가져왔다. 건강 서적은 차츰 교육책으로 전이되었고, 자기 계발서, 수필, 인문학 등으로 범위를 넓혀나가며 책이 주는 긍정 효과에 빠지게 되었다.

다른 취미와는 달리 책이 주는 효과는 더디다. 당장 눈에 보이는 효과도 미미하다. 수많은 책을 읽음으로써 책이 주는 메시지를 음미하며 삶을 다시 돌아보게 되었다. 세상에 대한 원망과 불안, 적개심이 서서히 중화되어갔다. 타인의 삶까지 바라볼 수 있는 마음의 눈이 하나 더 생겨났다. 더불어 지식과 지혜를 덤으로 주면서 세상을 평온하게 바라보게 했다. 대단한 수확이었다. 기적 같은 일인지도 모른다.

이명은 고막의 염증이나 통증과는 무관하다. 아프지만 아프지 않다. 고통스럽지만 고통이 있는 게 아니다. 소리로 인해 당장 내가 어떻게 될지도 모른다는 불안감이 찾아들지만, 소리 자체는 내 몸을 다치게 하지 않았다. 마음을 달리 먹으면 병이 아니란 걸 알았다. 이명은 마음의 병이다. 이명을 가지지 않은 삶이 제일 좋은 것이지만 벌써 이명이 왔다면 한시라도 빨리 받아들여야 한다. 혹시 또 아는가. 내가 관심주지 않을 때 뒤도 돌아보지 않고 떠날지. 신이 주신 생은 끝까지 풀어보기 전까지 아무도 알 수 없는 거다.

이명이 고통스러워 매일 밤 정보 바다를 돌았다. 불 꺼진 방안의 한 줄기 빛처럼 화면에 온 정신을 쏟으며 정보를 긁어모았다. 이명으로 고생한 선배의 이야기를 듣노라면 혼자 아둥바둥하는 나에게 등불 같은 위로가 되었다. 대부분 희망을 품고 용기를 내라는 말로 격려해주고 친절한 설명으로 안심시기기도 했다.

다수는 그런 희망적인 위로를 했다. 반면에 몇몇은 "포기하고 살아라, 적응하며 지내는 수밖에 없다, 아직 이명은 약이 없는 현실이다, 만약 고치는 의사가 있다면 노벨의학상 감이다."라는 말을 하는 사람도 있었다. 물론 이명을 오래 겪고 얻어낸 결과라는 것을 안다. 그러나 병의 초입에 든 사람에게는 더없이 실망스러운 말이 아닐 수 없었다. 이렇게 힘이 들고 괴로운데 포기하라니 이 무슨 화딱질 나는 속에 고춧가루 뿌리는 심사가 아니냐 싶었다.

오래 겪어보니 다 맞는 말이었다. 고칠 수도 없었고 약도 없었다. 현대의학으로 고칠 수 없는 불치병이라는 말에 화가 났지만 틀린 말이 아니다. 원인을 모르는데 고치는 약이 어떻게 있을 것이며, 어떻게 치료를 하겠는가. 그래서 환자들은 이 병원 저 병원을 전전하지만 별다른 차도를 못 느끼고 결국엔 포기하게 된다.

처음 그 말을 들을 땐 하늘이 무너지듯 했다. 이렇게 의술이 좋은 시대에 그런 터무니없는 결과가 어디 있냐며 부정했다. 그러면서 나는 약과 병원에 의지했지만, 또 한편으로 불안해져 왔다.

"평생 이렇게 살아 라고?"

부정의 말을 했던 이명 선배들이 싫었다. 진실이 아니라 악담이라 생각했다. 마치 점집에서 고칠 수 없으니 굿을 해야 한다는 소리처럼 겁이 났다. 듣기 싫었고 마음에 담아 두기도 싫었다. 그런 말이 담긴 제목은 아예 피해갔다. 걱정하지 말고 이겨내라며 용기를 주는 말만 받아들이려 했다.

시간이 흘러 마음이 안정된 후에 가만히 생각해보았다. 별 효능이 없는 약이라도 환자에게 믿음을 주며 치료에 최상의 효과를 보인다며 주던 가짜 약이 효과를 보일 때가 있지 않은가. 플라시보 효과 말이다.

'긍정적인 믿음이 병을 이겨내는 경우도 있잖아.'

단순한 혈액 순환제라도 고칠 수 있다는 믿음이 중요하지 않을까 생각했다. 그때는 먼저 경험해본 선배들 말만 의지한 채 손에 쥐어진 약도 다 부질없어 보였다. 건성 건성으로 먹었고, 제때 먹지도 않았다.

이명으로 고생하는 사람에게 지금, 적응하며 살아야 한다고 나는 말하고 있다. 그때 악담을 한다며 미워했던 선배의 말을 내가 하고 있다. 그러나 처음은 할 수 있는 한 최선을 다해 병원 치료를 하라고 덧붙이고 싶다. 운이 좋으면 고칠 수도 있다. 이명의 괴로움이 잠시 왔다가는 운명도 있을 것이다. 대부분은 안고 살아가는 사람이 더 많으니 그 말에 힘이 실리진 않는다.

이명뿐 아니라 몸에서 이상 신호가 왔다고 생각되면 몸을 돌보아야 한다. 일에 치여, 육아에 지쳐, 가사노동, 피곤함에 절어 있는 자신을 알지 못한 채 그냥 살아왔다는 증거다. 한평생 건강하게 살아야 하는 것이 일보다 중요하다. 무시했던 지난날을 돌아보며 지금부터라도 운동과 영양을 생각하며 몸을 아껴야 한다. 이명 선배로서 모두에게 해주고 싶은 말이다.

제4장
대한민국에서 난청인으로 살아가기

청각장애인 등급과 혜택

어릴 때부터 난청이었지만 장애인이라는 생각은 한 번도 해보지 않았다. 눈에 보이는 어딘가가 불편해 휠체어를 끌거나 시각장애인의 흰 지팡이를 가진 사람만을 장애인으로 보았다. 떨어지는 청력을 인지하고 장애등급을 받아야겠다고 생각했을 때가 결혼 후 몇 년이 지났을 때였다.

소리를 듣는 정도를 눈으로 확인할 필요성을 느꼈다. 사람들에게 막연히 안 들린다고만 얘기하기에는 뒤따르는 오해가 컸다. 정확한 수치가 필요했고 나도 어느 정도의 청력을 가졌는지 궁금했다. 그러나 장애등급을 내려는 마음을 먹기까지 상당한 시간이 필요했다.

장애인이라는 말이 낯설고 멀게 느껴졌다. 마치 내가 속할 수 없는 다른 세계로 착각하기도 했다. 조금 못 듣는 것뿐이라며 장애라는 집단에서 나를 분리했다. 이미 장애를 가졌지만, 장애를 부정하고만 싶었다. 등급을 받으러 나서면서도 떨떠름했다. 일반인이 아니라 이제는 장애인이라는 깃대에 줄 서야 한다는 것이 서글펐다. 등급을 받고 나면 마치 신분증처럼 장애를 알리는 것이 아닌가 싶어 걱정이 앞섰다. 근심과 걱정, 부끄러움과 창피함이 마음을 혼란스럽게 했다.

'장애인이라는 꼬리표가 내 아이들에게도 영향이 가지 않을까. 그렇게 되면 엄마를 부끄러워할 지도 모를 텐데. 청각장애를 증명서처럼 서류화시키는 게 과연 맞는 걸까?'

생각은 걱정을 불러들이며 눈덩이처럼 부풀었다. 부족함을 세상에 알리는 일이 아닌가 싶어 참 많이도 망설였다.

장애 판정을 받으면 그에 따른 혜택이 주어진다. 많은 비용을 감당해 보청기를 하지 않아도 되고, 할인요금으로 인해 경제적 도움을 받기도 한다. 장애로 인한 국가의 수혜가 생각보다 많다는 것을 알았다. 등급을 흔쾌히 받기로 했다. 어차피 내 귀는 그대로이고 정확한 수치만 알면 되는 것뿐이다. 등급을 받았다고 해서 신분증에 꼬리표가 붙는 게 아니었다. 복지카드라는 신분증이 하나 더 나온다. 내 의도로 그것을 사용하면 된다. 심란했던 마음은 괜한 걱정이었다.

일자리를 구하는 과정에서 난청은 많은 제약을 받는다. 일반인도 취직하기 힘들다는 요즘, 신체적 장애가 있거나 대화에 지장을 주는 장애인이라면 취업이 더욱 어렵다. 어려운 일자리는 장애인들의 삶을 더욱 힘들게 한다. 그래서 정부는 장애인들을 위해 약간의 생계를 지원해주거나 보조금으로 가계에 도움을 준다.

나는 청력검사를 하고 장애진단 5급을 받았다. 그때가 2006년도다. 그 당시는 비교적 간단히 등급을 받았다. 청력검사 한 가지만으로 의사가 해당 등급을 내주었다. 양쪽으로 보청기를 착용한 상태였고 보청기 없이는 대화가 조금 어려웠다. 일단 등급을 받고 나니 정확한 내 귀의 수치를 알 수 있었다. 비싼 보청기를 사는 것이 망설여졌는데 국가의 보조금 덕분으로 꽤 많은 도움을 받을 수 있었다. 우울할 거라는 마음은 온데간데없었다. 여러 가지 혜택을 보니 외려 잘 받아두었다고 생각되었다.

청각장애는 타 장애와 다르게 주관적이다. 소리가 들리는 정도를 알아보기 위한 순음 청력검사를 하는데, 헤드폰에서 일정한 소리를 들려주고 그 소리가 들리면 버튼을 누르는 식이다. 난청인의 주관성을 배제할 수가 없다.

여러 가지 혜택에 눈이 멀어 일부러 장애등급을 받으려는 사람들이 종종 있었다. 장애 혜택을 의도적으로 노린 꼼수들이다. 청각장애가 가장 많다고 한다. 들려도 안 들리는 척, 버튼을 누르지 않는 경우가 있다. 가식적으로 등급을 받는 경우다. 그런 사태를 방지하려 지금은 장애등급을 받는 절차가 아주 까다로워졌다.

현재는 장애등급을 받으려면 두 가지 검사를 해야 한다. 순음 청력검사 세 번과 청성뇌간반응검사(ABR)를 받아야 한다. 여러 번 측정하기 때문에 한 달 정도 소요된다. 순음 청력검사는 일정한 기간을 두고 세 번 정도 비슷한 청력이 나와야 한다. 정확한 판정을 위해 많은 시간과 까다로운 절차가 필요하게 되었다.

등급을 받아야겠다고 생각되면 먼저 청력검사를 할 수 있는 작은 병원을 먼저 찾는 것이 좋다. 장애판정을 받을 수 있을 정도의 청력인지, 등급을 받을 수 있는지를 먼저 알아보는 것이 좋다. 청성뇌간반응검사 비용은 20~30만 원의 사비가 들기 때문에 검사비만 날리고 등급을 받지 못하는 경우도 종종 있기 때문이다.

청각장애는 이제 병원의 객관적인 판단을 엄숙히 따지게 되었다. 현재 필요한 서류는 순음 청력검사 결과지(3회분)와 ABR검사지(1회분), 이비인후과 의사 장애진단서, 진료 기록지와 반명함판 사진 2장을 읍, 면, 동 사무소에 제출하면 된다. 그리고 일정한 시일이 지나면 결과가 나온다. 시대가 변하면서 검사방법은 더 까다로워지거나 변화가 생기게 될지도 모른다.

청각장애 등급은 2급~6급까지가 있다. 2급에 가까울수록 청력이 나쁘다. 청각장애만으로는 1급이 없다. 청력 2급 장애에서 다른 장애가 같이 겹친다면 1급이 된다. 양쪽 귀 중에서 청력이 좋은 쪽을 기준으로 등급을 준다. 그러니까 한쪽 귀가 완전 먹통이더라도 다른 한쪽 귀가 정상이면 등급이 나오질 않는다. 나 또한 이명이 오고 돌발성 난청이 오면서 오른쪽 귀는 완전히 사라졌다. 좀 더 정확히 말하면 듣는 데 방해가 되고 있다. 미미하게 남아있는 청신경에서 모든 소리가 깨진 듯이 들릴 때가 있다. 갑자기 큰 굉음의 소리가 귀를 더 따갑게 하고 고통스럽게 한다. 주로 시끄러운 곳에서 귀를 막는 쪽은 오른쪽이다. 아예 청력검사도 불가능한 귀가 되었고, 있으나 마나 한 귀가 되었다.

왼쪽 귀의 청력이 많이 내려간 것 같아 동네 병원에서 순음 청력검사를 해보았다. 4급 정도 나온다고 했지만, 다시 등급을 받을 이유는 없었다. 5급이나 4급이나 혜택은 똑같다. 병원에서조차도 검사비용이 만만치 않으니 다시 받을 필요는 없을 것 같다고 말했다.

장애등급 진단에 따른 복지혜택이 많다. 보청기 구매 시 보조금 (최대 131만원 지원), TV 수신료 면제, 핸드폰 통신 요금 할인, 건강보험료 인하, 그 외에도 고속도로 통행료 할인 등 여러 가지가 있다. 6급, 5급, 4급의 혜택이 같고 3급, 2급, 1급의 혜택이 같다. 난청일수록 혜택이 높으니 등급에 따른 혜택을 잘 인지해두고 복지국가의 수혜를 누리는 것이 좋다.

노화로 인한 청력 손실이든, 돌발성 난청이든 처음에는 마음으로 받아들이기가 쉽지 않다. 그러다 차츰 현실을 인지하게 되면 주어지는 혜택에 눈을 돌려보자. 자비로 수백 만 원을 호가하는 보청기를 사기란 쉽지 않다. 게다가 양쪽 귀에 보청기를 착용할 경우는 두 배로 부담스러운 물건이다. 일단은 듣고 볼 일이다. '내가 벌써'라는 생각으로 미루게 되면 마음만 우울해지고 외로워질 수밖에 없다.

조금만 배려해 주심이

아이의 학교에 방문했다. 둘째가 중학교에 입학했으니 담임 선생님과의 면담은 필수라 생각되었다. 자주는 못가더라도 첫 입학 후의 상담은 놓치고 싶지 않았다. 선생님 눈에 비친 내 아이는 어떤 모습일지, 교우관계는 어떤지, 학교에 잘 적응을 하고는 있는지, 급식은 제대로 먹기나 하는지, 둘째라서 내 눈에 마냥 어린애 같은 아이가 몹시 궁금했다.

평소에 입지 않는 옷으로 한껏 멋도 부렸다. 집 근처의 학교라도 선생님을 뵈러 가는 일이니 제대로 차려입고 싶었다. 교문을 들어서는 순간 긴장감이 돌았다. 학교설명회를 곁들어 하느라 오래 기다린 끝에 선생님을 뵐 수 있었다. 교무실 앞에서 여러 학부모가 대기한 채 한 사람 씩 면담을 시작했다.

아이가 별 탈 없이 지낸다면 굳이 선생님을 만나지 않아도 된다고 생각했다. 문제아가 아닌 이상 엄마의 극성이 번거로움을 줄 수 있다고 생각되었다. 그러나 처음 입학한 아이에 대한 엄마의 관심을 보이고 싶었다. 사춘기의 가도를 달리는 아이를 부모와 선생님이 함께 관심을 가져야 한다고 생각되었다. 행여 내가 모르는 문제점은 없는지, 말 못 할 고민을 안고 있지나 않은지, 가정과 학교는 아이의 탄탄한 두 바퀴가 되어야 한다고 생각했다.

염려스러운 건, 내가 선생님 앞에서 혹시나 못 들어 망신이나 받지 않을까 하는 생각이었다. 그래도 개인적으로 하는 면담이니 괜찮을 거라고 위안했다. 잘 지내고 있는 아이를 부실한 엄마가 가서 긁어 부스럼 만드는 건 아닌지 내심 걱정은 떨칠 수 없었다.

앞의 학부모가 상담을 마치고 나오자 얼른 교무실로 들어갔다. 우리 반뿐만 아니라 상담을 받는 다른 반 학부모들도 많이 있었다. 선생님들은 반별로 질서 있게 앉아 있었고, 담임은 아이의 생활 기록부를 펼쳐놓으며 상담을 시작했다. 나는 귀를 쫑긋 세우며 경청했다. 그러나 걱정했던 대로 선생님의 목소리가 내 귀에는 잘 들리지 않았다.

아무 대꾸도 하지 않고 가만히 듣고 있던 내가 더는 안 되겠다 싶어 조심히 양해를 구했다. 귀가 좋지 않으니 말소리를 조금 크게 해달라고 했다. 알겠다고 말한 후 선생님은 입을 열었다. 갑자기 목소리 톤이 급격히 높아졌다. "어머니~"로 시작하는 선생님의 목소리는 교무실을 쩌렁쩌렁하게 울려댔다. 일제히 시선을 집중시켰다. 나는 당황했다. 크게 말해 달라고 했으니 당연히 말소리를 높여주는 건 당연지사다. 그런데도 나는 불편했다. 옆자리의 선생님들이 힐끔힐끔 쳐다보기 시작했다. 선생님의 말씀보다 다른 사람의 눈치를 보느라 좌불안석이 되었다. '뭐 그렇게까지는 안 높여도 되는데.' 하는 생각이 들었다. 부끄러움이 몰려와 이 시간이 빨리 지나갔으며 하고 바랐다. 눈치껏 빨리 일어났다. 연락할 일이 있으면 통화보다는 문자를 하라는 말을 남기고 얼른 나와 버렸다.

교문을 나서는 내 마음이 편칠 않았다. 어떻게 상담을 했는지 내용도 기억나질 않았다. 담임이라 긴장도 했지만 민망한 마음이 떠나질 않았다. 선생님 눈에 비친 ㅇㅇ엄마의 초라한 모습이 되새김되지나 않을지 걱정되었다. 아이가 학교에 잘 적응하고 있듯이 나도 이런 상황에 잘 적응해야 한다고 마음으로 다짐했지만 한편으론 찜찜했다.

난청인에게는 작은 소리가 그다지 반갑지 않다. 서로 속닥거리며 하는 말투에는 내가 왕따가 되는 느낌도 든다. 상대는 그렇게 생각하지 않는데도 듣지 못하는 자격지심에 모난 생각이 삐죽이 나올 때가 있다. 질투를 토대로 화를 덕지덕지 붙이고 외로움을 눈덩이처럼 부풀린다. 허수아비처럼 앉아있다며 내 신세에 혼자 감정이입을 한다. 사람들의 웃음이 클수록 내 마음은 더 작아진다.

나를 아는 사람들은 말소리를 의식적으로 크고 또렷하게 내려고 애쓴다. 그간 나의 장애를 옆에서 지켜보며 최선의 소리로 배려해준다.

"조금만 크게 말씀해 주세요."

"잘 안 들려서 그러는데 얼굴 보고 얘기해주실래요?"

"뒤에서 말씀하시면 못 알아들어요."

대화가 불편해지면 내가 하는 말이다. 처음 만나는 사람에게는 이런 얘기를 하는 게 쉽지 않다. 그러나 귀가 차츰 나빠지고 불편을 해소하기 위해서는 어쩔 수 없이 말해야 한다. 남과 다르다는 표현을 잘 하지 않았고 숨기고만 싶었다. 외로워지더라도 단점을 드러내질 않았다. 다름을 인정하기 싫었고 한없이 초라해지는 내가 눈곱만큼 남은 자존심을 세우기도 했다.

간사한 사람이었다. 크게 해주는 말에 상처받고 작게 하는 말에 외로움을 운운하며 눈물을 보이곤 했다. 솔직히 말하면 때에 따라 상황에 따라 나도 내 마음을 좌지우지할 수가 없었다. 사람을 의식할 정도로 지나친 배려를 해 줄 때면 내 마음이 무거워졌다. 쩌렁쩌렁하게 얘기해야 할 만큼 내가 그렇게 큰 장애를 가졌던가 하는 마음이었다. 또, 너무 작은 소리에 대화를 이어나갈 수 없자 왜 나를 위한 배려를 해주지 않느냐며 보이지 않는 화살을 쏘아대기도 했다. 작다고 생각했던 장애를 한없이 크게 느끼는 순간이다.

'남들은 죄가 없어. 내가 청각 5급의 장애라는 것을 어떻게 알아? 내게 딱 맞는 수치로 말을 해 줄 수가 있는 것도 아니고. 그러면 어디 사람이냐 로봇이지.'

사람들에게 의지하려던 마음을 접었다. 다른 사람 위에 나를 놓기보다 내 마음 자체를 보기로 했다. 원하는 대로 받고 싶던 마음은 마치 세상 속으로 나온지 얼마 되지 않은 아기의 투정이라 생각되었다. 세상은 내 위주로 돌아가는 것이 아니다. 내가 세상 속으로 뛰어들어가야 한다. 나만 바라봐주길 바라며 나에게 맞춰주길 원하던 마음은 이제 내려놓아야 한다. 부끄러움과 소심함은 나의 장애를 더욱 힘들게 하니 멀리 던져버려야 한다. 가끔은 푼수처럼 마음을 내려놓을 줄도 알아야 한다. 아줌마가 되고 다행히 배짱이 늘었다. 남을 의식하기보다 내가 불편한 나의 좁은 마음을 이제 벗어던지려 한다.

말하지 않으면 모른다. 사랑도 표현하지 않으면 그 사랑을 알 길이 없다. 내가 불편하니 크게 말해달라고 하면 된다. 크게 말해준다고 초라하고 우울해질 필요가 없다. 일단은 들려야 그 자리가 즐거운 것이다. 부끄러움보다는 정확한 소리의 전달이 내게 더 필요하다.

내가 나를 사랑하면 나의 모든 행동이 소중하고 아름답다. 더 이상 우울하거나 비관할 일도 없어진다. 내 마음이 먼저다. 남들을 의식하기보다 내 생각 내 의지가 더 중요하다. 남을 의식하면 어느 하나 불편하지 않은 게 없다. 세상 모두가 다 남이니까.

난청인들을 대하는 사람들의 배려에 대해 생각해보았다. 단지 크게만 하면 되는 것이 아니냐고 생각할 수도 있다. 때와 상황에 따라 민감한 일이다. 공통으로 난청인들은 작은 소리가 괴롭다. 가까이에서 좀 더 또박또박한 말투로 말해준다면 더없이 반가울 것이다. 공공장소이거나 사람이 많은 곳에서 난청을 의식해 목청을 높일 때면 난감하다. 장애로 집중 받기기 싫다. 귀가 좋지 않다고 말하면 다들 목소리를 최대한 높여서 얘기한다. 어음 분별력이 떨어지는 사람에게는 크게 한다고 잘 들리는 것도 아니다. 가끔은 입을 가린 채 손나팔을 만들고 열을 올리며 말하기도 한다. 노인 취급을 한 채, 귀 가까이에서 말하는 사람도 있다. 다들 난청의 입장을 배려해주는 행위임을 안다.

5급 장애라면'그렇게까지 크게 하지 않아도 되고 조금만 크면 될걸'하는 생각이 든다. 일단은 듣는 것이 먼저이니 그런 분위기에 익숙해져야 하다고 마음을 먹지만 쉽지는 않다. 마음이 성숙하면 조금 낮춰도 알아들을 수 있다고 말하면 된다.

청각장애라고 해서 무조건 안 들리는 것은 아니다. 등급이 있고 단계가 있다. 고도 난청이 있는 사람에게 큰 소리로 얘기하는 것은 반가운 일이지만 경도 난청이 있는 사람은 따갑고 불편하게 여긴다. 그래서 모난 성격을 가진 괴팍한 사람으로 낙인찍힐 때도 있다. 난청인을 대할 때는 무조건 크게 하기보다는 때와 상황에 따라 천천히 또박또박 말해준다면 더 없이 감사하겠다. 깊은 배려가 아닐 수 없다.

긍정의 달인 되기

자전거 가게에 갔을 때의 일이다. 둘째 아이의 선물로 자전거에 관한 액세서리를 고르고 있었다. 아이가 좋아할 것을 생각하며 신중하게 골랐다. 어떤 걸 좋아할지 몰라 물건을 서로 비교해가며 꼼꼼히 보고 있었다. 별안간 뒤에서 "펑"하는 소리에 나는 소스라치게 놀랐다. 반사적으로 어깨가 들썩였고 두 손을 귀에 갖다 댔다. 너무 갑작스러운 나머지 반은 넋이 나갔다. 무방비 상태에서 듣는 소음은 원래의 소리보다 더 크게 들리는 듯했다. 반사적으로 귀를 막았지만 소리는 벌써 내 귀를 따갑게 때리고 지나갔다. 귀는 멍한 상태였고 나는 몸이 덜덜 떨리는 채로 가게 밖을 빠져나왔다.

자전거 타이어를 수리하던 주인은 바퀴에 바람을 너무 많이 넣었는지 원하지 않게 펑크를 낸 것이다. 가게는 문을 꽉 닫은 채 밀폐되어 있었고 소리가 밖으로 분산될 여유조차 없었다. 소음의 근원지는 큰 소리에 당황했을 손님의 안

색을 살피지도 않았다. 정작 주인은 터져 버린 타이어를 다시 손봐야 하느라 짜증 섞인 한숨만 내쉴 뿐이었다.

놀란 마음으로 집으로 가는 길은 걱정이 가득 찼다. 귀는 아직도 따갑게 느껴졌다. 큰 굉음에 이명이 더 활개를 치게 되지나 않을지 무서웠다. 한순간의 짧은소리라도 귀를 찢을 듯한 소리에 마음을 놓을 수 없었다. 소음에 노출될수록 내 귀는 위험한 상황이다. 청력이 떨어지고 더 큰 이명이 나를 괴롭힐지 모른다고 생각되었다. 한 방 맞은 펀치처럼 마음에 멍이 드는 듯했다. 그날은 자꾸 손을 얹으며 귀를 의식했다. 혹시나 이명이 심해지지 않을까 하는 염려를 뿌리치기 힘들었다.

다행히 며칠이 지나자 걱정했던 일은 일어나질 않았다. 이명은 딱 그 상태에서 더해지지 않았고 청력도 그대로였다. 그제야 불안한 마음을 서서히 내려놓게 되었다.

'괜히 걱정했잖아. 아무 일도 일어나지 않는데.'

소리는 언제 어디서나 일어난다. 게다가 내 귀에 총기 같은 소음은 내가 뜻하지 않은 곳에서 불시에 일어나기도 한다. 매일 귀마개를 할 수 없는 노릇이다. 매일 소리를 차단할 수만은 없다. 내 귀에 피할 수 없는 소음은 언제나 내 주변에서 나를 괴롭히기도 한다. 알 수 없는 불안이 내 앞길에 널려 있지만 피하는 것보다 피하지 못하는 게 더 많다는 것도 안다. 그렇다고 우리는 늘 불안에 떨며 살 수는 없다.

어느 날 살아온 인생을 되짚어 보았다. 남들과 똑같이 공부하고 풍족하진 않지만 적절한 가정환경에서 무난하게 살아왔다. 맘을 터놓고 스스럼없이 부대낄 언니가 있으면 좋겠다고 생각했지만 든든한 오빠들이 대신해주었다. 가정환경이나 나를 둘러싼 모든 것들이 나름 안정권이어서 아쉬움 없이 커왔다.

살면서 잦아드는 슬픔은 대부분 귀로 인한 것이다. 못 들어서, 안 들려서 받는 설움과 외로움은 가슴속에 켜켜이 쌓여 지층이 되어갔다. 때때로 끊어진 단층이 되어 마음이 삐뚤어지기도 했다.

공부가 전부인 학창시절엔 모난 마음이 별로 없었다. 다 같은 처지의 친구들이라 생각하며 내 단점을 들춰볼 여유도 찾지 않았다. 점차 집이라는 틀을 벗어나 사회에 안착하면서 장애가 나를 힘들게 했다. 고칠 수도 없는 힘든 인생을 살아가기엔 다들 평범해 보였고 아무런 문제 없는 것에 더 화가 났다. 눈에 보이는 것들에 질투심과 시기심이 자랐다.

신은 공평하다. 생명이 달린 모든 것에게 고비와 생의 쓴맛을 준다. 눈에 보이는 남은 항상 평탄하고 행복하다고 생각한다. 시선을 바깥으로 돌리면 나만 항상 초라하게 보인다. 보이는 타인의 행복은 부러움일지 모르지만, 순간순간 알지 못하는 고비와 난관으로 힘들어한다는 것을 알았다. 내가 부러움으로 바라보는 순간이 타인의 가장 힘든 시기일 지도 모른다. 인생을 총량으로 따져보면 다들 비슷한 양의 행복과 아픔을 가지고 살아가고 있다.

말하지 않으면 그 사람의 속내를 모른다. 늘 즐겁게 사는 사람도 들춰보면 눈물로 하소연하는 일이 많다. 아픔은 다들 숨기고 산다. 보이지 않는 아픔과 보이는 아픔의 차이일 뿐, 신은 우리를 공평하게 저울질한다.

'나는 부족하기 때문에 할 수 없다'는 생각을 해 왔었다. 좋은 기회가 와도 '듣지도 못하는데' 하며 시도하지 않은 채 나를 완전히 놓아버렸다. 떠먹여 주는 기회를 안겨주어도 내 마음을 먼저 격리했다. 늘 언저리를 돌며 살았지, 한 번도 당당하게 맞서보질 못했다. 몸 전체를 휘감은 부정은 모든 태도와 습관까지도 의지력 없는 나로 만들었다.

낯을 많이 가렸다. 처음 마주하거나 서먹한 사람에게는 인사조차 꺼렸다. 이해할 수 없는 거만한 행동이 내 안에 자리했다. 차갑고 냉정한 사람으로 비쳤다. 인사를 하고 나서 받아치는 말이 두려웠을까. 더욱 차가운 누에고치로 나를 밀어 넣었다. 말수가 줄고 웃음이 사라졌다. 온기 있는 밝은 사람이 되어야 한다고 다짐했지만 나는 점차 냉한 사람이 되어갔다.

책과 친해지면서 긍정의 마음이 일어났다. 이명의 아픔을 겪으면서 일상의 소중함을 깨우치기도 했다. 매 한순간이 이렇게 소중하고 따뜻한지 미처 알지 못했다. 아픔이 없었고 책을 가까이 하지 않았다면 절대로 얻지 못할 교훈들이다. 장애는 그대로지만 점차 사람의 온기를 느끼기 시작했다. 나에게도 마음 온도가 올라가기 시작했다. 따뜻한 눈을 갖자 진심으로 다가오는 사람들의 인연이 이어졌다. 이제는 먼저 다가가며 손잡아 준다. 사람 냄새를 맡는 시간이 차츰 좋아졌다.

마음이 마음을 이어준다는 말이 그런 것일지도 모르겠다. 마음을 열고 보니 세상이 따뜻했다. 장애에 굴하지 않고 사람을 만나게 된 것이 살아오면서 대단한 수확이다. 부끄러운 마음이 사라지고, 가끔은 푼수 기질도 나온다. 바짝 긴장하던 삶보다 웃음과 여유로움이 섞인 삶이 맛있어졌다. 나이라고 치부하기보다 아줌마 근성이 조금 더해졌다. 얼굴이 편안해지고 주름이 적당히 드니 이제 장애가 그다지 날카로운 존재로 보이지 않는다. 사람들에게 섞이고 있는 나를 볼 때면 나 자신이 대견하다. 이렇게 살아야 했다. 가끔은 만남을 아쉬워하며 자리를 뜰 때도 있다. 하루하루를 재밌게 살아가는 힘은 긍정의 마음으로 고쳐먹고부터다.

늘 병에 대해 괴로워하고 눈물 흘리며 일상을 보냈던 지난날의 나를 가끔 회상한다. 이명의 괴로움을 벗어나기가 싶지 않았지만 몇 년을 거듭할수록 얼굴은 일그러지고 밝지 못했다. 부정적이고 괴로운 분위기의 사람은 만나고 싶지 않기 마련이다. 즐겁고 밝은 사람의 에너지를 받고 싶지, 우울하고 침울한 사람은 갖은 핑계를 대며 만남을 피하게 마련이다. 나도 사람들을 멀리하며 그냥 저냥 살아왔다.

난청이 있다는 것은 사람들과의 관계에 많은 영향을 미친다. 게다가 난청의 정도에 따라 사람을 만날 수 있는 종류도 다르다. 보청기가 소통의 최대 역할을 해주었다. 어떤 소리도 들을 수 없다가 소리를 들을 수 있는 능력을 부여받은 느낌이랄까. 보청기가 때때로 그 역할의 일등공신이다. 보청기로 인해 더 많은 소리를 찾을 수 있었다. 놓치는 소리를 대신해 줄 기계가 있다는 것만으로도 감사할 일이다. 보청기로도 대신 할 수 없는 청력이라면 인공 와우 수술이 있다고 한다. 어떤 것이든지 세상을 살아감에 있어 소리의 행복을 느껴야 한다.

미국 존스홉킨스대 의대 연구진은 청력이 떨어질 경우 기억력 감퇴, 집중력 저하로 인한 치매의 위험이 5배까지 증가할 수가 있다고 한다. 들리지 않는 소리로 가뜩이나 우울한데 치매까지 올 수 있다니. 엎친 데 덮치는 속상한 말이다. 흔히 치매 예방차원의 방법으로 뇌와 손을 자주 쓰고 의식적으로 사람들과 어울려 말을 많이 하면 그럴 위험이 없을 거라는 생각이 든다.

긍정은 긍정을 낳는다. 긍정의 힘은 우리가 살아가는 모든 곳에서 발휘해야 할 습관이다. 양말에 구멍이 나도, 청바지가 찢어져도, 커피를 쏟아도, 돈을 잃어버려도, 그 나름의 이유와 논리로 마음을 채워야 한다. 내 귀가 성하지 못해도, 이명이 괴롭혀도 태생이 다르듯, 주어진 각각의 운명으로 살아야 한다는 것. 조금 힘들고 괴로워도 자기만의 독특한 인생 배움이라 여기며 결국엔 반달 웃음을 짓는 내가 있지 않을까.

아직도 배우고 채워야 할 인생이 많이 남았다. 살아보지 않은 인생이 더 많다. 무한한 여정이 계속되고 모험과 같은 날들이 수없이 줄지어있다. 살아온 날을 후회로 채우기보다 살아갈 날을 여행과 같은 마음으로 받아들이자. 때로는 고역 같은 날이 되더라도 타는 목마름을 해갈해줄 청량한 사이다 맛 같은 날도 온다는 것을 믿으며 기쁘게 살아가야 한다.

괴로움을 더 이상 괴로움으로 보지 않고, 불편함을 더 불편함으로 보지 않는 것은 곧 마음가짐이다. 살아가면서 내 마음가짐 하나로 해결될 때도 있다. 독도 될 수 있고 약도 될 수 있는 게 마음가짐이라면 언제나 약으로 살자. 독으로 득이 될 일은 없다. 세상사 마음먹기라는 말이 있지 않은가. 불안할수록, 어려울수록 긍정 마인드를 차곡차곡 입금해야 한다. 가치 있는 인생의 이자가 붙게 될 것이다.

헬렌 켈러 선생님

부족한 인생이라고 생각했다. 모자란 인생이라 느꼈다. 가진 것보다 없는 것에 레이저를 쏘아댔다. 두 개 중 하나를 잃었기 때문에 마치 모든 소리를 들을 수 없는 것처럼 낙담했다. 게다가 이명까지 겹쳐 괴로운 삶을 살게 되면서 신은 나를 등진 채로 다른 모두를 끌어안은 것처럼 느껴졌다. 땡깡 부리는 아이는 관심조차 두지 않은 채로 보란 듯이 다른 아이와 속삭이는 느낌이라고 할까. 그런 아이는 시기와 질투를 느끼며 마음 한편에 날카로운 가시를 세웠다.

사람은 사회적 동물이다. 장애만 가졌다면 별 어려움이 없겠지만 사회와 연관된 불편함 때문에 장애가 한없이 커 보인다. 어느 자리에서건 끼어들지 못하는 외로움이 나를 외톨박이로 만들었다. 타인이 불편함을 배려해 주는 건 잠시다. 내가 마음을 열고 헤쳐 나가야 한다는 것은 알지만 이내 감정은 용수철처럼 제자리로 돌아오고 만다.

내가 얼마나 많은 것을 가졌는지 알지 못했다. 신은 잃고 나서야 소중함을 아는 존재로 만들었는지도 모른다. 가진 것에 감사하기보다 없는 것을 동경하며 눈물 흘리고 가슴 아파했던 지난날이 허무했다. 헬렌 켈러를 다시 알았을 때 나는 얼마나 티끌 같은 장애에 가슴 아파했는지 부끄러웠다. 어릴 적 위인전에서나 봤던 헬렌 켈러는 범접할 수 없는 인물로만 자리하고 있었다. 언제부턴가 가슴으로 다가오고 나는 내 삶을 달리 보기 시작했다.

헬렌은 세상에 태어난 지 불과 19개월에 시력과 청력을 잃게 되었다. 점차 들을 수 없으니 말하는 법도 잊어, 보고 듣고 말하지 못하는 삼중고를 겪는다.

헬렌의 친구가 어느 날 숲을 산책하고 돌아오자 헬렌은 무엇을 보았는지 물었다. "글쎄, 특별한 게 없던걸"하고 친구가 대답했다. 눈을 뜨고, 그 아름다운 숲을 바라보고 온 친구의 입에서 나온 그 말이 헬렌에게는 너무나 큰 충격이었다. 대학 총장이 된다면 '눈 사용법'이라는 강좌를 내어 제대로 사물을 보는 법을 만들겠다고 했다. 우리는 늘 가진 것이기 때문에 오히려 제대로 사용할 줄을 모른다. 좋은 풍경에 감동할 줄 모르고 새로운 사물에 호기심조차 없다. 매일 사용하기 때문에 무덤덤한 것이다.

특별한 사람이라고 생각하며 역사 속의 위대한 인물로만 간주할 수도 있다. 그러나 헬렌 켈러는 우리와 같은 현실에서 숨 쉬고 살았던 사람이다. 아마 삼중고를 겪는 사람이 지금도 우리 주변에 있을 지도 모른다. 그에 비한다면 우리가 얼마나 신의 총애를 받으며 살아가고 있는지를 느끼게 된다. 단지 하나의 귀만 잃어도 아직은 사랑하는 사람의 목소리를 뚜렷하게 들을 수 있다는 것에 감사하며 산다. 돌발성 난청의 시작으로 수화기 너머에서 들리던 아이들의 목소리를 구별할 수 없자 덜컥 겁이 난 적이 있었다. 하나의 귀가 언제 또 먹통이 될지 불안감에 잠을 이루지 못했다. 그러나 걱정은 걱정을 낳을 뿐, 운명 같은 현실은 어둡게만 할 뿐이다. 다행히 지금은 그런 근심을 하지 않고 살아간다.

자연의 소리가 아직은 나를 행복하게 해 주고 있다고 생각했다. 듣기 싫은 이명 소리가 나를 괴롭게 해도 많은 감각이 정상이기에 행복하다고 느꼈다. 볼 수 있고 냄새 맡을 수 있고 만지고 느낄 수 있으니 이보다 더한 행복이 있을까. 줄어드는 것보다 줄어들지 않은 것에 더 마음을 주기로 했다.

팔 깁스를 하고 나면 평소에 얼마나 나의 오른팔이 많은 일을 담당해 왔는지 새삼 느끼게 된다. 양치질, 세수, 머리 빗기, 화장하기, 게다가 화장실 볼일까지 아무런 존재 의식 없이 사용했던 일에 숙연해진다. 다리는 또 어떤가. 본능적으로 걸어 다니던 사람이 휠체어라도 의지한다면 불편함은 이루 말할 수가 없다. 부재로 인한 소중함은 인간만이 알지도 모른다.

주변의 사람들과 비교하면 우울해진다. 비교 대상을 간직하기 시작하면 그때부터 마음은 불평불만의 가도를 달린다. 온전한 두 개를 바라기만 하면 행복은 나를 찾아오지 않는다. 하나의 귀가, 하나의 귀라도 남아있다는 것이 살아가는 힘이 된다.

이제는 오롯이 하나가 감당한다. 방향 구분이 안 되고, 각각 들으면 아름다울 소리가 한꺼번에 몰아쳐 소음으로 들릴 때도 있다. 그 소리라도 들을 수가 있다는 것에 피사체를 맞추며 살아간다. 어쩌면 그 소리조차 아름다움이 될 수가 있었다. 완전히 들을 수 없다가 기적처럼 한 귀가 살아난 그 기쁨과 감동을 느꼈다. 하나를 잃고 두 개를 얻었다. 하나를 덜어내고 두 배로 값진 인생을 배웠다. 빼기로 인해 더하기를 가르쳐준 신의 공식을 차츰 알아나갔다.

마음에 담아두며 본받고 싶은 대상이 있다는 것은 내 생각과 행동을 발전시킨다. 멘토 하나쯤 정하고 살면 어려움이 있을 때 많은 위안이 된다. 내 아이에게도 존경하는 인물이나 닮고 싶은 사람 한 명 정도는 가슴에 담아두라고 한다. 장애가 있어서 그런지 모르겠다. 비슷한 환경이나 같은 장애로 고생하는 사람들이 내 눈에 들어오면서 위로의 말을 건네고 있다. 갑자기 생긴 난청의 황당함을 호소하는 사람, 나이가 들어 잘 들리지 않는다며 문의를 해오는 어르신, 이명의 고통에 괴롭다며 물어보는 젊은 사람들, 게다가 어린아이까지. 더 많은 소리를 들어야 하는 안타까움에 마음이 아프다. 언젠가 엄마의 목소리조차 듣지 못하는 아이들의 화면이 컴퓨터에 뜰 때 가슴이 먹먹해져 왔다. 천진난만한 아이들의 웃음이 사라질까 두렵다. 자신의 목소리조차 들을 수 없는 현실이 그저 안타까울 수밖에.

'욕심 많은 사자가 있었다. 어느 날 사냥을 하러 숲속을 거닐다 잠자는 토끼를 발견했다. 이게 웬 횡재인가 싶어 살금살금 다가갔다. 덥석 잡으려는 순간 조금 떨어진 곳에 토끼보다 더 큰 사슴이 보였다. 사자는 토끼보다 사슴을 보며 입맛을 다셨다. 토끼를 내팽개치고 큰 사슴을 쫓아갔다. 그러나 사자는 아쉽게 사슴을 놓쳐버렸다. 다시 토끼를 잡으려고 돌아왔을 때 토끼는 그 자리에 없었다. 욕심을 부린 사자는 후회하며 돌아섰다.' 이솝우화에 나오는 이야기이다. 작은 것에 만족할 줄 모르고 더 큰 것을 향해 욕심을 부리다 결국은 작은 것마저 놓치고 만다는 이야기다. 이미 얻었고 가지고 있는 것이 작고 초라하게 보일 때가 있다. 마음속에 내재한 비교의식이 더욱 작아 보이게 만든다. '조금 더 잘 들었으면, 조금 더 병이 없었으면, 조금 더 완벽했더라면'하는 마음이 욕심을 키우게 된다. 내 것만 작아 보이고 한없이 초라하게 느껴진다. 잃은 것보다 가진 것에 감사하며 살아야 한다. 큰 것보다 작은 것에 만족할 줄 알아야 한다. 밑 빠진 독에 물을 붓더라도 남아있는 물이 가져다주는 행복을 느끼며 살아야한다. 채워서 든든하기보다 비워서 아름다운 마음을 가지고 살아야 한다. 조금 담긴 밥이 고봉으로 담긴 밥보다 맛있지 않은가.

제5장
자존감 찾기

진짜 장애는

지하철을 이용할 때였다. 장애인 교통 무임 카드로 개찰구를 빠져나가자 노란 조끼를 입은 할머니가 서서히 다가왔다. 지하철 내에서 자원봉사하는 어르신이라는 것을 한눈에 알 수 있었다. 개찰구에 찍힌 0원이 의심스러웠나 보다.

"아가씨, 요금이 왜 0이라고 찍히는 거지?"

"아, 네! 장애인이라서요"

갑자기 할머니는 나의 어깨를 툭 치며 깔깔 웃으셨다.

"아가씨가 무슨 장애인이라고"

할머니는 사지 멀쩡한 내가 장애인이라는 사실을 믿지 않으셨다. 사실, 장애라고 하면 어딘가 불편한 모양을 하고 도움을 받을 외모라야 인정을 하니 말이다. 청각장애가 있고, 무임승차를 할 수 있다는 것을 모르셨던지 연세 지극하신 할머니는 껄끄러워하셨다.

그냥 나서려니 뒤가 후련치 않았다. 할머니께 정중하게 말했다. 청각장애라서 귀가 좀 약하다고만 말했다. 돌아서는 등 뒤에서 할머니의 말소리가 들려왔지만 무슨 말인지는 알지 못했다.

살면서 장애 같지 않다는 말을 많이 들었다. 완전히 청력을 잃어 불편함이 최상인 2급에 비하면 5급은 장애도 아니다. 게다가 거동이 불편하지도 않으니 장애라는 말이 어색하다. 남아있는 청신경으로 아직은 보청기에 의지할 수 있으니 가끔은 내가 남들과 다르다는 생각조차 잊어버린다.

목소리가 또렷하고 호탕한 성격의 사람과 어울리고 있으면 나는 난청인이 아니다. 말소리가 흐리고 여러 명의 소리가 복합적으로 들리면 그때야 '내가 장애가 있었지'라며 느낀다. 어제도 또랑또랑한 목소리를 가진 사람과 어울려 시간 가는 줄 몰랐다.

장애인을 위한 직업학교에서 민화를 배운 적이 있었다. 그림에 약간의 소질이 있는 사람 몇몇을 선별하여 민화 강사 자격을 배출하기 위한 교육이었다. 아는 선생님의 권유로 흔쾌히 들어갔다. 배움에 의욕 넘치는 몇 사람이 모여 4개월의 짧은 기간 동안 자신의 배움을 만끽하며 수료를 했다.

단기 특강인 민화반 외에도 장애 학생을 교육시켜 사회 지출을 목적으로 하는 많은 정규과목이 있었다. 장애 학생을 세상으로 내보내기 위한 디딤돌 같은 역할을 해주는 곳이었다. 실업계 고등학교처럼 프로그램이 짜여 있었고, 집이 먼 학생들을 위해 기숙사에 안착하도록 배려해주었다. 선진국으로서의 혜택이 서슴없이 주어졌고 배움의 선에서 장애인을 위한 최상의 도움을 주었다.

거기서는 다양한 장애인을 접할 수 있었다. 시각, 청각, 지적장애뿐 아니라 손이 하나 없거나 폐나 심장으로 인해 보이지 않는 장애까지 다양했다. 외모는 조금 다르지만, 또 다르지 않다는 동질성을 느꼈다. 서로 결핍을 인정하며 자연스레 도움을 주고받았다. 외모는 부족하지만, 열정은 정상인 못지않았다. 파릇한 젊은 청년부터 머리 희끗희끗한 노인까지 배움의 장에선 낡고 오래된 의식 없이 누구나 똑같이 혈기 왕성했다.

처음엔 낯설었다. 몇몇은 휠체어로 다니거나 의족을 착용하기도 했다. 보조기가 없지만 걷는 모습이 위압적으로 다가와 설렁한 복도에서 긴장감을 주는 사람도 있었다. 정신건강이 튼튼하지 못한 사람이 아닐까 싶어 무서움이 들 때도 있었다.

이 낯선 환경에서 나는 똑같을 수 없다며 스스로 밀이내기도 했다. 속마음을 들키지 않도록 덧바르고 숨겼다. 이곳에 합류한 이상 '장애인 듯 장애 아닌 장애 같은 나'로 뒤죽박죽 분류해보기도 했다.

몇 개월을 생활하다 보니 외모는 중요하지 않음을 느꼈다. 배움의 열정도 다 똑같았다. 보이는 외모가 사람들을 두렵게 만들지만 몸이 다르다고 해서 마음도 다르지 않았다. 신체 어딘가가 불편한 사람들은 없는 하나를 보상받기 위해 더 독한 열정을 품기도 한다. 가끔은 눈물이 독기가 되어 초인적인 힘을 발휘할 때도 있다.

어디 하나 불편한 데가 없는 사람이 오히려 무기력할 때가 있다. 병이 없는 이상, 사람은 무언가를 끊임없이 배우며 움직여야 한다. 혹여 병이 살아가는데 지장을 준다면 극복할 힘을 누구보다 강하게 길러야 한다. 있는 모든 것이 불만족스러운 사람이 있다. 도대체 어디서 슬픔을 끌고 오는지 티끌보다 적은 노력으로 부모 탓만 하며 살아가는 사람이 있다.

선천적으로 가진 장애가 아니더라도 우리는 장애를 한 번쯤 생각해보면서 살아야 한다. 사람은 예측할 수 없는 미래의 연속이다. 살아가면서 뜻하지 않는 장애를 만나기도 한다. 나 또한 한 해 두 해를 지나오면서 많은 병이 오갔다.

혼자서도 불편함이 없는 장애라면 얼마나 다행이랴. 그러나 갑작스러운 교통사고로 인해 사지에 불편함을 주는 장애 또한 생각해보지 않을 수 없다. 오지도 않을 미래를 뭘 그리 악담하느냐고 따질 수도 있겠다. 사람의 운명을 미리 안다면 그런 생각조차 시간 낭비다. 나 자신도 언젠가 장애인이 될 지도 모른다고 생각하면 모습은 달라도 날카로운 시선이 조금 부드러워지지 않을까 싶다.

시골에서 농기구를 다루던 아주버님이 어느 날 엄지손가락이 절단되었다. 고깃배 위에서 엔진을 손질하던 아버지도 손가락 하나가 잘려나가셨다. 갑작스러운 사고로 당황하던 마음은 이제 운명적인 거라며 덤덤해 하신다. 처음엔 불편하고 원망스러웠지만 피하지 못할 상황이었다며 마음을 내려놓으셨다. 사회가 정해놓은 등급에 해당이 되었다면 어쨌거나 장애인이다. 장애를 가진 사람을 너무 다른 세계로 취급하지 않고 마음의 거부감을 없앨 필요가 있지 않을까.

들리지 않는 소리에 소외되면서 마음이 많이 상했었다. 못 듣는 소리가 길어질수록 마음은 우울해지고 눈물 흘리는 날이 많았다. 가끔은 상 남자처럼 털털하게 굴거나 푼수처럼 마음을 비울 수도 있었겠지만, 마음속에서 떨쳐낼 줄 모르는 소심 쟁이는 슬픔을 차곡차곡 모으기만 했다. 돌아서서 눈물을 닦은 날은 세상의 원망을 모조리 뿜어댔다.

'나는 왜 사람들에게 다가갈 수 없는 존재가 되었을까, 왜 섞이지 못하고 물과 기름처럼 분리되어야 만 하는지, 왜 가운데로 나서지 못하고 언저리만 돌아야 할까, 왜 이렇게 나약하고 산다는 게 무의미할까' 이런 생각들로 하루하루 채우기도 했다.

마음을 가다듬었다. 언제까지나 난청과 이명을 탓할 수만은 없었다. 나를 돌아보고 내 마음을 서서히 움직였다. 위를 보지 않고 걸었다. 가끔은 아래를 보며 고마움을 느끼곤 했다. 다른 일에 열정을 쏟아부으며 나를 사랑하게 되었다. 나의 슬픔을 지울 무언가를 생각하며 늘 나 자신을 채찍질하게 되었다. 내가 존중받아야 할 이유를 찾았다.

아픔이 있는 사람에게는 그 아픔을 디디고 일어서려는 의지가 있다. 물론 시간이라는 약이 빠질 수는 없다. 인생 최대의 고비를 넘어서거나 장애로 인해 힘든 시기를 겪은 사람들은 그동안 안일하게만 보아왔던 모든 것들을 더는 평범하게 보지 않는다. 자신이 할 수 있는 일에 더 최선을 다하고, 지난 시간에 대한 후회를 열정으로 보상받고자 한다. 장애를 극복할 수 있는 일에 초점을 맞춘다. 가치관이 달라지고 더불어 살아가는 삶에 감사해진다.

장애인 고용촉진이 권장되고 있다. 월급을 주는 고용자 입장에서는 신체적으로 아무 문제없는 사람을 선호함은 당연하다. 어떤 일에 신체적 장애가 되지 않는 장애인도 배척하는 경우가 있으니 그게 문제다. 서로 윈윈효과를 내는 점이 많다는 것을 고용주가 인정해주면 좋겠다.

눈으로 보이는 장애가 다는 아니다. 눈에 보이지 않는 내과적 장애도 장애다. 그러나 더 큰 장애가 있다. 급수로 따질 수 없는 최고의 장애일 지도 모른다. 흐르는 시간을 의식하지도 못하고 어떤 노력도 하지 않은 무기력 자다. 그냥저냥 사는 사람들이다. 노력 없이 대가를 바라는 사람들이다. 불평불만만 하며 세상을 삐딱하게 보는 사람들이다.

할 수 있는 위치에서 최선을 다하며 열정을 가지고 살아가야 한다. 아무것도 하지 않은 마음의 장애가 진짜 장애다.

소중하지 않은 인생이 어디 있으랴

사람은 축복 속에서 세상을 맞이한다. 사랑의 결실로 얻게 된 생명은 기쁨과 행복을 가득 받는다. 누군가의 가슴에 희망과 소망을 만들어내는 존재가 되고, 두 주먹 불끈 쥔 손에서 용기와 힘을 주는 존재가 되기도 한다. 시간과 세월에 의해서 받은 자는 누군가에게 주는 자가 되고, 다시 생명의 탄생을 맞이하며 바퀴의 일생처럼 그렇게 끊임없이 굴러가게 된다.

티끌처럼 작은 존재라도 각자의 자리가 있다. 사막 속의 모래알 같은 존재라도 없어서는 안 될 위치에 있다. 작고 보잘것없는 존재일수록 무한한 가능성과 역할과 임무가 따른다. 단지 스포트라이트를 받지 않을 뿐, 보이지 않는 힘이 보이는 힘보다 더 강한 에너지를 뿜는다.

집에서 변변치 않은 가정주부였다. 사회적으로 어떠한 위치도 갖지 못한 채,

가족이라는 단어에 내가 파묻혀 있다고만 생각했다. 때 되면 주문받지 않은 밥을 차려야 하고, 온갖 짜증을 받으며 더러워진 옷을 세탁해 대령했다. 경제력에 한몫을 하지 못한다는 자격지심이 차츰 솟아올랐고, 내 자리는 아예 바닥에 머물러 있다고 생각했다. 기한 없는 노역이라 여기며 활기 없는 삶을 살았다.

밖에서도 나의 자리는 볼품없었다. 서로 자기의 목소리를 내는 자리에서 나는 한마디도 못 하는 얌전한 강아지였다. 묻는 말에 엉뚱한 대답을 하는 사오정이라는 소리를 듣지 않으면 다행이다. 왁자한 소리와 웃음으로 가득한 모임은 문득문득 나를 심심한 곳으로 데려다 놓았다. 우울한 감정이 패어있는 웅덩이에 질퍽거리다 돌아오곤 했다. 남는 것은 선택에 대한 후회였다.

그 많은 병중에 하필 이명과 난청이라는 병을 주게 했냐며 신을 원망할 때도 있었다. 북소리와 천둥소리가 매일 지옥을 오가게 했다. 하필 견디기 힘든 소리로 나만 더 고통스럽게 하는지, 내 자리를 지우기 위한 신의 계략이라고만 생각했다. 나의 위치를 티끌처럼 비우기 위한 신의 계산이 아닐까 싶었다. 넘쳐나는 식구의 입하나 덜기 위한 가혹한 고려장이었다고 생각했다.

인생의 최대 고비가 이명을 겪는 시기였다. 잠을 잘 수 없어 밤새도록 뒤척이다 새벽같이 일어나 집 주변을 배회하는 이상한 행동, 절을 찾아다니며 불경을 읽고 염주를 돌리다 하루를 보내는 일, 거리를 거닐 다 말할 수 없는 슬픔이 솟구쳐 목 놓아 울었던 일. 눈에는 눈물이 마르질 않았다.

퇴근 후 집에 오는 남편은 지쳐 쓰러져 있는 아내를 보는 게 일상이었다. 아이들의 눈에 비친 엄마는 혈색 없는 얼굴을 하고, 짜증을 내며, 의욕 없이 억지로 사는 모습이었다. 화려한 직업과 당당한 모습의 다른 엄마들에 비교해 매일 약봉지나 뒤적이며 꾀죄죄한 모양새로 맞이하는 엄마가 탐탁지 않았을 것이다.

내가 아프면 가족도 아픈 거였다. 엄마가 아프면 집안 전체가 아픈 거다. 다들 나에게 많이 의존했다는 것을 알았다. 생활 전체가 스톱이었다. 가족 모두가 엄마의 병으로 인한 파편이 크다는 것을 알아차렸다. 사소하게 생각했던 일들이 크게 느껴졌다.

훌훌 털고 일어나지는 못했지만, 의식적으로 가족에게 짐이 되지 말아야겠다는 생각을 했다. 나 한 사람의 고통으로 끝내기를 바라며, 떨쳐지지 않는 병에 목숨 걸지 말고 내 가족부터 지키자고 생각했다. 의식의 바람대로 점차 정상적인 생활로 돌아왔다. 완벽하진 않지만 나의 자리가 더없이 중요하다는 것을 알았다. 하찮은 일이지만 누구도 대신 할 수 없는 내 역할이 있었고 내 자리가 있었다. 가장 평범한 순간에서 기쁨을 찾기 시작했다.

순간적인 죽음뿐 아니라 죽음을 제법 진지하게 생각해본 적이 있었다. 결단력이 약해 어영부영하는 일이 많았지만 생의 마지막 선택은 그리 힘들지 않게 여겨졌다. 건전하지 못한 생각이 서서히 자리 잡을 만큼 병은 컸다. 많은 수면제가 어쩌면 나를 이명 없는 편안한 길로 인도해주지 않을까 유심히 바라보기도 했다. 어둠은 끝이 없었고 바늘구멍보다 작은 희망도 비춰주질 않았다. 긴 어둠의 터널을 빠져나가면 행복이 기다린다는 생각을 하지 못했다.

딱 나만 생각했었다. 견뎌내고 이겨낼 힘을 보여주고 살아가는 표본이 되어야 했다. 힘든 순간만을 생각하며 위기를 탈피하려던 생각에 고개가 떨구어졌다. 나의 부재로 인해 아이들이 받을 고통과 시련 따윈 생각하지 않았다. 나로 인해 받았을 남편의 절망과 상처를 생각해보지 않았다. 나로 인해 부모님의 슬픔과 괴로움을 단 한 번도 생각해보지 않았다. 나는 나 하나로서 끝날 수 있는 존재가 아니었다. 유기적으로 맺은 수많은 관계를 생각하지 않은 나는 나쁜 여자였다.

'아모르파티(amorfati)- 네 운명을 사랑하라'

독일의 철학자 프리드리히 니체의 운명관을 나타내는 용어다. 어느 날 이 문장이 마음속으로 들어왔다. 이명의 고통에서 힘들 때마다 이 말을 되씹으며 견뎠다. 아무리 보잘것없는 인생이라도 내 운명을 사랑해야겠다며 다짐했다. 세상에 무의미하게 던져졌어도 살아갈 이유가 분명 있을 거로 생각했다. 지긋지긋한 운명을 그냥 받아들이기로 했다. 이상하게도 마음의 주문처럼 느껴졌다. 죽을 것 같은 운명조차 사랑해야한다며 되뇔 때마다 위안을 받았다. 불안감이 엄습한 밤에 잠들 때까지 혼자 아모르파티를 중얼거렸다. 어쩌면 간절한 기도가 담긴 마법의 주문이었는지도 모른다.

운명을 바꿀 수는 없을까 생각한 적도 있었다. 비관적인 삶이 계속되자 주어진 운명에 의심을 품을 때가 있었다. 마침'내 운명을 바꿀 순 없을까'라는 일일 강연이 내 눈을 유혹했다. 귀가 솔깃했다. 역학자들은 운명의 40%는 타고난 팔자라고 한다. 나머지 60%는 후천적으로 바꿀 수 있다고 했다. 이름과 관상, 마음가짐들에 따라 운명이 바뀐다고 했지만 결국은 습관으로 결론지었다. 운명을 잘 끌고 나가는 방법은 습관에 있다고 했다. 습관은 꾸준함이 바탕이 되고, 꾸준함은 생각의 바탕이 된다며 내 운명을 바꾸고자 하면 '생각'을 많이 해야 한다고 강연을 마무리했다.

주어진 병을 물리칠 수 없다면 병을 안고 살아갈 수밖에 없다. 긴 인생에서 병은 한순간의 고통일지도 모른다. 병 하나로 내 모든 인생을 결정지을 수는 없다. 받아들이는 순간 더는 고통이 아니다. 나의 운명을 바꿀 긍정적인 생각들이 모여 새로운 나를 만든다. 벗어던지고 싶은 어두운 과거는 뒤로 한 채로 지금부터 새로운 운명이 시작될 거라며 좋은 생각을 끌어모아야 한다.

어머니와 아버지가 내게 주신 사랑을 이제 내 아이에게 주고 있다. 더없이 소중하고 말할 수 없는 가치가 내 몸에서 태어나다니. 감격에 겨워 눈물 흘리며 탄생을 축하하던 아이들이다. 내가 할 수 있는 모든 손길을 주고 싶고 내가 할 수 있는 모든 마음을 다 바치고 싶다. 부모라는 이름에서는 대가가 사라진다. 그냥 주고 싶고 그냥 하고 싶은 거다. 마음이 가는 데로 몸이 가는 데로 내 아이들을 안아주고 싶다. 그게 사랑이다.

내가 건강해야 가족이 건강하다. 내가 행복해야 가족이 행복하다. 내가 나를 사랑해야 가족들도 자신을 사랑할 수 있다. 가족의 베이스는 엄마다. 삶의 목적을 돈에 두면 내 자리가 하찮아 보인다. 엄마라는 튼실한 뿌리야말로 나무라는 가지를 더 멀리 뻗어 나가게 할 수 있다. 땅 밑에 있다고 하찮게 생각하지 말아야 한다. 삶의 영양분을 빨아들이는 일은 나만 할 수 있는 거다. 모두의 가지로 에너지를 뿜어 주는 일은 내가 하는 일이다. 가족이 나를 사랑하기를 기다리기보다 내가 나를 사랑하자. 조금은 이기적이더라도 나의 행복을 찾아야 한다. 더 이상 아프지 말고 건강한 생활을 나 스스로 찾으며 나를 돌보아야 한다. 윤기 흐르고 무성한 잎은 내 하기 나름이다.

더없이 소중한 존재는 바로 내 마음 안에 있다. 더는 쓸모없을 것 같은 낙엽도 제 나름의 쓸모가 있다. 필요 없다고 던진 돌도 누군가의 징검다리가 될 수 있다. 우주에서 보면 티끌처럼 작은 존재지만 누군가의 처지에서 보면 세상에서 비교할 수 없는 크기의 존재다. 그 나름의 쓸모와 용도를 지닌 사람이기에 신은 생명을 주고 세상을 마주하게 했다. 하찮은 인생은 세상에 없다. 가만히 보니 나는 없어서는 안 될 소중한 존재였다.

고비 길은 누구나 있게 마련

'ㅇㅇ 갑부'라는 프로그램이 있다. 하루에 수백만 원을 벌고 한 해에 수십억을 버는 사람들이 살아가는 모습을 보여준다. 돈방석에 앉아 돈을 세는가 하면, 방바닥에 수십 개의 집문서를 깔아놓으며 자랑을 한다. 평범한 사람에게는 부러움의 대상이고 환상의 수입이다. TV를 시청하는 사람은 누구나 입을 쩍 벌리며 갑부를 부러워한다. 하찮은 직업으로 여겼던 생선 장수, 김 장수, 버섯 농사, 대게 장수, 김밥 장수까지 소수의 인원으로 벌어들이는 수입은 어지간한 회사 수입을 능가했다. 모든 사람의 부러움을 받았다. 어떻게 그런 돈을 벌 수 있는지 하나하나의 사연이 궁금했다.

그들의 삶은 평범함을 넘어섰다. 하지만 처음부터 갑부의 대열에 낄 만큼 대범한 돈을 벌었던 건 아니다. 그들에게도 뼈아픈 사연이 있었다. 누구 하나 순탄한 삶을 그냥 지나온 사람이 없다. 죽을 만큼 힘든 시련이 있었고, 죽을 만큼 고통이 나날이 있었지만, 죽을 각오로 열심히 산 덕분에 평범하지 않은 삶을 살 수 있게 되었다. 가시덤불과 철심이 박힌 길을 걸어오면서 누구보다 뼈아픈 시련을 겪어 왔기에 평범하지 않은 삶에 안착할 수 있었다. 마치, 고통의 대가로 받은 정상의 삶이다. 시련을 이겨낸 자에게 주는 포상 같은 것이다. 그들의 얼굴에는 지난한 세월의 무게가 담겨있었다.

인생을 돈의 유무로 따질 수는 없다. 돈이 많다는 것이 곧 행복한 삶이라 말할 수는 없다. 인생을 돈을 가진 자와 못 가진 자의 비중에 둘 수는 없다. 그러나 그들에게 주어진 고비 길을 넘으면서 돈은 자석처럼 따라왔다. 돈이 있어 조금 더 만족할 수 있었고 돈으로 인해 조금 더 편한 삶을 유지할 수 있었다.

내게 있어 인생의 고비는 이명이 찾아왔을 때다. 늘 붙어 있는 난청쯤이야 마음먹기에 달렸다고 생각했다. 조금 잘 들리면 잘 들리는 대로 살았고, 못 들으면 못 듣는 데로 그럭저럭 살아왔다. 지금에서야 말할 수 있는 능청에 불과한지도 모른다. 그러나 더 큰 고통 앞에서 작은 고통은 보이지 않았다. 난청에 대한 슬픔쯤이야 눈물 한번 흘리고 돌아서면 그만이라는 배짱도 생겼다. 그러나 이명은 그렇지 않았다. 죽을 만큼 힘들었던 최대의 인생 고비라고 말할 수 있다. 다시 그 고비를 넘어가야 한다면 어쩔 수 없이 올라야 한다. 마음이 가볍지만은 않을 것이다. 그러나 처음만큼 힘들게 넘기지 않을 용기가 차올라 있다.

돌아보니 너무나 큰 고갯길이었다고 생각되었다. 첫발을 내딛는 순간부터 끝이 보이지 않았던 암담한 순간의 길이었다. 가도 가도 쉼이 없던 그 길에서 나는 한 발짝도 뗄 수 없을 때가 있었다. 누군가 손을 잡아 준다면 그래도 움직일 수 있을 거 같았지만 주변엔 아무도 없었다. 털썩 주저앉았다. 이것이 끝이라고 생각했다.

어느 순간 부러진 가지를 지렛대 삶아 다시 일어났다. 한 걸음씩 움직여 나갔다. 비록 느렸지만, 시간에 쫓기지 않았다. 길기만 하던 어둠이 걷히고 부윰한 새벽빛이 내 발길을 비춰주었다. 끝나지 않은 길을 걷고 또 걸었다. 그렇게 나는 고비 길을 천천히 벗어나고 있었다. 한 걸음 떼 낸 나에게 박수를 쳤다. 나를 다독이며 그렇게 걷고 또 걸었다.

세상에 태어난 사람은 누구나 인생이라는 길을 걸어간다. 때로는 오솔길처럼 좁은 길을 지나기도 하고, 아스팔트처럼 매끄러운 길을 가기도 한다. 가시덤불 같은 숲길을 걸어가는가 하면 때로는 한 치 앞도 보이지 않은 정글 같은 길을 마주하기도 한다. 풍경을 감상하며 지나갈 수 있는 잘 닦인 길도 있고, 위태로운 순간 흔들리는 구름다리 같은 길도 만나게 된다. 어쩌다 들어선 길이 낭떠러지처럼 위험을 주기도 하고, 산 정상에 놓인 정자처럼 안도의 길을 내주기도 한다.

길을 지나오면서 사람은 많은 깨달음을 얻는다. 원하지 않는 길에 놓여 불평불만을 해대지만 걸어온 길을 돌아보며 삶을 재정비하고 다시 새로운 길을 마주한다. 신이 나에게 주고자 하는 것은 내 인생의 길을 돌아보면 된다. 똑같은 길을 주지 않기 때문에 인생을 받아들이는 마음도 제각각 다르다. 편하고 너른 길만 찾으려 하기 때문에 내 눈에 펼쳐진 모든 길이 때론 불만족스럽다. 좁고 힘들고 빠져나오기 어려운 길일수록 다음 길이 수월해진다. 수많은 길을 통해 신은 우리에게 살아가는 방법을 가르치려 한다. 많은 길을 걸어볼수록, 험난한 길을 극복할수록 지혜와 용기를 덤으로 안겨준다. 아무 걸림이 없고 평탄할 길만 걸었던 사람에게는 오르막이 짜증이겠지만, 가시덤불을 헤쳐 나오고 돌부리에 걸리며 빠져나온 사람에겐 오르막이 감사할 따름이다.

십여 년 전의 일이었지만 아직도 나에게 잊지 못할 과거를 상기시켜준다. 너무나 큰 고통이라 뼛속 깊숙이 각인되어 있다. 불쑥불쑥 일상이 불만족스러울 때마다 그때의 나로 돌려보곤 한다. 지금 이명이 잠잠해진 일상이 얼마나 감사하고 소중한지, 지금이 최고의 행복을 누리고 있다는 것에 초점을 맞춘다. 마치, 갑부가 돈을 세며 행복한 얼굴을 하듯 나 또한 이 특별할 것도 없는 일상에서 행복함을 찾을 수 있다는 것이 놀랍다. 가장 평범한 일상이 가장 행복한 일상이라는 것을 예전엔 미처 알지 못했다.

그러나 이명은 가끔 내 귀를 다시 찾아와 긴장감에 빠뜨리기도 한다. 며칠 밤을 설치며 마음을 흔들어 놓을 때도 있다. 그러나 처음의 나와는 달라있다. 좀 더 성숙한 내가 되어 있고 그것에 너그러워져 있다.

고통을 이겨낸 대가로 나는 돈을 모은 건 아니다. 나 자신을 더 소중하고 사랑하게 된 마음을 얻었다. 그러니 나도 갑부다. 내 안에 그득한 행복이 자리했다. 내 시선을 내 안으로 돌리고 남을 의식하며 좌지우지하던 삶을 벗었다. 나 자신조차 나를 사랑하지 않고서는 다른 모든 것이 나를 알아봐 줄 리 없다. 자존감이 바닥을 칠 때는 알지 못한 것들이다. 당연하고 사소한 것들이 달리 보인다. 산 경험이다.

나는 병으로 인생이 달라졌다. 내 인생의 변화는 병을 얻는 혹독한 대가로 보상받았다. 내 사상과 가치관, 의식들은 도도하고 거만한 태도에서 좀 더 부드러워졌다.

지금이 힘들다면 나에게 다른 무언가를 얻게 하는 힘이 생긴다며 이겨보라고 말하고 싶다. 분명 돈으로 환산할 수 없는 가치를 안겨줄 것이다. 암담하기만 한 문은 언젠가는 열린다. 그 문이 열리지 않는다면 반대편의 문이 기다리고 있을지도. 끝나지 않을 고비라며 지레 겁먹을 필요도 없다. 길 수도 있고 짧을 수도 있다. 고비가 길수록 얻는 게 더 많다고 긍정적으로 생각해보자. 별은 어둠에서 더 빛나는 법이다. 값진 인생은 어둠이 찾아올 때 더 빛날 것이다.

지금 이 자리에서 할 수 있는 것 찾기

아이들이 어느 정도 자라자 시간적 여유가 많았다. 일거수일투족 나의 손을 거치던 아이들이 점차 성장함으로써 물질적인 뒷바라지가 필요치 않게 되었다. 쉬고 있던 무의미한 손은 집을 반질 나게 꾸미거나 정리를 하는 일에 매달렸다. 남편의 출근, 아이들의 등교를 봐주고 나면 온종일 집안에서 에너지를 쏟았다.

반짝반짝 빛이 나도록 닦은 가구도 며칠이면 먼지가 뿌옇게 가라앉았다. 깨끗하게 청소된 욕실 거울도 며칠이면 물때가 꾀죄죄하다. 세제 거품을 일으키며 닦았던 주방 도구들도 며칠 사이 '일거리'를 만들었다. 거실 바닥을 닦고 또 닦아도, 한낮 햇빛은 구석진 곳의 먼지를 잘도 찾아냈다. 물걸레질 하며 바닥을 기어 다니는 내게 집안일은 목숨 걸며 해야 할 일은 아니라는 생각이 들었다. 알아주지도 표도 나지 않는 집안일을 매일 같이하며 시간과 열정을 쏟기에는 허무하다는 생각이 들었다.

구석진 먼지를 닦아보면 안다. 더러운 걸레를 손으로 빨면 뭉텅이 진 먼지투성이는 떨어져 나가도 거무튀튀한 오염은 없어지지 않는다는 것을. 집안일은 해도 해도 끝나지 않은 노동이다. 아무리 오염을 지우려 해도 또 닦고 보면 그대로다. 걸레를 수건으로 만들려는 심산이 마음을 더 불편하게 했다. 손님이라 해봐야 일 년에 두어 번 오는 정도가 고작인데, 너무 쓸고 닦고 터에 마음을 주지 않아도 된다는 생각이 들어찼다.

나의 일을 찾아야겠다고 생각했다. 남는 시간을 할애하기 위한 목적뿐만 아니라, 남편의 어깨를 덜어 엄마로서의 권위도 찾고 싶었다. 무엇보다 바깥으로 밀어낸 무언의 힘은 다 자란 아이들에게 엄마로서 당당한 일을 보여주고 싶었다. 나른 엄마는 일한다며 은근슬쩍 비교당하는 게 싫었다. 아이의 입을 통해 듣는 엄마의 비교에 엉성한 자존심이 생겨났다.

막상 나오려니 무엇을 해야 할지 몰랐다. 정보신문을 뒤척이며 며칠을 보냈지만 약한 귀로 할 수 있는 일은 제약을 받았다. 예전에 하던 미술학원 일에 눈이 갔다. 문을 두드려보고 일단 부딪혀야 하는 마음이 우선이지만 전화로 문의하는 길조차 막혔다. 겁이 났다. 더 낮아진 청력으로 해나갈 자신이 없었다. 전화를 걸어보고 안 들린다 싶으면 끊으면 되는데도 말조차 꺼내기가 두려웠다. 이제는 할 수 없다고 지레 단정 지었다.

정보신문을 뒤져 보는 일은 며칠로 끝났다. 그러나 일단 나가야 한다고 생각했으니 뭐라도 잡지 않을 수가 없었다. 인터넷을 보며 다시 일자리를 찾았다. 정부의 보육료 지원 차원에서 어린이집이 우후죽순으로 생기고 있을 때였다. 아이를 키워본 경험자로서 이거다 싶어 달려들었다. 취업이 비교적 쉬울 거로 생각했다. 일정한 교육만 받으면 누구나 할 수 있는 일이라 생각하고 아이를 돌보는 일에 자신감이 생겼다. 기다렸다는 듯이 대학교 평생교육 과정 1년을 수료했다. 집에서 꽤 먼 거리였지만 배움 자체에 재미를 느꼈다.

보육교사과정 1년에 한 달의 실습과정을 마치고 그다음 해 봄에 취업 했다. 귀가 별로 좋지 않다는 말로 양해를 구하자 원장은 가장 어린 만1세 반에 배정해 주었다. 내가 선택할 권한은 주질 않았다. 아이와의 대화가 가장 작은 반이 어울린다고 생각했던 모양이다. 아직 기저귀도 떼지 않은 어린아이들이었다. 경험이 부족한 나를 노련한 교사 밑에서 배우게 했다. 3월이 가장 힘든 시기라는 것을 몰랐다. 난생처음 엄마와 떨어지는 기간이라 낯설고 두려운 아이 12명을 교사 두 명이 돌보아야 했다.

나는 아이들을 돌보는 일이 이렇게 힘든 줄 몰랐다. 사실 내 아이 하나 키우기도 쉽지 않았다. 그렇지만 나는 집과 일을 분리해서 생각했다. 별안간 예고 없이 엄마와 헤어진 아이들은 눈물 콧물 흘리며 엄마를 찾아대기 시작했다. 12명의 아이를 교사 두 명이 본다는 것은 너무나 가혹했다. 노련한 선생님을 도와 옆에서 보조하듯 아이를 돌보았지만 역시나 힘에 부쳤다.

더는 오래 할 수 없는 일이라 판단했던 것은 소음에 취약한 귀 때문이었다. 매일 우는 소리를 들으며 일을 해야 하는 내게 소음은 그야말로 독이었다. 일에 능숙한 선생님조차 짜증을 내는 일이 많았고, 급기야 휴지로 귀를 막으며 아이를 달래야 했다. 남은 한쪽 귀를 보호하기 위해 일을 그만둘 수밖에 없었다. 게다가 나는 부모님과의 전화 상담이 고역이었다. 아이와 처음 떨어지는 엄마들은 안심되지 않는지 수시로 전화를 해댔다. 노련한 선생님이 자리라도 비우는 날엔 긴장감이 밀려왔다. 회피라 해도 어쩔 수 없었다. 귀가 좋지 않은 대신 해야 할 일을 더 많이 넘겨주었다. 보수는 그대로인데 시간 외 근무가 알게 모르게 늘어났다. 원아가 입학하기 전부터 원장의 평판은 그리 좋지 않았다. 교사들이 원장을 험담할 때 나는 동요하지 않았다. 그러나 날이 갈수록 유별난 성격의 원장을 감당하기가 힘들었다. 급기야 다른 선생님이 그만두는 일이 생겼다. 나도 더 지체 할 수 없어 미련 없이 나와 버렸다. 지나치게 일이 많고 피곤했던 나는 받은 월급 대부분을 한의원 병원비로 썼다. 12명의 아이를 안아 보살피느라 팔에 무리가 왔다. 짧은 경험이지만 힘들게 돈을 버는 남편의 일을 생각하며 힘든 노동의 의미를 일깨워주었다. 살면서 그 힘들었던 기간을 잊지 않으려 마음을 다잡곤 한다.

돈만 바라보는 일은 힘들다. 내가 좋아하는 일을 해야겠다는 생각보다 돈을 벌고 싶은 마음이 더 컸다. 일단 집 밖을 나가야 한다는 마음이 섣부른 판단을 불렀다. 그 일이 내게 맞지 않는다는 생각이 든 후, 돈을 좇지 않고 내가 잘 하고 좋아하는 일을 해보자고 결심했다. 취직만 일이라는 생각을 접었다.

그림을 그렸으니 예술 감각과 손재주는 아직 죽지 않고 살아있다 생각했다. 그림을 그리거나 바느질을 하면서 다시 예전의 감각을 찾았다. 바느질과 그림을 접목해 직접 물건을 만들고 프리마켓에 팔기 시작했다. 에코백과 파우치, 앞치마를 만들기도 하고, 아는 인맥으로 그 물건을 납품해 돈을 받기도 했다. 시간이 지나면서 나한테 더 맞는 것을 찾았다. 순수하게 그림만 그리기도 했다. 가족을 돌보며 할 수 있는 일이었다. 돈을 좇기보다 내 마음이 가는 일에 매진하니 하루하루가 즐거움이었다. 캐리커처를 그려 주기도 하고, 작은 그림을 저렴한 값에 팔기도 했다. 그림을 그리는 일은 나에게 잘 맞았다.

때로는 장애라는 신분이 나에게 플러스 요인이 될 때도 있다. 내가 가진 손재주를 적재적소에 써먹는 일이 있었다. '장애인 기능 경기대회'라는 것이 있는데 지방 경기대회를 거쳐 전국기능경기대회에 참가할 수 있다. 다양한 직종이 있어 장애가 있는 사람이면 누구나 응모하면 된다. 수상에 따라 많은 상금을 준다. 장애인을 위한 혜택이다. 잘하는 것이 있다면 썩히지 않고 재주를 발휘해보면 좋을 것이다. 가끔 경기에 참석해보면서 내 실력을 가늠해보기도 했다.

돈을 좇으려 하니 나의 장애가 크게 다가왔다. 맞지 않는 일에 스트레스를 받으며 끙끙거리다 얻은 것이라곤 늘어나는 병이다. 생계를 책임지는 사람들에게는 일이 맞고 안 맞고 가 어디 있냐며 반색할지도 모르겠다. 그러나 좋아하는 일을 하면 돈은 저절로 따라온다고 했다. 하고 싶은 일에 눈을 돌리면 일단 마음이 즐겁다.

장애가 있으면 제약을 받는 일이 많다. 난청이 있는 사람에게는 전화와 관련된 텔레마케터를 할 수 없고, 양손이 없는 사람에게 컴퓨터 관련 일이 힘들다. 다리가 불편한 사람에게는 온종일 서서 하는 일이 어렵고, 시력이 좋지 않은 사람에겐 그림을 그리는 일이 무리다. 가장 제약을 적게 받고, 내가 잘 하는 일에 꾸준히 매진하다 보면 빛을 발할 때가 있다. 할 수 없는 일에 애쓰기보다 잘할 수 있는 일에 마음을 주며 나를 가꾸어 보자. 내가 키운 화분이 언제가 꽃으로 보답하듯이 내가 힘을 쏟았던 일에 꽃 같은 선물을 안겨줄 것이다.

지금 나는 그림을 그리며 책을 읽고 글을 끼적이는 일이 좋다. 가끔 공모전에 눈을 돌리며 실력을 가늠해보기도 한다. 나태하지 않고 무언가 열심히 하는 모습을 보여주고 싶었다. 아이들에게 엄마의 당당한 사회적 자리는 보여주지 못하지만 할 수 있는 일에서 최선을 다하고 있다. 자랑스럽지는 못하더라도 부끄러운 엄마는 되지 않기로 했다.

무언가를 시작하기엔 늦은 나이라며 자책할 때가 있다. 현재의 나이를 무거워하며 어떤 일을 할 때 망설임을 갖는다. 90의 연세에서는 70의 노인이 젊은 이로 통한다. 70의 연세에서 50은 새댁이라 하며 50은 40을 보고 청춘이라고 부른다. 지금의 나이가 많아서 망설여진다면 10년은 더 살았다고 생각해보자. 내가 얼마나 젊은 나이인지. 내가 나이가 많아 할 수 없다고 느낀다면 내 앞에 90세 어르신이 서 계신다고 생각해보자. 못할 것이 없지 않은가. 앞으로 살아갈 날 중 오늘이 가장 젊은 날이다.

"10년만 젊었어도"하는 말투에는 무엇이든 못할 것이 없는 의지력을 아쉬워한다. 더는 10년을 운운하지 말고 당장 내가 좋아하고 잘 할 수 있는 일을 찾아보자.

친구 없다고? 책이 있잖아

난청이 오면 대화에 끼어들기가 쉽지 않다. 몇몇의 배려로 분위기에 합류되다가도 어느새 나 혼자 떨어져 나오곤 한다. 정신없이 바쁜 일상에 혼자 멈춰 있는 기분이랄까. 한데 어우러져 마구 섞이고 싶지만 맘처럼 쉽지 않다. 엉뚱한 소리에 배꼽 잡지 않으면 다행이다. 두어 번 말해주는 사람도 지칠 때가 있다. 내 말 한마디가 분위기를 망치고 있다는 눈빛들. 동문서답하지 않을까 싶어 가슴 조이며 나가는 모임은 점차 내 몸이 거부한다.

차라리 부끄러움을 모르고 푼수같이 헬렐레하며 막무가내로 끼어드는 성격이 내 안에 있다면 하고 바랄 때도 있다. 완벽하지도 않으면서 완벽에 가까워지려는 심산이 사람을 조금씩 멀어지게 만든다. 더는 부끄러워지기도 싫고, 답답함을 참으며 시간 낭비를 하고 싶지도 않다. 내 조건에 맞춘 특별한 사람들이 아닌 이상 대화 자리는 피하기 일쑤다.

관계를 유지하는 '사회'라는 존재에서 나는 특별한 사람, 부족한 사람이 되어 떨어져 나왔다. 둘러보니 목소리가 굵직한 친구 몇몇을 제외하고는 그리 많지 않은 인맥을 가지고 있다. 요즘은 지나친 SNS 영향으로 '인맥 비만'이라는 말이 있다. 일면식도 없는 사람이 하루아침에 친구가 되고, 그 친구의 친구가 수백 명이 넘는 사람을 불러들여 '가짜친구'를 만든다. 난청을 가진 사람에게는 오히려 문자로 오가는 대화가 편하다. 소리를 좇아야 하는 친구보다 눈으로 좇는 친구가 더 편하다.

마음을 터놓고 만날 수 있는 친구는 양보다는 질이다. 마음의 응어리를 들어주고 위로해 주는 친구라면 더없이 고마운 존재다. 친구의 위로가 그 어떤 약보다 효과가 좋을 때가 있다. 말 한마디 절절하게 가슴에 얹어주는 친구가 단 한 명이라도 있다는 것은 때론 살아가는 희망이 되곤 한다.

친구가 없다고 아쉬워할 필요는 없다. 친구처럼 내 마음을 따뜻한 위로로 녹여주는 존재가 있다. 비록 말은 하지 않지만, 무언의 힘을 가진 자다. 부르면 짜증 내는 친구가 아니라 늘 내 곁에 머물러 있고, 나를 위해 자신의 뜨거운 가슴을 서슴없이 펼쳐 보인다. 어지러운 마음을 달래주기도 하고, 답이 없을 것 같은 비관적인 마음에 해답을 짚어준다.

책은 친구이자 스승이다. 내가 생각하는 것보다 훨씬 더 많은 지혜를 주고, 내가 가진 짧은 식견에 풍부한 감성을 채워준다. 부정의 생각을 멈추게 하고, 감정에 휘둘린 아픈 나를 객관적으로 돌아보게 했다. 앙심을 품었던 마음에 책이라는 존재가 천천히 어루만져 주면서 있는 그대로의 나를 사랑하게 되었다. 때로는 친구처럼 위로와 공감을 속삭여주기도 하고, 때로는 가르침과 교훈으로 강하고 호되게 세상을 바라보게 한다.

이명으로 힘들고 지칠 때였다. 제법 먼 길을 걸어 시립도서관을 향했다. 내 병을 내 손으로 고쳐보려는 의지에 다른 책은 안중에도 없었다. 마치 서광이 비치듯 건강, 의학 서가에 발을 디뎠다. 빼곡하게 꽂힌 책을 열심히 탐독했다. 거리감 느꼈던 책이 이렇게 절실함이 될 줄은 몰랐다.

책 한 자루를 둘러메고 집으로 가는 길은 제법 멀었다. 걷기 운동도 된다며 일거양득의 효과를 생각했다. 오랫동안 그 도서관을 걸어 다니며 의학 지식을 채웠다. 얼마 지나지 않아 집 근처에 구립 도서관이 생기기 시작했다. 작은 공원 안에 터를 잡은 도서관이다. 이제 멀리 가지 않아도 바로 내 집 앞에서 책을 잡을 수 있게 되었다. 운명적이라 여기며 나는 집 근처 도서관을 내 집처럼 드나들었다.

등 떠밀어 다닌 곳이 아니었다. 권유와 재촉으로 책을 접했던 건 더더욱 아니었다. 내 발걸음은 병을 고치기 위한 집념으로 가득했다. 건강 서적으로 시작해 나는 점차 다양한 종류의 책으로 손을 내밀었다. 이 책은 저 책을 부르고 저 책은 다시 다른 책을 집어오게 했다. 이 책장에서 저 책장으로, 때로는 신간 코너에서 갓 구워 나온 빵을 보듯, 신선한 책을 가져오기도 했다.

소리를 이겨내기 위해 갖은 방법을 책에서 찾아보았다. 당장 효과를 보는 건 아니었지만 건강한 몸을 만들면 병을 이겨낼 수 있으리라는 생각이 지배적이었다. 운동법도 따라 하고 건강한 음식을 먹고 마시며 차츰 예전의 나를 바꾸려고 노력했다. 변화는 느렸다. 하루하루 고통으로 지내는 내가 조바심을 내며 다른 방법을 찾아 나서곤 했다. 그렇게 이 책 저 책을 뒤적이며 시간을 보낸 나는 차츰 마음의 안정을 찾아 나갔다.

몸은 힘들었다. 나 하나도 버거웠다. 그래도 내 아이들은 쉬지 않고 자랐다. 큰 아이가 사춘기로 진입했을 때였다. 선인장 가시처럼 꼭꼭 찔러대며 나를 더 힘들게 했다. 병보다 아이와의 마찰을 먼저 줄이고 싶었다. 그때부터 교육 분야로 방향전환을 했고 다양한 종류의 책을 마주했다. 마냥 방임한다고 교육은 아니었다. 책을 보며 전문가의 지도에 귀 기울였다. 부모와 자식 간의 관계를 개선해주며 마음의 평정을 찾았다. '이해'라는 마음에 그간 불편했던 마음이 다 녹아들었다. 그 자체로 존중해주며 이해와 사랑이 답이라는 것을 많은 책을 보며 깨달았다. 한 걸음 물러나니 사춘기 아이가 세우는 가시가 따갑지 않게 느껴졌다. 부모는 아무나 될 수 있지만 좋은 부모는 아무나 될 수 없는 것이다. 노력이 따라야 결과에 보답하는 법이다. 나는 책을 디딤돌 삼아 아이를 이해하려 노력했다.

때로는 나만 힘들다며 불만을 퍼부었을 때도 나만 힘든 게 아니라는 듯이 책은 다른 삶의 이야기를 펼쳐 주었다. 나보다 더한 아픔이 생을 휘감고 있는 이야기들을 읽으며 격한 감정을 내려놓을 수 있게 했다. 다양한 삶들을 견디고 살아온 이야기를 읽으며 눈물과 공감을 불러일으켰고, 불편하던 마음이 씻은 듯이 사라질 때도 있었다. 그러나 덥석덥석 찾아드는 이명소리에 다시 처음의 나로 돌아갈 때도 있었다. 그럴 때마다 내 마음을 잡아주는 책이 또다시 어딘가에서 기다리고 있었다.

우렁찬 목소리로 나를 위로해주진 못해도 말없이 나를 변화시켜주었다. 빨리 진정시켜주진 못해도 천천히 나를 바꿔놓았다. 내가 받아들인 만큼 예전의 어둡고 침울한 굴레를 차츰 벗어날 수 있게 도와주었다. 느리지만 견딜 수 있을 만큼 더딘 변화를 주었다. 그래서 나는 오늘도 활자들에 감사할 따름이다. 촘촘한 작은 글자들이 부정적인 인식을 바꾸어주었으니 말이다.

그렇다고 내가 책에 중독될 만큼 책벌레는 아니다. 유년 때부터 책을 좋아했던 문학소녀도 아니다. 단지 병을 접하고 책을 보게 된 계기다. 아직은 사색과

논리가 월등하여 사고력이 가지처럼 뻗어있는 건 아니다. 전문성이 농후한 두꺼운 서적을 끼고 고전에 파묻혀 상상의 나래를 펴고 있는 건 아니다. 그저 내가 위로받을 수 있고 내 마음이 편안해진 정도로만 책을 좋아한다고 말하고 싶다.

책이 주는 위로와 공감이 나를 변화시키면서 나도 누군가의 가슴에 울림을 주는 사람이 되고 싶었다. 내가 받은 아픔이 글이 되어 무언의 힘으로 누군가를 쓰다듬어주고 싶은 마음이 생겼다. 읽고 얻는 삶에서 쓰고 주는 삶으로 영역을 넓혀나갔다. 참을 수 없는 고통을 어느 누군가의 글로 이겨냈듯이 나 또한 얼굴 없는 독자에게 마음을 전하고 싶은 욕망이 슬슬 피어났다. 잿빛 같은 마음을 우물물 한 바가지로 씻겨 내리듯이 누군가의 가슴을 시원하게 씻기고 싶었다.

책에서 빨리 무언가를 얻으려 하면 실패하고 만다. 빨리 친해지려 조급한 마음으로 다가가면 더 멀어질 뿐이다. 기다려줄 줄 알고 성급한 마음을 이겨내는 것이 좋은 친구를 얻는 대가다. 고르고 추려내고 바꾸기보다 묵묵히 내 마음이와 닿는 친구를 찾아 손을 떼지 않으면 된다. 그 친구는 어르고 달래며 비위 맞추지 않아도 되고 보답 차원에서 주머니를 의식하지 않아도 된다.

가끔은 기억에 남은 구절을 소처럼 되새김질해보며 생각과 의식을 키워 나가도 된다. 하나를 주면 열 개를 받아들이는 사람처럼 무에서 유를, 소수에서 다수를 얻는 기쁨도 있다.

요즘은 책보다 휴대폰이 우선이다. 굴러온 돌이 박힌 돌을 걷어차듯, 책보다 휴대폰이 친구 대용으로 인정받는 사회가 되었다. 더 많은 정보를 주고 더 많은 무료함을 달래주는 만능친구다. 모자람 없이 다 가지고 갑옷으로 똘똘 뭉친

장군 같은 기개다. 그러나 나는 빛이 주는 전자책이 조금 꺼려진다. 조금만 가까이해도 눈이 부신 친구가 가끔 부담스러울 때가 있다. 두 손으로 잡고 만져보고 느껴보고 쓰다듬는 종이의 질감이 좋다.

난청인에게 있어 외로움은 피할 수 없다. 수다를 받아주는 친구도 좋지만 삶을 일깨워주는 친구를 가까이 하면 살아가는 힘을 얻을 수 있다. 난청인뿐만 아니라 어떤 장애도 없이 살아가는 모든 사람이 책이 주는 온기를 느끼며 살 수 있기를 바란다. 책과 시간을 버무려 만든 영양분이 내 몸에서 최고의 활기와 생명력을 유지해 줄 것이다. 이 친구를 만나지 않았다면 내 인생도 달라졌을지도 모른다.

병으로 책을 만나게 되었지만 내가 병이 없었다면 어땠을까? 도서관을 드나드는 일이 없거나 책을 가까이하지 않고 살지도 모른다. 삶은 어떤 방식으로든 우리에게 변화를 준다. 그 변화를 책과 함께 받아들인다면 마음이 풍요로워질 수 있다. 돈을 떠나서 가슴이 차갑지만은 않을 것이다.

하나밖에 없는 인생, 나다운 나

내 인생이 형편없고 초라하다는 생각을 한 적 있다. 나라는 존재를 홀로 떼어내 보니 내세울 것도 가진 것도 없었다. 가족이라는 울타리 안에서도 마찬가지였다. 앞치마를 두른 가정주부라는 직업을 벗어날 수도 없었다. 부끄러웠다. 능력도 재력도 없는 내가 할 수 있는 일이라곤 설거지와 빨래밖에 없다니. 수많은 짐이 떨어지는 택배 레일에 '집안일'이라는 상자를 무의식적으로 받는 내가 서 있었다.

같은 또래의 비교가 자존심을 휘저을 때도 있었다. 할 수 있는 능력보다 못하는 능력에 초점을 맞추려 들었다. 난청이 내 삶을 제지하고 있다고만 생각했다. 위로 올려 보니 내 자리는 한없이 초라했다. 게다가 이명의 우울증으로 여자다운 외모도 잃어버렸다. 후줄근한 일상복에 시장바구니를 쥐고 다니다가 잘 차려입은 워킹 맘, 커리어 우먼을 볼 때면 한없이 움츠러들었다. 부실한 귀를 원망하고 '나도 잘 할 수 있을 텐데'라며 마음속으로 중얼거리곤 했다. 터져 나오는 한숨을 참으며 가족들에게 짜증을 내며 살았다. 누구한테도 조준할 수 없는 원망의 화살이 되기도 했다.

이명으로 만신창이가 된 어느 날, 나는 가만히 생각해 보았다. 나는 누구보다 귀한 내 아이들의 어미였다. 아무리 보잘것없고, 내세울 것 없는 여자라도 누군가에게는 소중한 존재라는 것을 느꼈다. 다행히 모성애는 누구보다 강했다. 칼과 갑옷으로 무장되어 새끼들을 지키려는 마음은 어떤 어미보다 컸다. 내가 건강해야 아이들과 가정을 지킬 수 있다며 마음을 달리 먹었다. 화려한 직업의 엄마가 아니더라도 더는 이불을 깔고 힘없이 누워있는 초라한 엄마는 되지 말자며 일어났다.

조금 부족하지만 가장 나다운 것을 찾았다. 아니 지금도 찾고 있다. 나의 위치에서 내가 할 수 있는 일로 나를 가꾸며 행복한 생활을 찾아가는 것이 나의 임무였다. 돌아보니 나는 그렇게 초라하지도 않았고 내 역할에 맡게 살아오고 있었다. 자존감이 다운되어 나의 존재가 바닥으로 치달을 때도 있었지만 용케 이겨내고 내 자리로 돌아왔다. 이명과 난청을 이겨낸 내가 서 있었다. 어긋나지 않게 잘 자라준 아이들이 내 앞에 서 있었다. 힘든 내색을 숨기고 따라와 주었던 남편이 내 옆에 서 있었다. 완벽한 그림이고 나의 바람이었다. 나는 더 성숙하고 메말랐던 내면이 촉촉해 있었다.

누구라도 가슴 어딘가에 묻어둔 슬픔이 하나쯤은 있다는 생각을 했다. 온갖 장애와 아픔, 괴로운 생각, 지울 수 없는 상처들을 죽 나열해놓고 순위를 매긴다고 생각해보자. 객관적인 등급을 매길 수는 없는 일이다. 아마 순위는 경험 때문에 사람마다 결정의 정도가 다를 것이다. 세상에서 내가 가진 것이 가장 힘들고 괴롭다는 생각이 들지도 모른다. 자신이 처한 상황과 이유에 의해 그 고통은 지극히 주관적이다. 어떤 사람에게는 죽을 만큼 고통스러운 것이 또 누군가에게는 별것도 아닐 수도 있다. 내 것이 아닌 남의 것이기에 감정이 철저히 탈수될 수밖에 없다. 누군가의 눈물, 콧물은 '대수롭지 않은 일'에 묻어버리기도 한다.

팔에 화상 자국을 가진 언니가 있었다. 어린 시절 뜨거운 국이 쏟아지면서 생긴 상처였다. 한쪽 팔이 피부색 무늬 원단을 입은 것처럼 보였다. 긴 옷을 입는 계절이면 다행히 표시가 나질 않았다. 문제는 여름이 되어 짧은 팔을 입어야 할 때였다. 상처가 있는 팔은 자존감을 급격히 떨어뜨렸다. 긴 팔을 입더라도 손등에 살짝 보이는 화상자국을 많이 의식하며 지냈다. 주머니에서 손을 꺼내지 않는 경우도 더러 있었다.

어느 날 술자리를 마련했다. 서슴없이 얘기할 수 있는 그런 사이라서 좋았다. 알딸딸하게 취한 언니는 대화 중에 자주 슬픔이 보였다. 화상 자국의 팔이 그렇게 싫다고 했다. 원인 제공한 부모님을 탓하며 비관했다. 그러고는 연거푸 술을 마셨다. 결혼을 못 할지도 모른다는 말과 사람들의 시선이 불편하다는 말을 계속 반복했다.

손이 잘렸다거나 움직이지 못하는 정도가 아니니 다행이지 않냐며 나는 위로했다. 어설픈 위로라는 듯이 쉽게 받아들이지 못했다. 어릴 적부터 마음의 상처가 깊게 패 있었다. 성인이 되어도 마음이 쉬이 아물지 않고 팔을 의식하며 살아갔다. '긴 옷으로 가리거나 무덤덤하게 받아들이면 될 텐데, 오히려 감추려 하니 사람들이 더 관심이 쏠리는 거 아닌가.' 나는 이렇듯 단순하게 생각했다.

언니는 술을 벌컥 마시며 눈물을 보이기 시작했다.

"너는 모를 거다. 내가 어떤 고통을 당하며 사는지를."

현재의 고민이 눈물을 흘리게 한 건지, 감추고 싶은 결점 때문에 눈물을 보이는지는 알 수 없었다. 그러나 그 결점은 늘 따라다니며 슬픔의 원인 제공을 하는 듯했다.

자기 자신의 고통이 세상에서 가장 크고 높다고 여긴다. 강의 소리가 안 들려 쩔쩔매지 않아도 되고, 모임에서 사오정소리 듣지 않아도 되니 나보다 그리 문제 될 것이 없다고 생각했다. 객관적인 입장에서 상처에 너무 예민한 거 아닌가 싶기도 했다. 나는 그렇게 심각한 표정으로 말을 하는 언니를 이해할 수 없었다. 어릴 적부터 마음의 상처가 되어왔던 그 언니에게 달리 위로가 되지 않은 듯했다. 그때는 그냥 말없이 들어주기만 했다.

자신의 장애가 가장 부끄럽고 고통이라며 마음을 닫아버린 경우다. 몇 번을 생각해봐도 별것 아닌 상처가 아닐까 싶었지만 제 나름대로 사람들의 차가운 인식에 예민해져 있었다. 한 번 두 번 듣던 말에 민감해지고 위축되어 자신의 존재에 부정적인 마음이 들었는지도 모르겠다.

나 또한 마찬가지였다. 양쪽 귀가 살아있을 때는 조금 약한 소리만 못 들을 정도였다. 그때는 귀가 약한지 알아채지 못하는 사람도 있었다. 장애가 있다는 얘기를 하면 뭐 별거 아니네 하며 사람들이 대수롭지 않게 여겼다. 나는 힘들고 비관적이었는데 사람들의 '별 것 아닌' 소리에 오히려 화가 날 때가 있었다. 자기 상황이 아니니 그렇게 말하는구나 싶어 매정하게 들렸다. 남의 상처보다 내 손톱 밑의 가시가 더 아프다고 한다. 남이 아무리 큰 고통을 가졌다 해도 내 것이 가장 크다고 느낀다. 누구나 자신의 장애가 크게 다가오고 가장 우울하게 만든다고 생각한다.

하루살이는 인생을 뭐라고 말할 수 있을까. 즐겁고 기쁘게 온종일 살다간 인생은 당연히 세상은 행복한 곳이라 말할 것이고, 슬프고 위태로운 삶을 살다 간다면 당연히 생은 불행한 곳으로 말할 것이다.

다행히 사람은 긴 여생을 산다. 잠깐 동안 겪었던 일로 인생을 단정 지어 말할 수는 없다. 순간순간의 경험들이 씨줄과 날줄이 되어 생을 채워간다. 때론 예상할 수 없는 곳에서 큰 충격을 받아 너덜거리는 구멍을 남기기도 한다. 뜯기는 고통을 마주하며 속도를 내지 못할 때도 있다. 비록 더딘듯했지만 움츠리며 멈춘 곳에서 다시 가로와 세로의 합으로 세상을 그렇게 단단히 채워간다.

돌아보면, 잠시 주춤거리는 시간은 더 큰 도약을 위한 과정이었는지도 모른다. 만족할 줄 모르는 삶에 깊은 성찰과 반성을 안겨주었다. 더 깊고 넓게 세상을 바라보는 안목을 갖추게 해 주었다. 잃은 것에 연연하기보다 얻은 게 더 많은 삶이라 말할 수 있다. 순간순간에서 오는 괴로움은 지나가기 마련이다. 괴로운 시간은 고속버스고 행복한 시간은 완행버스다. 오래, 그리고 천천히 조급하지 않은 행복을 누리며 살아야 한다.

한 번만 살다가는 인생이다. 신의 총애로 두 번 세 번 살 수는 없다. 한 번도 겪어보지 않은 인생이기에 내 인생은 늘 새롭고 소중하다. 75억 인구 중에 나와 같은 사람은 단 한 사람도 없다. 하나 남은 귀라도 세상의 소리를 들을 수 있는 것이 너무나 행복하다. 게다가 그 한쪽도 보청기를 통해 듣고 있지만, 그마저 듣지 못하는 사람들에 비교하면 얼마나 큰 행운인지 모른다. 이명이라는 고통이 더해져 구멍 난 세월이 있었다. 덧대고 덧대어 오히려 튼튼해졌다. 다시는 비집고 들어올 수 없도록 단단하게 꿰매었다. 부족한 엄마에서 부족하지 않은 나로 이끌어왔다. 당찬 자신감은 없어도 고개 숙이며 살지 않기로 했다. 병이 힘들지만 이겨내는 삶을 살기로 했다. 내세울 건 없어도 지금 이대로의 나를 사랑하기로 했다. 특별할 것도 없는 삶에 가치 있는 나를 발견했다.

지금껏 잘 살아왔다며 가슴에 별 하나 달아주자. 특급 셰프는 아니라도 우리는 모두 인생을 잘 요리하지 않았는가.

100세 시대, 101세 건강

어느 해부터 백세 인생이라는 말을 많이 써 왔다. 평균 수명이 늘어나면서 반 백 년이던 일생이 백 년으로 변했다. 좀 더 누릴 수 있는 삶이 늘어나면서 많은 시간을 보장받게 되었다. 게다가 예전의 70대는 60대로 보이고, 50대는 40대로 보인다. 유모차를 끌고 가는 아기엄마는 아가씨로 보일 정도로 동안이고, 다 자란 딸아이와 길을 걷는 아빠는 사람들의 오해를 받을 정도로 젊음을 유지한다. 나이를 묻다가 화들짝 놀랄 때도 있다. 그 나이로 안 보인다는 말을 많이 한다. 다들 방부제 나이가 되었다. 동안에다 젊음을 오래 유지하며 살아간다면 더없이 행복할 것이다.

마냥 수명이 늘어난다고 좋은 것일까? 병으로 고통의 길을 걸어보니 알 것 같았다. 죽는 날까지 건강하고 즐겁게 사는 것이 최고의 복이라 생각되었다. 아픈 몸으로 수명만 늘어난다면 그것만큼 고통스러운 게 없다. 열정을 식히지 않으려 무엇이든 도전하는 어르신들도 아픈 몸 앞에서는 다 무너진다. 아프지 않은 몸, 건강한 몸이 최고의 인생 목표가 되어야 한다. 한 번 건강을 잃어 본 사람이라면 누구나 공감한다. 건강이 바탕이 되지 않으면 돈, 명예가 아무런 의미가 없다. 사는 동안 아프지 않은 몸이 뭐니 뭐니 해도 최고의 인생이다.

이명과 난청을 고치기 위해 병원 문이 닳도록 다녔다. 이 병원 저 병원을 옮겨가며 방법을 찾으려 애썼다. 의사한테 눈물로 애원해봤지만 시간이 지날수록 귀찮다는 얼굴이었다. 늘 대하는 환자라 감정이 없었다. 그저 감기 증세로 찾은 환자처럼 상투적인 두어 마디 말이 전부였다. 무섭고 불안했다. 가만히 앉아 있을 수가 없었다. 한동안 철학관과 점집을 돌며 지푸라기라도 잡고 싶었다. 차츰 마음이 수그러들자 현실적인 대안을 찾았다. 그동안 건강하지 않은 몸에 찾아온 증세일지도 모른다며 건강한 몸을 만들기 위해 건강 서적으로 눈을 돌렸다.

'그래, 의사가 못한다면 내가 고쳐보자.'

책에 마음을 의지한 채 정보를 빨아들였다. 건강의 가장 기본은 먹는 음식이었다. 사람의 입을 통해 들어가는 모든 음식은 우리 몸의 건강을 지키는데 아주 중요하다는 사실이었다. 밭에서 올라온 신선한 과일과 채소들이 우리 몸을 지켜준다는 아주 단순한 사실조차 모르고 살았다. 가공되지 않은 식품, 손이 귀찮더라고 다듬고 요리해 먹는 음식이 건강한 음식이다. 약식동원(藥食同源)이라 했다. 음식이 곧 약이라는 말에 공감한다. 밭에서 나는 일차적인 식품, 합성 첨가물이 들어가지 않은 식품이 내 몸을 지켜준다는 것을 알았다. 이미 알고 있는 사실이라도 귀찮음 때문에 가공품을 자주 사 먹었다. 건강에 목표를 두니 그런 음식이 점차 꺼려졌다.

요즘 먹거리는 혀를 자극하는 음식으로 넘쳐난다. 블로그에 간간이 오르는 맛집들이 미각을 유혹한다. 스트레스를 푼다며 땀을 삘삘 흘리고 먹는 맵고 짠 음식들이 대부분이다. 담백한 맛이 아닌 오묘한 맛으로 사람의 이목을 끈다. 혀가 얼얼한 자극적인 맛으로 사람을 유혹한다. 혀가 각인되면 계속 그런 맛을 찾게 된다. 심플하고 싱거운 음식은 점차 맛이 없게 느껴진다.

예전에는 제철 맞은 채소가 식탁에 올랐다. 적은 양이라도 영양가가 많고, 땅의 기운을 받아 많이 먹지 않아도 힘이 나는 그런 음식 이었다. 지금은 하우스에서 자란 채소들이 대부분 식탁에 오른다. 계절불문하고 사시사철 없는 야채가 없다. 많이 먹어도 영양이 부실하고, 위만 늘어난다. 가공식품에 첨가물이 더해지면 살이 찐다. 혈액으로 나쁜 성분이 떠돌아다니다 결국엔 병이 온다.

먹을 것이 풍족한 사회라 부족함이 없다. 그러나 수명은 늘어나되 병은 더 많아졌다. 현대병은 주로 먹는 일로 재앙을 부른다. 잘못된 식습관이 병을 부르고 삶의 질을 낮게 만든다. 사람들은 지금 당장 맛있는 음식에만 집중할 뿐이다. 암 환자들이 산속으로 들어가 병을 고친다는 것만 봐도 주변의 음식이 얼마나 건강을 해치는지 인지하게 된다. 음식에 관한 관심이 점차 삶에 녹아들었다. 요리에 관심을 두게 되고 가족의 건강도 생각하게 되었다. 나를 위한 음식이기도 하지만 가족을 위한 음식이기도 했다. 식재료를 고를 땐 신중해졌다. 오래 산다면 좋은 일이지만 건강하게 오래 산다면 더 좋은 일이다. 세상의 소풍이 끝날 때까지 병원에 의존하지 않고 살아간다면 더없이 행복할 일이다.

운동도 무시할 수 없다. 운동을 모르고 살았던 나다. 아예 관심도 없었고 하기도 싫었다. 잠깐잠깐 다니던 헬스나 요가도 3개월이 고비였다. 3개월 등록이면 그것으로 끝냈다. 꾸준한 운동이라는 것은 해보질 않았고 재미도 느끼지 못했다. 건강 서적에서 잠깐씩 나오는 운동을 따라 해 보기도 했지만, 의지력이 문제였다. 꾸준히 할 수 있는 운동은 그래도 걷기 운동이었다. 동네 공원을 돌며 몸을 바삐 움직이고 틈나는 대로 걸어 다녔다.

나는 항상 부지런하게 몸을 움직인다고 생각했기 때문에 운동을 따로 하지 않았다. 매일 청소하고 빨래를 하는 일로 몸을 가만히 쉬게 하지 않으니 이게 운동일 거로 생각했다. 소파에 누워 있지도 않고 움직임이 많은 편이라 당연히 운동이라고 여겼다. 그건 운동이 아니라 노동이었다. 그러면서 몸이 좋아지길 기대했다.

하루 중 여유가 주어지는 시간이 되면 부지런히 동네 공원을 돌았다. 당장에 보이는 효과가 없어 의욕이 떨어질 때도 있었다. 건강에는 운동이 필수라고 하는 말에 무조건 열심히 걸었다. 미약하지만 차츰 몸이 상쾌해지는 기분이 들었다. 문제는 날씨에 구애를 받는 게 문제였다. 비가 오는 날, 추운 날, 눈이 오는 날은 아무래도 공원을 돌기엔 무리였다. 적당한 근육도 필요했다. 의지력을 앞세워 다시 헬스장을 다녔다. 근력운동을 했다. 힘든 만큼 운동은 배신하지 않을 거라 믿었다. 다행히 어지럼증이 많이 줄어들며 몸에 힘이 생겼다.

가장 기본인 음식과 운동만으로도 건강을 유지해준다. 그러나 먹는 것도 움직이는 것도 너무 과하면 독이다. 적당한 음식을 먹고 적절한 운동을 하는 것이 건강을 지키는 비결이다. 알지만 잘 안 되는 기본이다. 건강을 염두에 두고 이제는 습관으로 만들어야 한다.

이명과 돌발성 난청은 그동안 내가 누벼왔던 인생 그라운드에서 레드카드로 경고했다. 이제껏 나는 잘못된 방식으로 경기를 했고 제대로 룰을 지키지 못했다. 그것이 잘못인지도 모른 채 무의식적으로 살아왔다. 심판이 경고하지 않았다면 이보다 더 심각한 고통으로 내 삶을 빼앗아갔을지도 모른다. 지금, 이 경고에 귀를 기울였다. 무엇이 잘못되었는지 천천히 돌아봤다. 시간을 가지고 골똘히 생각했다. 그러나 문제점은 한두 개가 아니었다. 건강을 벗어나 나는 샛길로 가고 있었다.

건강을 인지한 후 벗어난 길에서 다시 돌아왔다. 정상궤도에 들어갔다. 다시 돌아온 파란 잔디에서 나는 오늘도 열심히 삶을 위해 뛰고 있다. 다시는 심판이 레드카드를 내밀지 않도록 신경 쓰는 삶을 살 것이다. 골을 넣어야 중요한 것이 아니다. 관중의 함성은 중요하지 않다. 뭔가를 이루려 하기 보다 열심히 쉬지 않고 뛰는 나를 바라보자. 그 자체로 인생은 멋진 경기다.

마치는 글

이명을 얻는 대신 하나의 귀를 읽고 청각 5급의 장애를 안고 살아가고 있다. 알게 모르게 흐릿한 먹구름이 일상을 드리울 때가 많았지만 꿋꿋하게 삶을 채웠다. 불평, 불만으로만 가득한 삶이었다면 지금의 나도, 인자한 엄마도, 다정한 아내도 없었을 것이다.

사십여 년을 살아오면서 신이 주신 특별한 삶을 조곤조곤 되뇌어 보았다. 평범한 삶에서 얻을 수 있는 것보다 특별한 삶에서 얻는 가치를 내게 안겨주기 위함이었다. 비록 선택할 수 없는 인생이었지만 더 없이 감사함을 알았다. 빼기로 인해 더하기를 가르치는 신의 공식을 지금도 천천히 알아가고 있다.

내 안의 모든 찌꺼기는 글을 쓰면서 하나씩 비워나갔다. 제때 비우지 못한 찌꺼기가 남아 숨을 헉헉거릴 때도, 눈물 샘을 자극할 때도 있었다. 느리지만 비우며 살아가려 노력했다. 매일 청소해도 결국 돌아서면 또 쌓이는 게 먼지 아니던가. 마음의 찌꺼기가 매일 쌓여도 조금씩 천천히 비워가며 나는 또 그렇게 살아갈 것이다.

이명과 난청으로 살아가는 사람이 많아졌다. 수많은 사람이 같은 장애로 곤혹을 치르고 있다. 고통받는 사람의 수는 컴퓨터에 나타나는 표면적인 숫자가 다가 아닐 터이다. 보이지 않는 곳에서도, 당장 내 가까이 있는 사람들도 불편함과 괴로움을 호소하기도 한다. 지금은 기계로 인한 현대 문물이 사람의 병을 부추기기도 하고 그로 인한 스트레스가 병의 일등공신이 되었다. 편리함과 만족감 속에 건강이 희생되고 있다는 사실을 모르면서 살아간다. 신문물이 들어오면서 세상은 더욱 시끄러워지고 요란한 세상이 되었다. 시대가 급변하면서 변하지 말아야 할 무언가를 혼자 외쳐보기도 하고, 듣는 즐거움을 오랫동안 누리기 위해 지켜야 할 방법들을 설득해보기도 하지만 혼자만의 중얼거림으로 끝나기만 한다. 무엇이든 내 몸에 가까이 닿기 전까지는 위험하다는 생각을 하지 않는다. 노파심에 아이들에게 이런저런 잔소리를 해댄다. 치료보다는 예방이 중요하다며 나는 오늘도 아이들의 귀를 괴롭히는 물건에 눈이 간다.

책을 쓰면서 내 삶을 객관적으로 바라보았다. 감정이 섞여 얼룩덜룩한 모습이지만 솔직한 인생을 풀어놓았다. 내가 겪었던 삶과 비슷한 인생이 있을 것이기에 내 마음을 오롯이 담으려 노력했다. 강하지 않은 담백한 맛으로 인생을 위로하고 싶었고, 선배로서 길을 터주고 싶었다. 비록 어설픈 이야기더라도 정보 바다에서는 찾을 수 없는 내 솔직한 이야기를 담았다. 지금 겪고 있는 아픔에 사막의 모래알 같이 작은 위로라도 얻을 수 있다면 더 바랄 것이 없겠다는 생각을 했다. 글을 쓴 보람이 아닐 수 없다.

대화에 끼지 못해 눈을 끔뻑이며 말없이 앉아 있는 나, 가식 웃음이라도 지으며 나의 존재를 알리고파 하는 나, 소리의 출처가 없는 곳에서 고통의 소리를 들어야 하는 나, 위아래가 분명한 세상이 가끔 빙글빙글 돌아갈 때를 느껴야 하는 나다.

이런 나를 더 없이 사랑하며 '조금 다른 삶'을 받아들이고 있다. '완벽'이라는 단어를 버리고 '다름'이라는 단어를 받아들이면 내가 다르다는 것조차 느끼지 못할 때도 있다. 부족하지만 지금 이대로의 삶이 가장 나다운 것이고 소소한 아름다움이 있다는 것을 알았다.

사람들의 이목을 끌고 화려한 아름다움을 선사하는 꽃집의 꽃들은 형형색색의 조명을 받고서 볼품없는 들판의 꽃을 비웃을지도 모르겠다. 하지만 나는 말하겠다. 모습은 초라하지만 나는 뿌리가 있다고.

남과 비슷해지기보다 내 안에 있는 작은 무언가를 찾아 나를 소중하게 여기며 가꾸고 살아가고 있다. 반짝하고 빛날 아름다움은 스스로 거부한다. 천천히 세상을 마주하며 지금처럼 걸어가면 된다. 이제는 귀로 들어오는 소리보다 공중으로 날아가는 소리가 더 많아도 슬프지 않다. 바삐 가지 않아도 된다. 불안해하지 않아도 된다. 속상해 하지 않아도 된다. 눈으로 더 많이 볼 수 있고 마음에 더 많이 주워 담을 수 있으니까.

이런 내가 참 좋다.